Dorothea Keuler
Die wahre Geschichte der Effi B.

## Zu diesem Buch

Erinnern Sie sich an das traurige Schicksal der Heldin in Fontanes berühmtem Roman »Effi Briest«? Dorothea Keuler erzählt die Geschichte von Effi neu und ganz anders – aus der Sicht ihrer Tochter Anna von Innstetten. Anna hat nämlich nie so recht akzeptieren können, was man von ihrer Mutter erzählte – die Geschichte mit Major Crampas, das Duell zwischen ihm und Annas Vater und schließlich Effis Verbannung und ihr früher Tod im Haus ihrer Eltern auf Hohen-Cremmen. Als Anna 1922 ihre Nachforschungen aufnimmt, entwirrt sie ein Lügengespinst, das Luise von Briest, Effis Mutter, zu weben begonnen hatte. Sie selbst hatte dem jungen Baron von Innstetten seinerzeit entsagt – und ihn später gleichsam stellvertretend an die Tochter Effi verheiratet. Und die Liebe zwischen Innstetten und Luise war keineswegs so unschuldig geblieben, wie Fontane uns das glauben machen will.

*Dorothea Keuler*, geboren 1951, studierte Pädagogik sowie Germanistik, Anglistik und Amerikanistik. Seit 1983 ist sie als freie Journalistin und Hörfunkautorin tätig. Sie ist verheiratet und lebt in Tübingen und Reykjavik. Sie veröffentlichte unter anderem »Undankbare Arbeit. Die bitterböse Geschichte der Frauenberufe« (1993).

# Dorothea Keuler
# Die wahre Geschichte der Effi B.

Roman

Piper München Zürich

Ungekürzte Taschenbuchausgabe
Piper Verlag GmbH, München
Dezember 1999

Umschlag: Büro Hamburg
Stefanie Oberbeck, Katrin Hoffmann
Umschlagabbildung: Stephan Wladislawowitsch
(Archiv für Kunst und Geschichte, Berlin)
Foto Umschlagrückseite: Isolde Ohlbaum
Satz: Ebner Ulm
Druck und Bindung: Clausen & Bosse, Leck
Printed in Germany ISBN 3-492-22768-6

# PROLOG

Das ist die Geschichte, so wie Sie sie kennen. So wie meine Mutter Effi von Innstetten, geborene von Briest, sie ihren Freundinnen erzählte:

*»Eine Geschichte mit Entsagung ist nie schlimm«*, verkündete damals meine Mama mit der ganzen Unschuld ihrer siebzehn Lenze. Und: es sei alles ein bißchen sonderbar, ja beinah romantisch gewesen.

*»Also, Baron Innstetten! Als er noch keine Zwanzig war, stand er drüben bei den Rathenowern und verkehrte viel auf den Gütern hier herum, und am liebsten war er in Schwantikow drüben bei meinem Großvater Belling. Natürlich war es nicht des Großvaters wegen, daß er so oft drüben war, und wenn die Mama davon erzählt, so kann jeder leicht sehen, um wen es eigentlich ging. Und ich glaube, es war auch gegenseitig.«*

*»Und wie kam es nachher?«*

*»Nun, es kam, wie's kommen mußte, wie's immer kommt. Er war ja noch viel zu jung, und als mein Papa sich einfand, der schon Ritterschaftsrat war und Hohen-Cremmen hatte, da war kein langes Besinnen mehr, und sie nahm ihn und wurde Frau von Briest ... Und das andere, was sonst noch kam, nun, das wißt ihr ... das andere bin ich.«*

Ich finde, die Geschichte, wie meine Mutter sie erzählte, klingt wie ein Märchen, und das ist sie auch. In Wirklichkeit war alles ganz anders.

# ABER IN KONSTANTINOPEL . . .

# Erstes Kapitel

Als Luise die Augen wieder öffnete, war sie keine Jungfrau mehr. Sie lag auch nicht im Bett eines besseren Hotels in Innsbruck oder einer anderen Hochzeitsreisestation auf dem Weg nach Süden, sondern unter einer Trauerweide am Seeufer auf Bellingschem Grund. Und Geert küßte ihr die Handfläche.

Ein paar Wochen später wußte sie, daß sie schwanger war. Aber das Fräulein von Belling würde nicht bei Nacht und Nebel zur örtlichen Kräuterhexe schleichen und um einen Abtreibungstee bitten. Sie würde auch nicht in Berlin nach einem verständnisvollen Doktor suchen, der sich ihrer erbarmte. Und sie würde Geert von Innstetten nicht heiraten. Noch nicht. Sie liebte Geert, aber eine vorzeitige Heirat würde enge, kleine Verhältnisse bedeuten, eine winzige Wohnung in der Garnisonstadt, voller Lärm und Kinder, und es wäre ganz unmöglich, daß Innstetten bei seinem Regiment bliebe und Karriere machte, wofür er ja recht eigentlich geschaffen war.

Luise wollte vorankommen, und Geert wollte es auch. Luise stellte sich die gemeinsame Zukunft glanzvoll vor. Einen raschen Aufstieg, Innstetten als Diplomat in fernen Ländern, am thailändischen Hof oder beim Schah von Persien oder wenigstens eine Versetzung nach Berlin, als Major und schließlich General von Innstetten. Luise träumte von Soiréen und Bällen, Theater und Oper und einem Platz immer in der Nähe der Mittelloge, wo die kaiserliche Familie saß. Aber das hieß mindestens noch fünf Jahre warten oder – wenn Papa eine ansehnliche Unterstützung verweigerte – wohl noch länger. Und vorerst wollte Papa Belling von einer Heirat seiner Luise überhaupt noch nichts wissen, und Geert war nur ein kleiner Leutnant bei den roten Zieten-Husaren in der Rathenower Garnison. Papa dürfte von alledem nichts erfahren und Innstetten auch nicht. Luise würde zu verhindern wissen, daß Geerts Ritterlichkeit ihnen die Zukunft verbaute, die sich beide wünschten, und sie wußte auch schon, wie.

Melanie würde ihr dankbar sein. Ihre arme Schwester hatte in fünf Ehejahren drei Mädchen geboren – die letzten beiden waren bald gestorben –, und nun munkelte man, der Arzt habe den Briests nahegelegt, auf den Erben zu verzichten. Mit ihrem Sohn – und Luise zweifelte keinen Augenblick, daß es ein Sohn würde – wäre allen geholfen. Aber sie hatte ihre Rechnung ohne Melanie von Briest gemacht.

»Wo denkst du hin, Luise. Ich werde doch nicht mein Kind um sein Erbteil bringen, damit du deinen – Verzeihung – Bastard in eine goldene Wiege bettest.«

»Dann vergiß bitte nicht, Melanie, daß der Skandal auch euch trifft.«

»Aber Luise, was heißt denn ›Skandal‹! Papa wird schon etwas arrangieren –«

»Papa«, fuhr Luise auf, »Papa darf überhaupt nichts davon erfahren.«

»Weil er sonst seine Illusionen über seinen Liebling verlieren könnte, meinst du wohl. Aber darauf kannst du jetzt keine Rücksicht nehmen. Du fährst für ein Jahr in den Süden, deiner Lunge wegen, und bringst dann das Kind bei guten Leuten unter. Wenn ihr verheiratet seid, du und dein Innstetten, könnt ihr das Kind ja adoptieren.«

Davon wollte nun freilich Luise nichts wissen. Und

Melanie von Briest erklärte sich zwar bereit, die Schwester auf ihrer Reise zu begleiten, blieb ansonsten aber unerbittlich.

Im August starb Luises Schwager Detlev von Briest. Nach dem Essen fühlte er sich unwohl und legte sich zu Bett. Drei Tage später war er tot. Der Arzt gab einer verdorbenen Gänseleberpastete die Schuld. Und dann hieß es, Melanie Briest »erwarte« und wolle, weil die heimische Umgebung sie so schmerzlich an den Verstorbenen erinnere, in Begleitung ihrer Schwester in den Süden reisen.

Luise verführte Geert zu einem zärtlichen Abschied, nachdem nun ohnehin nichts mehr geschehen konnte, was nicht schon geschehen war, und begab sich mit ihrer Schwester auf Reisen. Die verbleibenden Sommermonate verbrachten sie in einem kleinen Seebad in der Normandie, aber doch weit genug von Deauville entfernt, um kein Risiko einzugehen, etwa Bekannte anzutreffen. Im Herbst übersiedelten die Schwestern an die Riviera, in eine kleine Stadt fernab der noblen Überwinterungsorte, wo Innstettens geduldige Braut ungeduldig auf ihre Niederkunft und ihre Freiheit wartete.

Eines Winternachmittags saß Luise allein auf den Klippen und versuchte aus lauter Langeweile, das Farbenspiel von Sonne und Wellen auf ihrem Skizzenblock einzufangen. Als sie aufsah, glaubte sie, ihren Augen nicht zu trauen. Der Mann, der vom Weg aus auf sie zu kam, war kein anderer als Wilhelm von Briest, ein Cousin ihres Schwagers, nur älter, reicher und dicker – ihr Verehrer aus der Zeit vor Innstetten. Und sie hier auf den Felsen, unübersehbar schwanger! Luise überlegte einen Augenblick, ob sie springen sollte.

»Das Fräulein von Belling! Was für eine Überraschung! Hatte Sie eigentlich weiter südlich erwartet. Der Herr Papa hatte so was von Capri erwähnt, Innstetten auch, den ich auf dem Garnisonsball getroffen habe. Leider nur das halbe Vergnügen, der Garnisonsball, ohne Sie, Baronesse. Ich komme übrigens gewissermaßen in galanter Mission, denn nachdem ich Innstetten von meinen Reiseplänen erzählte, trug er mir seine Grüße an Sie auf, falls wir uns begegnen sollten. Welche Freude, Sie hier ganz unvermutet anzutreffen! Manchmal haben eben auch unglückliche Verehrer Glück«, plauderte Briest unverdrossen. »Wie hat Ihnen denn Ihr Aufenthalt bisher gefallen? Haben Sie unterwegs ein paar Museen und Kunstschätze besichtigen können? Und wie geht es der gnädigen Frau Schwester?«

Luise glaubte einen Augenblick, auch ihre Ohren hätten sie im Stich gelassen. Oder war es üblich, daß Frauen in anderen Umständen Trugbilder sahen? Ritterschaftsrat und Gutsnachbar Wilhelm von Briest hier in diesem gottverlassenen Provinznest, und Luise von Belling, die keinen Ehering am Finger trug, aber hochschwanger war, saß neben ihm, und Briest tat so, als wär' es das Natürlichste von der Welt! Luise beschloß, das Spiel zu wagen. Eigentlich konnte sie jetzt nur noch gewinnen.

»Meine Schwester erwartet in sechs Wochen ihre Niederkunft. Es geht ihr gut. Wir hoffen natürlich auf einen Stammhalter. Was für ein Unglück, daß mein armer Schwager es nicht mehr miterleben kann.«

»Ja, mein armer Vetter. Leider hat er kein großes Glück gehabt in seinem Leben, abgesehen davon, daß Ihre liebenswürdige Schwester ihn geheiratet hat. Mein Gott, noch keine Dreißig, stirbt er an einer verdorbenen Gänseleberpastete und verpaßt die Geburt seines Stammhalters, der arme Teufel!«

So plauderten sie noch eine Weile, als ob sie sich auf

der Promenade getroffen hätten, und dann trug Wilhelm Briest ihr die Ehe an. Luise sah plötzlich klar: Alle hatten von der Romanze zwischen dem frischgebackenen Leutnant von Innstetten und der jüngeren, schöneren Bellingschen Tochter gewußt, niemand hingegen von etwelchen Verehelichungsabsichten beider. Briest konnte sich ausrechnen, wie die Sache lag, und ihre Einwilligung in eine Ehe wäre der Preis für sein Stillschweigen. Errötend murmelte sie etwas von Ritterlichkeit und bat um Bedenkzeit. Sie würde es sich nicht leisten können, Briest vor den Kopf zu stoßen. Aber heiraten würde sie ihn nie und nimmer!

## Zweites Kapitel

Nie und nimmer würde sie heiraten! Sängerin wollte sie werden! Nach Wien aufs Konservatorium wollte sie gehen, die ›Carmen‹ singen, alle großen Bühnen dieser Welt erobern: das wollte Marie Trippel. Während Luise von Belling in den Wehen lag und zum ersten Mal in ihrem Leben wünschte, sie wäre Innstetten nie begegnet, erlebte viele Meilen weiter im Norden, im pommerschen Seebad Kessin, Marie Trippel die erste Krise ihres dreizehnjährigen Lebens. Daß sie für eine Pastorentochter viel zu hübsch, zu rundlich, zu lebhaft und zu frei war, bekümmerte sie nicht sehr. Papa schüttelte mitunter selbst den Kopf über seine Kessiner, aber daß jetzt auch er sie im Stich ließ, das bekümmerte sie.

Und nun noch Fräulein Wernitz, ihre Musiklehrerin, an der sie, wie ihre Mutter meinte, mit der üblichen Schulmädchenschwärmerei hing, nun hatte auch Fräulein Wernitz sie verraten. Marie wolle doch einmal heiraten und Kinder haben und geachtet sein, anstatt in der Welt umherzutingeln, auf Provinzbühnen aufzutreten und von den falschen Leuten Komplimente einzuheimsen. Und hier senkte Fräulein Wernitz die Stimme:

»Bedenke, Mariechen, eine Frau kann sich in der Welt nicht so bewegen wie ein Mann. Und alles, was vom Üblichen abweicht, wird ihr übel ausgelegt und spricht gegen sie. Die Männer, die nichts von deiner Kunst verstehen, werden deine Stimme loben, aber meinen werden sie deine lebhaften Augen und deine schönen Haare, und die Frauen werden dich nicht für ihresgleichen, sondern für eine Ausgestoßene halten, und wenn es zum

Schlimmsten kommt, werden sie damit wohl gar recht haben!«

Marie konnte sich auf die verschwommenen Bedrohungen, denen sie als Sängerin ausgesetzt sein sollte, keinen Reim machen. Sie begriff nur, daß nun auch Fräulein Wernitz, von der sie sich sonst so verstanden fühlte, gegen sie war und mit den anderen gemeinsame Sache machte. Marie weinte nicht leicht, aber jetzt begann sie zu schluchzen. Fräulein Wernitz reichte ihr ein spitzenumsäumtes Taschentuch mit ihrem Monogramm, legte ihr den Arm um die Schultern und flüsterte beschwörend:

»Ach, Kind, ich kann dich so gut verstehen. Hab' doch selber einmal davon geträumt, eine große Pianistin zu werden. Und dann habe ich einsehen müssen, daß der Weg für eine Frau mit zu vielen Hindernissen gepflastert ist. Aber sieh, Mariechen, es gibt noch andere Möglichkeiten, die Musik zu deinem Beruf zu machen. Und es ist doch schön, den Keim der Kunst in junge Herzen zu pflanzen.«

Da konnte Marie nicht mehr zuhören. Sie sprang vom Sofa auf und rannte ohne Abschied hinaus, und nicht einmal die Tatsache, daß sie ein Taschentuch der geliebten Lehrerin erbeutet hatte – ein Glück, das ihr noch gestern als das größte erschienen wäre –, vermochte sie zu trösten.

Tränenblind lief Marie auf die Straße. Singen wollte sie, nicht irgendwelchen unmusikalischen Schulmädchen dumme Lieder beibringen.

»Holla, Mariechen, wohin des Weges?« hörte sie plötzlich, und dann sah sie durch einen Tränenschleier die kleine, bucklige Gestalt des Apothekers, mit dem sie freundliche Gespräche führte, wenn sie alle paar Wochen in seine Apotheke kam, um Mutters Baldriantropfen abzuholen.

»Ich sehe, du hast Kummer. Gehen wir doch in meine Offizin. Da kannst du mir in Ruhe alles erzählen, und auf ein paar Stangen Lakritze soll es mir auch nicht ankommen.«

Marie hatte aufgehört zu weinen und ging neben dem Apotheker her. Hinter den Gardinen regte sich manches mißtrauische Gesicht, und mancher Kopf wurde geschüttelt. Der bucklige, kleine Apotheker und Pastors Marie, die viel zu reif für eine Dreizehnjährige aussah. Ihre Mutter sollte sie in ein Korsett schnüren! Apotheker Alonzo Gieshübler war indessen in diesem Augenblick der einzige Freund der Pastorentochter mit den unbürgerlichen Zukunftsplänen, und wer weiß, wie ihr Leben ohne seine Initiative verlaufen wäre. Auch für Gieshübler bedeutete die Mohren-Apotheke zu Kessin nicht den Mittelpunkt der Welt, noch war es das Ziel seiner Wünsche, die braven Kessiner bis an sein Lebensende mit Magenpulver, Salmiakpastillen und Digitalis zu versorgen. Aber wenn man klein und verwachsen und von schwacher Gesundheit war, dann war die Kessiner Mohren-Apotheke am Ende immer noch besser als eine ungewisse Existenz als See- und Forschungsreisender.

»Ich werde mit deinem Vater reden, Mariechen. Das ist doch sonst ein ganz einsichtiger Herr. Wenn du wirklich Talent hast, kann ich mir nicht vorstellen, daß er dich nicht aufs Konservatorium gehen läßt. Und am Geld soll es auch nicht scheitern.«

Das Wernitzsche Taschentuch gab Marie nicht zurück. Nicht so sehr aus alter Liebe, sondern weil sie, wann immer der Gedanke sie anwandelte, aufgeben zu wollen, nur an Fräulein Wernitz und ein Dasein in der Provinz zu denken brauchte, wo sie den Keim der Kunst in junge Herzen pflanzen sollte.

# Drittes Kapitel

Als Luise von ihrem gewohnten Klippenspaziergang zurückkehrte – sie hatte Briest seit der zufälligen Begegnung vor drei Tagen nicht mehr gesehen –, kam ihr Melanie mit glänzenden Augen und geröteten Wangen entgegen. Wilhelm Briest sei hiergewesen, sie hätten über sie, Luise, gesprochen. Er habe erzählt, daß er ihr einen Antrag gemacht und sie ihn um Bedenkzeit gebeten habe.

»Da habe ich mir erlaubt, Schicksal zu spielen und Briest mitzuteilen, daß du mit Freuden annehmen wolltest. Er zog glückstrahlend ab und erklärte, er werde die glückliche Nachricht gleich seiner lieben Mutter und dem verehrten Schwiegerpapa in spe mitteilen –«

Und wenn die alte Briest was von einer Verlobung hörte, dachte Luise, wüßten es im Handumdrehen wirklich alle. Luise kochte.

»Was hast du dir da nur um Gottes willen einfallen lassen!«

»Einfallen lassen? Briests Antrag ist das Beste, was dir passieren konnte. Wer weiß denn, wann dein Innstetten heiraten kann und ob er dich dann noch will?«

»Aber doch nicht Wilhelm Briest, Melanie! Ein Junker ohne Ehrgeiz, vermögend: schön, aber es ist doch kein Staat mit ihm zu machen, immer mit Strohhut und Zigarre, und immer so frivole Reden! Und glaubst du, ich will den Rest meines Lebens auf Hohen-Cremmen versauern?«

»Da läßt sich nun nichts mehr ändern, Luise. Ich habe es gut mit dir gemeint. Briest ist doch ein wundervoller, großzügiger Mensch.«

»Großzügig, Melanie! Meine Situation hat er ausgenützt!«

»Wirklich, Luise, es muß an deinem Zustand liegen, daß du die Dinge so verkehrt herum siehst. Briest ist vollkommen uneigennützig. Erst macht er dir den Hof und läßt sich von dir an der Nase herumführen, dann zeigst du ihm die kalte Schulter und ermutigst einen kleinen Leutnant, der nichts hat als seine Ambitionen. Dann sieht Briest buchstäblich über deinen kleinen Fauxpas hinweg und will dich trotzdem heiraten, und du wirfst ihm vor, er würde deine Situation ausnützen!«

Und dann drohte Melanie mit ihrer sofortigen Abreise, falls Luise Wilhelm Briest abweise, und mit der Aufkündigung ihrer Komplizenschaft. Zwar sei auch sie in dieses Schmierentheaterstück verwickelt, aber ihre, Melanies, Rolle sei immer noch besser als Luises. Melanie werde man am Ende verzeihen und das Ganze dem Schock über Detlevs Tod zuschreiben. Aber Luises Ruf sei ruiniert und Papas kleiner Liebling ein gefallenes Mädchen. Luise wollte nicht glauben, daß ihre Schwester so weit ginge, aber als Melanie zwei Stunden später reisefertig vor ihr stand, mußte sie sich geschlagen geben. »Fein habt ihr das eingefädelt, du und Briest.«

Am 22. März, an des Kaisers Geburtstag, kam das Kind zur Welt.

Vater Belling hatte sich von der Überraschung, daß seine kleine Luise diesen Langweiler von Briest heiraten wollte, schon fast wieder erholt, als seine Töchter mit Melanies Neugeborenem wieder zu Hause waren. Die glückliche Nachricht war ihm durch ein Billet der alten Briest eröffnet worden, auf das er reagiert hatte, wie leicht vorherzusehen war. »Ich glaube, die alte Spinatwachtel ist endgültig senil geworden«, hatte er sich gegenüber einem Freund geäußert. Aber dann war Briests wohlformulierte Bitte um Luises Hand eingetroffen und kurze Zeit später ein ziemlich lapidares Briefchen von Luise, daß sie sich, sein Einverständnis voraussetzend, mit Wilhelm Briest verlobt habe.

Vier Wochen später waren Luise von Belling und ihre Schwester wieder zurück aus dem Süden.

»Ich kann's immer noch nicht glauben, Kind. Du hättest doch viel bessere Partien machen können. Und ich dachte immer, du hättest ein Faible für den jungen Innstetten. Na ja, der hätte wohl noch ein paar Jahre warten müssen, aber er ist doch wenigstens strebsam und hat Aussichten.«

Damit vergrub sich Belling kopfschüttelnd hinter der Kreuz-Zeitung, und Luise, die ihren Zorn und ihren Kummer mühsam beherrscht hatte, konnte nur aus dem Zimmer gehen und ihren Tränen freien Lauf lassen. Innstetten hatte sich, nachdem er von der Verlobung erfuhr, mit einem kalten, gekränkten Briefchen von ihr verabschiedet und ihr alles Glück gewünscht. Ihren erklärenden Brief hatte er nicht beantwortet. Er hatte abrupt den Abschied von seinem Regiment eingereicht und war nach Göttingen abgereist, wo er, wie es hieß, Jus studieren wollte. Luise hatte sich zwar die Adresse seiner Mutter verschaffen können, aber auch der Brief, den sie ihm dorthin schrieb, war unbeantwortet geblieben. Danach hatte ihr der Stolz verboten, noch einmal zu schreiben, und sie war plötzlich zu müde und erschöpft, um ihren Plan, die Verlobung mit Wilhelm Briest platzen zu lassen, auszuführen. Wenn sie Geert nicht haben konnte, konnte sie genausogut Briest nehmen wie irgendeinen anderen.

Nach Art aller liebevollen und etwas eitlen Väter hatte sich Belling bald eine sehr plausible Erklärung zurechtgelegt. Sein kleiner Liebling wollte sich eben nicht von seinem alten Papa trennen und hatte deshalb den Bewerber gewählt, der solches nie und nimmer von ihr verlangen würde. Schon deshalb nicht, weil Wilhelm Briests gesegnete Bequemlichkeit ihn auf Hohen-Cremmen fest- und von jeglicher Ehrgeiztat fernhielt. In Anbetracht der stattgehabten ausgedehnten Reise in den Süden verbat sich Papa Belling eine Hochzeitsreise, was Briest ihm gern konzedierte, wie er überhaupt in allen Fragen äußerst konziliant war. Der einzige Punkt, in dem er sich als erstaunlich energisch erwies, war sein Beharren auf einem nahen Hochzeitstermin.

Die Hochzeit war auf Anfang Juni festgesetzt worden, zwei Wochen nach der Taufe des neuen Erdenbürgers. Man freute sich für Melanie. Wenn sie schon ihren Mann so früh hatte verlieren müssen, konnte sie nun doch Trost an ihrem Kind finden. Tatsächlich hing Melanie wie närrisch an dem Kleinen. Sie hatte es ständig um sich, ließ es kaum einen Moment aus den Augen, die Amme war, von der Zeit, während sie es stillte, abgesehen, so gut wie beschäftigungslos. Nicht einmal Luise durfte das Kleine auf den Arm nehmen, trotzdem sie rührend darum bemüht war und ihrer Schwester nach dem Tod des Schwagers auf eine uneigennützige Art, die alle in Erstaunen setzte, beigestanden hatte. Solche Undankbarkeit sah Melanie nun gar nicht ähnlich.

Den Namen hatte Melanie gewählt, ohne irgend jemanden zu fragen. »Wie mein Kind heißt, bestimme ich«, hatte sie Luise beschieden. Immerhin hatte Luise ihrer Schwester abgetrotzt, das Kind über die Taufe halten zu dürfen. Die Sonne schien, es war ein wunderschöner Maitag. Das Kind war hellwach und munter und verfolgte voller Interesse die sonderbaren Vorgänge, die sich abspielten. Luise fand es entzückend. Wenn nun

Melanie etwas zustoßen sollte, dann wäre es nur naheliegend, daß sie als Tante und als in Bälde nun auch verheiratete Frau sich des Patenkindes annähme und es aufzöge. Weiter kam Luise mit ihren Erwägungen nicht, denn plötzlich stand Detlev von Briest neben ihr, sein Gesicht so blaß und wächsern, wie er ausgesehen hatte, ehe der Sargdeckel über ihm geschlossen worden war.

Der Pastor wollte dem Täufling eben warmes Wasser über den Kopf gießen, als Detlev Briest der Schwägerin eine kalte Hand auf die Schulter legte.

»Diese Frau, die hier als seine Patin vor der Gemeinde steht, ist die Mutter des Täuflings, nicht Melanie«, erklärte Detlev dem Pastor, der ihn ignorierte. »Sein Vater heißt Innstetten, und er weiß noch nicht einmal, daß er ein Kind hat –«

Luise stand schreckensstarr. »Was ist Ihnen, Baronesse?« flüsterte der Pastor und versuchte, die Umsinkende aufzufangen, konnte aber nicht verhindern, daß Patin und Täufling zu Boden stürzten.

## Viertes Kapitel

Das Wasser legte sich langsam um ihre Röcke und machte das Vorwärtskommen mühsam. Aber Schritt für Schritt arbeitete sie sich weiter, entschlossen, allem ein Ende zu bereiten, ihrer Liebe, den besorgten Fragen ihrer Mutter, dem Gerede im Dorf. Erst als Magdalene den Boden unter den Füßen verlor, wußte sie, daß sie nicht sterben wollte.

Es wäre aber zu spät gewesen, wenn nicht der alte Hinrichsen und sein Sohn eben ihr Boot losgemacht hätten, um ihre Reusen einzuholen, und dabei auf die merkwürdige Bewegung im Wasser aufmerksam geworden wären. »Gott! Fegeisens Lene!« schrie Fritz Hinrichsen. »Sie geht ins Wasser.«

Sein Vater sagte gar nichts und legte sich in die Riemen. Er hatte Lene und Müllers Knut in den letzten Wochen oft abends am See spazieren sehen. Gestern abend im Dorfkrug hatte der Müller ziemlich hitzig erklärt, wenn sein Sohn sich nicht endlich bequemen wolle, der reichen Annegret Spitznagel einen Heiratsantrag zu machen, wie es sich gehöre, dann werde er ihn enterben. Der alte Spitznagel und er, der Müller, waren sich schon vor Jahren einig geworden: Die beiden jungen Leute, vor allem aber der Besitz und die Grundstücke paßten so gut zueinander, wie man es sich nur wünschen könne, und ewig werde die Annegret ja auch nicht warten wollen. Auch wenn Knut ihr sehr gefalle, so gebe es doch noch andere, die an der stattlichen Person und ihrem Vermögen Gefallen fänden.

Offenbar hatte der Müller seinem Sprößling die Pistole auf die Brust gesetzt, der hatte mit Lene gesprochen, und Lene wollte ins Wasser.

Im Bett ihrer Mutter kam Lene wieder zu Bewußtsein. Man hatte ihr die nassen Kleider ausgezogen, ein Tuch um die nassen Haare gebunden, einen heißen Ziegelstein ans Fußende gelegt und sie mit allen Decken, die der Haushalt aufzubieten hatte, zugedeckt. Die Mutter war in Tränen aufgelöst.

»Kind, Kind, was hast du dir denn nur dabei gedacht«, jammerte sie. »Das konnte doch nicht gutgehen, mit dir und Knut, so wie der Alte hinterm Geld her ist. Du hast nichts und bist nichts, und daß du zehnmal klüger bist als sein Junge, macht auf den geizigen Müller doch gewiß keinen Eindruck. Ach, Kind, auch wenn du schwanger bist, brauchst du doch nicht ins Wasser zu gehen. Wir werden das Kleine schon großziehen.«

»Was redest du denn da, Mutter, ich kriege doch kein Kind! Aber das denken jetzt gewiß alle! Als ich unterging, hab' ich gemerkt, daß ich nicht sterben will, aber besser wär' es doch gewesen, ich wäre tot. Die Schande!«

Natürlich würde sich das ganze Dorf das Maul über sie zerreißen. Darüber, daß Hochmut vor dem Fall komme, daß es nie gut gehe, wenn die Leute über ihren Stand hinauswollten; daß jeder, außer der Jungfer Neunmalklug, es sich an seinen zehn Fingern hätte abzählen können, daß der alte Müller einer Heirat seines Sohnes mit einer Häuslerstochter niemals zugestimmt hätte, auch wenn sie in Berlin gewesen war und dort in zwei Jahren vom Mädchen für alles zur Zofe einer Kommerzienrätin aufgestiegen war. Flausen, nichts als Flausen brachten die jungen Dinger mit aus der Stadt.

Und Lene? In ihre alte Stellung konnte sie nicht zurück. Kommerzienrats hatten ihr zwar vier Wochen Urlaub gegeben, als sie zur Sommerfrische an die Ostsee fuhren. Aus Geiz, dachte Lene. Um Lohn und Kosten für die Unterbringung der Kammerjungfer zu sparen, wollte sich die Gnädige mit den Diensten des Hotelpersonals behelfen, und da schickte man die Zofe eben weg. Aber nach Ablauf der vier Wochen hatte Lene geschrieben, sie werde nicht zurückkommen. Lene liebte Knut so sehr und er sie, und er würde sie heiraten, und sie würde sich nie mehr mit den Wünschen und Launen irgendwelcher Damen herumplagen müssen. Sie würde selbst bald Herrin mehrerer Dienstboten in der Mühle sein! Aber sie hatte zu sehr auf die Liebe vertraut, um sich vorzustellen, daß Knut sie aufgeben würde, um unglücklich, aber gehorsam um Annegret Spitznagel anzuhalten. Nach alledem würde sie hier nicht bleiben können, der Spott würde unerträglich sein.

»Ich schreibe an Tante Friederike«, tröstete die Mutter, »die weiß vielleicht Rat.«

Tante Friederike war Köchin in einem Herrenhaus im Märkischen und Ratgeberin in allen Lebenslagen für ihre Verwandtschaft. Eine Woche später, während derer Lene sich kaum vor die Haustür traute, aus Angst, jemandem zu begegnen, kam Tante Friederikes Brief. Eine jungverheiratete Baronin aus der Nachbarschaft suche eine Zofe. Lene solle nur gleich abreisen und sich vorstellen. Sogar Reisegeld hatte die Tante beigelegt.

## Fünftes Kapitel

Die junge Baronin und ihr Gatte lebten noch nicht sehr lange unter einem Dach, als Lene im September ihren Dienst antrat. Die junge Baronin war schön und streng und nicht glücklich. Und sie schlief schlecht. Sie und die alte Baronin kamen nicht miteinander zurecht. Lene schrieb nach Hause:

»Liebe Mutter!

Seit vier Wochen bin ich nun auf Hohen-Cremmen. Meine neue Herrin hält auf Abstand, aber sie ist wenigstens nicht launisch wie die Kommerzienrätin, die heute ganz vertraulich und morgen kühl bis ans Herz hinan sein konnte. Es könnte mir recht gefallen, wenn die junge und die alte Gnädige einander nicht so spinnefeind wären. Darunter leidet der ganze Haushalt. Die alte Dame will natürlich das Regiment nicht aus der Hand geben, schließlich hat sie fast ein halbes Jahrhundert das Sagen gehabt. (Der Herr Baron ist in den Dreißigern und viel älter als meine Gnädige, die ist so jung, sie könnte die Enkelin der alten Dame sein.) Stine, die Zofe der Alten, hat mir erzählt, daß sie (die alte Gnädige) anfangs froh über die Verlobung gewesen sei. Niemand habe mehr damit gerechnet, daß der Herr Baron sich noch verehelichen würde. Aber jetzt wäre es ihr lieber, er wäre ledig geblieben.

Der Herr Baron ist mehr für Gemütlichkeit und Miteinander-Auskommen, und ich glaube, er leidet am meisten unter dem Streit. Er will es seiner Mutter recht machen, denn er hängt sehr an ihr, aber er ist ganz vernarrt in seine Frau, und Stine meint, das gefalle der Alten gar nicht. Meine Gnädige ist freundlich zu ihm, aber verliebt ist sie nicht. Vielleicht hat sie ja auch einen geliebt, den sie nicht heiraten durfte. Ich versuche, an Knut nur zu denken, wenn ich allein bin, weil ich dann weine. Aber bitte mach Dir keine Sorgen um mich, ich komme schon zurecht.

Liebe Grüße auch an die Geschwister,

Deine Dich liebende Tochter Lene

Liebe Mutter!

Inzwischen ist es ganz kühl und herbstlich. Ich habe mich sehr mit Stine angefreundet, sonst wäre ich einsam hier. Stine und ihre Gnädige sind ganz vertraut miteinander, meine ist meistens recht freundlich, aber sie hält auf Abstand und Respekt.

Eben habe ich unterbrechen müssen. Die Gnädige kam ziemlich aufgelöst aus dem Salon. Sie hatte Kopfschmerzen und schickte den Herrn weg. Ich mußte ihr Kompressen machen. Stine sagte mir vorhin in der Küche, es habe einen schlimmen Streit gegeben. Die alte Baronin habe der jungen vorgeworfen, daß sie noch nicht in der Hoffnung sei und sie wohl vergebens auf Enkelkinder warten müsse, da habe die Junge eine Porzellanfigur nach ihr geworfen. Wo sie doch sonst immer so auf Contenance hält! Ich habe gleich ihre Koffer pakken müssen. Morgen früh fahren wir nach Schwantikow, zum Vater der Gnädigen. Sie hat mir nicht gesagt, für wie lange. Jetzt hoffe ich, daß ich das Richtige eingepackt habe.

Gute Nacht und liebe Grüße,

Deine Dich liebende Tochter Lene

Liebe Mutter!

Nun hat es länger gedauert, bis ich wieder zum Schreiben kam. Ich hatte viel zu tun, denn meine Gnädige hat sich, kaum daß sie in Schwantikow angekommen war, zu Bette gelegt, und ich mußte sie pflegen. Die Dienstboten dort waren anfangs nicht gerade freundlich zu mir. Meine Vorgängerin war sehr beliebt gewesen. Die Gnädige hatte sie Knall auf Fall entlassen, als sie letztes Jahr mit ihrer Schwester in den Süden gereist war. Und ich dachte, so was machen nur geizige Kommerzienrätinnen. Ich hoffe jedenfalls sehr, daß sie in nächster Zeit nicht mehr verreist, wer weiß, was nachkommt, wenn ich mir wieder eine neue Stelle suchen muß!

Seitdem die anderen Dienstboten bemerkt haben, daß ich mir nichts auf meine Stellung einbilde und nichts dazu kann, daß meine Vorgängerin entlassen wurde, sind jetzt alle recht freundlich zu mir. Stine vermisse ich natürlich. Ich weiß immer noch nicht, wann wir wieder nach Hohen-Cremmen zurückkehren. Herr von Belling ist sehr nachsichtig und liebevoll mit der Gnädigen und beschenkt und verwöhnt sie ebenso wie der Herr Baron. Der war schon einige Male hier, aber immer nur kurz zu Besuch. Er spielt Schach mit Herrn von Belling. Herr Hoppendippel, der Majordomus, meint, die beiden verstünden sich recht gut, aber der Herr von Belling sei so erfreut über die Gesellschaft seiner Tochter, daß er es gar nicht eilig habe, sie wieder zu ihrem Mann zurückzuschicken.

Alles Liebe und Grüße an die Geschwister,
Deine Tochter Lene

Liebe Mutter!

Jetzt ist der November bald zu Ende, und wir sind immer noch in Schwantikow. So kommt die alte Baronin jedenfalls nicht zu einem Enkelkind! – Es ist schon recht, daß Du mir von Knuts Hochzeit mit Annegret geschrieben hast. Irgendwann hätt' ich es ja doch erfahren. Sollen sie glücklich miteinander werden! Ich versteh' es nicht, daß man jemanden heiratet, den man nicht liebt, so wie Knut oder wie meine Gnädige. Dann lieber ledig bleiben! Hier ist der See schon zugefroren. Letzten Sonntag sind alle, die frei hatten, Schlittschuh gelaufen. Ich habe mich nicht aufs Eis gewagt. Das Wasser ist schon im Sommer kalt genug.

Alles Liebe,
Deine Tochter Lene

Liebe Mutter!

Dir und allen zu Hause wünsche ich ein frohes und gesegnetes Weihnachtsfest. Denk Dir, ich habe meine Vorgängerin kennengelernt. Sie heißt Thekla, ist jetzt in Neuruppin in Stellung und nicht sehr zufrieden. Sie hat Heimweh und wäre lieber hier in Schwantikow, bei Eltern und Geschwistern. Über Weihnachten ist sie auf Besuch da. Ich habe sie beim Eislaufen getroffen. Habe mich jetzt doch aufs Eis getraut, es ist so dick wie eine Mauer. Krischan, das ist ein Stallknecht, der vielleicht einmal Kutscher wird und mich, glaube ich, ganz gern mag, hat mir ein Loch im Eis gezeigt, wo sie Eis für die Küche holen. Das bricht so leicht nicht. Und er hat mir auch ein Paar Schlittschuhe besorgt. Aber nun denk Dir nichts dabei, ich habe Dir gesagt, daß ich ledig bleibe!

Thekla, meine Vorgängerin, ist nicht gut auf die Gnädige zu sprechen. Sie meint auch, daß bei ihrem Patenkind nicht alles mit rechten Dingen zugegangen sei –«

(Sollte sie wirklich schreiben, überlegte Lene, was Thekla ihr neulich abends anvertraute, als man im Gesindezimmer dem Punsch schon ziemlich zugesprochen hatte: Erst die plötzliche Reise nach Süden, dann sieben Monate später das Kind, und Thekla hatte noch einige Einzelheiten genannt, die ihre Vermutung erhärten sollten. Sollte sie das wirklich schreiben? Aber warum auch nicht, sagte sich Lene. Sie würde Mutter bitten, den Brief zu verbrennen. Lene ließ die Feder übers Papier kratzen und schloß:)

»Aber wenn es so ist, wie Thekla vermutet, warum läßt meine Gnädige das Kind dann fallen? Das jedenfalls haben die anderen erzählt, die bei der Taufe in der Kirche waren.

Nun will ich schließen. Liebe Mutter, ich wäre zu Weihnachten so gerne bei Euch gewesen, aber dann denke ich an Knut und seine junge Frau, und dann will ich lieber doch nicht!

Ganz liebe Grüße
von Deiner zärtlichen Tochter Lene

Liebe Mutter!

Stell Dir vor, Deine Tochter geht auf Weltreise! Der Herr Baron hat der Gnädigen zu Weihnachten eine Reise geschenkt. Mit dem Schiff! Sie überwintern auf Capri, dann machen sie eine Kreuzfahrt durchs Mittelmeer, bis nach Konstantinopel! Und mich nehmen sie mit! In zwei Wochen brechen wir auf. Ich glaube, daß er sich die Kreuzfahrt ausgedacht hat, damit die Gnädige aus Schwantikow abreist. Aber es ist schon ein ziemlicher Umweg nach Hohen-Cremmen!

Stine hat mir einen Brief geschrieben, daß sie mich vermißt und daß die alte Baronin sehr böse und traurig gewesen sei, daß ihr Sohn so eine lange Schiffsreise unternimmt und sie ihn vielleicht gar nicht mehr wiedersieht. Sie (die alte Dame) hat die Gnädige eine Hexe genannt und den Herrn Baron einen alten Esel, daß er auf sie hereingefallen sei, und es werde ihm schon noch leid tun.

Du fragst, was mit dem armen Täufling passiert sei? Ich glaube, das weiß niemand so recht. Die einen sagen, er sei sehr krank und bleibe vielleicht gelähmt. Die anderen sagen, das Kind habe nicht mehr lange zu leben, und wieder andere, daß ihm nichts Ernstes geschehen sei. Die Herrschaft redet nicht darüber. Es heißt auch, ihre Schwester habe seither kein Wort mehr mit der Gnädigen geredet, und sie war auch noch nicht hier, seit die Gnädige in Schwantikow ist. – Ach, Mutter, Du sagst jetzt gewiß, daß auch die Reichen ihre Sorgen haben!«

## Sechstes Kapitel

Auch die Reichen haben ihre Sorgen, dachte der alte Witherspoon. Schon viele Jahre war er in Victoria, in der englischen Kronkolonie Hongkong, ansässig und betreute die Rechtsgeschäfte einiger großer Kaufmannsfamilien. Eben hatte eine Testamentseröffnung stattgefunden, die für einen der Wellbourne-Erben eine böse Überraschung parat hielt: Er ging nämlich leer aus. Mr. Witherspoon legte dem jungen James tröstend die Hand auf die Schulter. »Tut mir leid, James, daß die Sache so enttäuschend für Sie geworden ist, aber –«

»Sie haben die ganze Zeit gewußt, daß mein Großvater mich nicht als Erben vorgesehen hatte, nicht wahr, Sir? Ich weiß nicht, was er sich dabei gedacht hat. Da bin ich nun zum Gentleman erzogen worden, habe alles gelernt, was ein Herr von Stand und Vermögen wissen und können muß, und nichts, womit ich meinen Lebensunterhalt verdienen könnte.«

»Aber ich bitte Sie, mein lieber James, Sie stehen ja nicht allein. Ihre Onkel werden Sie doch nicht im Stich lassen, Mr. Frederick nun ganz gewiß nicht, und Mr. Balthasar hat immer liebevollen Anteil an Ihnen genommen. Wenn Sie glauben, Sie stünden jetzt auf der Straße, dann haben Sie entschieden zu viele Romane gelesen. Gewiß, die Mittel, um das unabhängige Leben eines Mannes von Vermögen zu führen, haben Sie nicht –«

»Ganz recht, Mr. Witherspoon, die habe ich nicht. Ich bin vollkommen von meinen Onkeln abhängig, von ihrem Geldbeutel, von ihrer Großzügigkeit, von ihrem Wohlwollen. Wie soll ich das ertragen? Wenigstens hat meine arme Mutter das nicht mehr miterleben müssen. – Wenn Sie etwas für mich tun wollen, Mr. Witherspoon, dann lassen Sie mich wissen, falls Sie von jemandem hören, der für einen jungen Mann ohne Aussichten eine halbwegs anständig bezahlte Arbeit hat. Ich kann lesen und schreiben, spreche Englisch und Französisch, ich kann boxen, reiten und schießen, bin ein guter Cricket- und ein passabler Golfspieler und einigermaßen trinkfest.«

»Na, na, James, Ihr Großvater wäre zutiefst verletzt, wenn er Sie so bitter sprechen hörte.«

»Sie haben gut reden, Mr. Witherspoon, nichts hat mich darauf vorbereitet, mein Leben als Almosenempfänger meiner Verwandten zu beschließen.«

Wenn er nur nicht so asiatisch aussähe, fuhr es dem Familienanwalt durch den Kopf, könnte er immer noch eine Cousine heiraten und sich einen angemessenen Platz in der Familie sichern, aber weder Mr. Frederick noch Mr. Balthasar würden, bei aller Liebe, schlitzäugige Enkelkinder haben wollen. Immer hatte Witherspoon den alten Wellbourne gedrängt, die Existenz seines Lieblingsenkels James Wang abzusichern, aber Wellbourne hatte sich auf den Familienzusammenhalt berufen und darauf, daß Frederick und Balthasar den Sohn ihrer Schwester wie ein eigenes Kind behandeln würden, wenn er nicht mehr am Leben sei. Und wahrscheinlich hatte er sogar recht damit. Vielleicht fühlte er ja auch seinen Söhnen gegenüber eine Verpflichtung, die Missetat seiner Tochter nicht noch zu belohnen, indem er deren Sohn großzügig bedachte.

Miss Elizabeth Wellbourne nämlich war seinerzeit mit dem Sohn eines chinesischen Geschäftspartners durchgebrannt, der die Verbindung ebenso mißbilligte wie Wellbourne selbst. Das lag nun an die zwanzig Jahre zurück, der chinesische Bräutigam war bald nach der Heirat an Tuberkulose und Elizabeth ein Jahr darauf aus Kummer gestorben. Seither hatte sich Wellbourne um seinen Enkel gekümmert, ihn liebgewonnen, war für seine Erziehung aufgekommen und hatte, nachdem die Gicht ihm die letzten Jahre seines Lebens ziemlich zur Hölle gemacht hatte, dafür gesorgt, daß James in der Familie seines Onkels Frederick Aufnahme fand. Der alte Wellbourne hätte seinem Lieblingsenkel allzugern ein Offizierspatent in der Kavallerie Ihrer britischen Majestät gekauft, aber James hatte erklärt, er habe zwar viel für Pferde, aber nur sehr wenig fürs Militär übrig. Und beide wußten sehr wohl, daß James wegen seines chinesischen Vaters überhaupt keine Chance gehabt hätte, aufgenommen zu werden, ganz egal wie er zur Kavallerie Ihrer Majestät stand.

Zwar hatte man es im Hause Wellbourne fertiggebracht, nie über James' Abstammung zu reden oder auch nur darauf anzuspielen, daß er anders aussah als seine europäischen Cousins und Cousinen, trotzdem war James in einer englischen Schule in Victoria erzogen worden, wo er sein Botanik-Examen über die britische, nicht über die heimische Flora abgelegt hatte. Die Cousins dagegen wurden nach Rugby geschickt, die älteren studierten jetzt in Cambridge, während James nach der Schule eine großzügig bemessene Zeit zugestanden wurde, um eine Entscheidung hinsichtlich seiner Zukunft zu treffen. Witherspoon konnte bei aller Loyalität nicht umhin, den Kopf über seinen dahingeschiedenen Klienten zu schütteln.

James' Zukunftsaussichten klärten sich schneller, als Witherspoon gedacht hatte, nämlich schon wenige Tage später bei einem Abendessen in seinem Club.

»Wenn der junge Wang wirklich einen Beruf erlernen will, kann er bei mir anfangen«, erklärte Edward Crawford, der Inhaber eines großen Handelshauses mit einer eigenen Flotte, bei Apfeltorte und Madeira. »Für eine Ausbildung zum Kapitän ist er schon zu alt, aber als Schiffsmakler oder Handelskorrespondent könnte er es zu etwas bringen. So reich wie die Brüder Wellbourne wird er dabei sicher nicht, aber wenn er sich gut macht, kann er in zehn Jahren eine Familie ernähren.«

Witherspoon bat James Wang in sein Büro. Er bezweifelte zwar, daß James seine Bitte um Arbeit wirklich ernst gemeint hatte, aber er würde Crawfords Angebot immerhin weitergeben, dann war es an James, sich zu entscheiden. Wenige Wochen später war James Volontär in Crawfords Handelshaus, einer der anstelligsten seit langer Zeit, wie der Vorsteher des Kontors beteuerte, der, vorausschauend wie er war, in dem freundlichen, intelligenten jungen Mann schon die Konkurrenz witterte. Damit er Mr. Crawford nicht allzuoft angenehm auffallen konnte, schickte der Kontorvorsteher ihn, sobald es ging, auf Reisen. Wer mit Schiffen Geld verdienen wolle, sagte er, müsse das Leben auf einem Schiff erst einmal kennenlernen.

James war so begeistert von der Aussicht, mit dem Dampfschiff ›Pinafore‹ und einer Ladung chinesischer Möbel nach Konstantinopel reisen zu dürfen, daß er sich gleich einen Photographenapparat kaufte, um seine Reise im Bild festzuhalten.

## Siebentes Kapitel

In Begleitung ihres Vaters und Doktor Gieshüblers war Marie Trippel bald nach der schicksalhaften Aussprache mit dem Mohren-Apotheker von Kessin aufgebrochen. Doktor Gieshübler hatte ihren Eltern eindringlich ins Gewissen geredet, welche Vergeudung einer wunderbaren Gottesgabe es doch sei, Maries Begabung brachliegen zu lassen. Er hatte sich auch bereit erklärt, für den Löwenanteil der Ausbildungs- und Unterhaltskosten aufzukommen, falls Marie auf dem Konservatorium akzeptiert werde. Marie hatte diese Entscheidung mit gemischten Gefühlen zur Kenntnis genommen. Zwar hätten die Ausgaben die bescheidenen Mittel ihrer Eltern ziemlich dezimiert, doch mehr als ein Universitätsstudium, das ihre Eltern einem Sohn bezahlt hätten, ohne mit der Wimper zu zucken, kostete ihre Ausbildung doch auch nicht. Ihrem lieben Doktor Gieshübler aber, dem würde sie in alle Ewigkeit dankbar sein, beschloß Marie feurig.

Die Reise ging nach Wien, wo ihnen durch einen Freund Gieshüblers ein fähiger Stimmbildner empfohlen worden war. Dieser, ein Professor Hannibal Hartriegel, sollte Marie prüfen und entscheiden, ob sie Talent und Aussichten zur Sängerin habe. Marie zweifelte keinen Augenblick, aber was würde dieser Professor Hartriegel, von dem ihr weiteres Schicksal abhing, befinden?

»Ein schöner, vielversprechender Mezzosopran.« Professor Hartriegel war angetan, und so wurde Marie am Konservatorium der Musikfreunde in Wien aufgenommen. Es wurde ein Pensionszimmer bei einer Witwe gemietet, die versprach, ein Auge auf das Mädchen zu haben. Drei weitere junge Damen logierten noch bei der Witwe Kreisler. Fräulein Judith Ritter war Bankangestellte und stolz darauf und mit ihren zweiundzwanzig Jahren die Älteste. Charlotte Klingenschmied ging bei einer Schneiderin in die Lehre, was nicht hieß, daß sie bloß ein Nähmädchen war. Im Modesalon der Madame Lafontaine – wo die Damenwelt der guten Wiener Gesellschaft ihre Garderobe kaufte – erwarb Charlotte sich Kenntnisse in der Haute Couture. Salome Morgenstern ließ sich zur Pianistin ausbilden, und Marie sah gleich die Kollegin in ihr.

Fünfmal die Woche ging Marie nun zu Professor Hartriegel, um ihre Stimme auszubilden, ebenso oft zu Fräulein Benedetti, der Korrepetitorin, mit der sie ein Repertoire von Liedern und Kinderrollen einstudierte, außerdem lernte sie Französisch und Italienisch, die wichtigsten Opernsprachen. Diesen Unterricht erhielt sie zusammen mit Hildiko, einer um ein Jahr älteren Ungarin. Anders als Marie, für die das Kunst- und Künstlermilieu vollkommen neu war, hatte Hildiko, die aus einer alten Budapester Kleintheaterdynastie stammte, das Bühnenleben mit der Muttermilch eingesogen.

Hildiko besaß einen ungeheuren Charme – alle, vom Portierssohn bis zu Professor Hartriegel beteten sie an – und eine recht materialistische Auffassung ihres zukünftigen Berufs. »Was schert mich die Kunst, solange ich singen kann«, pflegte sie zu sagen, und singen konnte sie. Mit ihrem leuchtenden, vor allem in den hohen Registern exzellierenden Sopran war sie das Entzücken aller. Es schmerzte Marie, daß Professor Hartriegel Hildiko für die Talentiertere hielt. In den Salons der Wiener Damen riß man sich geradezu um sie, was sie vor allem deshalb freute, weil bei jedem dieser Gesangsabende immer ein dezent verabreichtes Geldgeschenk von mindestens zwanzig Gulden heraussprang. Die Miete, anständige Kleider, die Noten, das Trinkgeld für Dienstmädchen, Portiers und dergleichen, alles kostete Geld, und von ihrer Familie hatte Hildiko keine materiellen Zuwendungen zu erwarten, im Gegenteil, ihre Eltern setzten sehr auf Hildikos Erfolg, der ihnen ein geruhsames Alter sichern sollte.

Für den folgenden Sommer rechnete Hildiko sicher mit einer Einladung nach Schloß Totis, der Sommerresidenz des musikbegeisterten Grafen Esterházy. Dort versammelte der Graf seine Protegés. Ständig wurden neue Opern und Konzerte aufgeführt. Das sei anstrengend, meinte Professor Hartriegel, aber eine große Ehre und außerdem eine Chance, um Verbindungen zu knüpfen, denn in Totis traf man auch viele Berühmtheiten an, die sich nicht zu schade waren, jungen Talenten von ihren Erfahrungen mitzuteilen, außerdem Operndirektoren und Intendanten.

Manchmal dachte Marie, es wäre einfacher, wenn sie Hildiko hassen und beneiden, ihr den Erfolg mißgönnen und sich über Mißgeschicke freuen könnte, aber Hildiko war stets von entwaffnender Freundlichkeit und Kollegialität, und so gehörte auch Marie zur Schar derer, die Hildiko zu Füßen lagen. Trotzdem litt sie sehr darunter, in ihrem Schatten zu stehen, und eines Tages faßte Marie den Entschluß, aus dem Zustand ihrer Unscheinbarkeit und ihres Unbemerktseins herauszutreten, indem sie sich einen neuen, klangvolleren Namen zulegte: Marietta Trippelli würde sie in Zukunft heißen.

## Achtes Kapitel

Der alte Herr von Belling schloß die Kutschentür und winkte seiner Tochter zärtlich zum Abschied. Die Pferde zogen an, Briest ließ die Vorhänge herunter, legte seinen Arm um Luise und küßte sie lange. Luise öffnete ihm ihre Lippen und erwiderte den Kuß. Das hatte der Gute redlich verdient. Sein Vorschlag, eine Kreuzfahrt zu machen, war eine wirklich elegante Lösung. Bis sie zurückkamen, hatte die Alte wohl eingesehen, daß Hohen-Cremmen eine neue Herrin habe. Vielleicht hätte sich das Problem auch von selbst geregelt. Luise hätte in diesem Moment überhaupt nichts dagegen gehabt, die Reise irgendwo abzubrechen, um der alten Dame die letzte Ehre zu erweisen. Sie begann eben, sich die schwiegermütterliche Beerdigung auszumalen, als sie Briests Hand auf ihrer Brust spürte. Die Hand machte sich am Verschluß ihres Reisekleides zu schaffen.

»Wilhelm, bitte, nicht hier!« sagte sie mit sanftem Vorwurf.

»Was willst du, meine Liebe, wir sind allein, und wer weiß, ob wir in der Eisenbahn ein Abteil für uns bekommen.« Briest widmete seine Aufmerksamkeit wieder ihrem Mund und dem obersten Knopf ihres Kleides.

»Briest! Bitte!« sagte Luise.

»Luise, bitte«, sagte Briest und öffnete den zweiten Knopf.

Als Lene ihrer Herrin abends im Hotel beim Auskleiden half, bemerkte sie, daß die feine Spitzenborte ihres Hemdes zerrissen war. Der Blick der beiden Frauen traf sich im Spiegel. Lene errötete und schlug die Augen nieder. Sie löste Luise das Korsett und bürstete ihr die Haare. Briest betrat das Zimmer, im Schlafrock. »Gute Nacht, Lene. Schöne Träume!« verabschiedete er sie leutselig. Dann legte er Hand an Luises endlich vom Korsett befreite Brüste und streifte ihr das Nachthemd ab. Lene stieg die Dienstbotentreppe hinauf ins Dachgeschoß, wo die schuhschachtelgroßen, eiskalten Bedienenzimmer lagen, und träumte von besseren Zeiten mit Knut.

Für Luise wurde es die erste Nacht seit langem, in der sie nicht von ihrem Schwager Detlev heimgesucht wurde. Es war immer wieder derselbe Traum: Detlev, der neben ihr am Taufbecken stand, nur, daß ihn im Traum alle sehen konnten und, was schlimmer war, auch hören: Wie er von seinem dreitägigen Todeskampf erzählte, in allen unappetitlichen und peinlichen Einzelheiten.

Luise war am Morgen so froh über den ungestörten Schlaf dieser Nacht, daß sie sich bereitwillig an ihren Mann schmiegte, als er sie an sich zog. Briest, der mit so viel Entgegenkommen nicht gerechnet hatte, küßte ihr dankbar die Hand – wie Innstetten, damals, unter der Trauerweide am See, durchfuhr es Luise. Viel hätte sie dafür gegeben, wenn sie mit Innstetten anstatt mit Briest in diesem Bett hätte liegen können – in der Gewißheit, daß sie an Innstettens Seite ein sehr viel glanzvolleres Leben erwartete, als Briest es ihr jemals zu bieten vermochte. Luise schloß die Augen und begann sich auszumalen, was sie verloren hatte.

Gemächlich reiste das Briestsche Paar weiter nach Süden. Auf Capri verbrachten sie den Rest des Winters recht angenehm mit viel Lektüre. Im Frühjahr brachen sie auf einer komfortablen gemieteten Jacht samt Besatzung zu ihrer Kreuzfahrt auf.

Manchmal spielte Luise mit dem Gedanken, Lene nach Hause zu schicken. Lenes Begeisterung über all das Neue war ihr unerträglich, und die Dankbarkeit, die Lene besonders Briest gegenüber an den Tag legte, empfand Luise als Provokation. Es war ja gerade so, als sei diese Reise nicht um ihretwillen, sondern Lenes wegen veranstaltet worden. Und Briest gefiel sich auch noch darin, die neuen Eindrücke launig mit ihr zu bereden. In Konstantinopel fand sich eine Gelegenheit, Lene in ihre Schranken zu weisen.

»Was meinen Sie, Lene«, fragte Briest die Zofe, die sie beim Frühstück bediente, »widmen wir uns in dieser orientalischen Stadt der sieben Hügel erst dem Höheren und statten der Hagia Sophia, der heiligen Weisheit, einen Besuch ab, oder wenden wir uns heroisch zum Schloß der Sieben Türme, wo in Kriegszeiten die feindlichen Gesandten schmachteten, oder halten wir's mit der Liebe und dem Serail von Topkapi? Das wäre, beiläufig, auch das Nächstliegende.« Lene war für den Serail. »Ja«, meinte Briest, der seinen Baedeker so genau noch nicht gelesen hatte und deshalb nicht wußte, daß ein Besuch im Serail diplomatischer Vermittlung bei der Hohen Pforte bedurfte, »ja, Lene, am besten Sie verschleiern sich nach Art der Muselfrauen. Wenn der Sultan Sie zu Gesicht bekommt, möchte er Sie wohl seinem Harem einverleiben wollen. Blonde Frauen sind hier sehr gesucht.«

»Ich fürchte, Briest, wir werden die nächsten Tage auf Lenes Gesellschaft verzichten müssen. Meine Garderobe muß dringend durchgesehen, gelüftet und geplättet werden, nachdem wir nun all die Zeit aus dem Koffer gelebt haben. – Lene, ich fürchte, es wird weder mit der Heiligen Sophia noch mit den Sieben Türmen noch mit dem Topkapi-Palast etwas werden.« Sie lächelte maliziös.

»Wir wollen Sie doch nicht an den Harem des Großtürken verlieren!«

Lene gehorchte, mit Zorn im Herzen.

# Neuntes Kapitel

James Wangs Zorn über das ungerechte Testament seines Großvaters und seine Benachteiligung hielt der frischen Brise auf See nicht lange stand. In Captain Arthur Douglas, väterlicherseits Schotte aus Aberdeen, von der Mutterseite her deutscher Abstammung, hatte James bald einen Freund gefunden.

In Konstantinopel lag die ›Pinafore‹ ein paar Tage im Hafen. Beim Crawfordschen Agenten in Galata hatten sie erfahren, daß sie auf eine Ladung Teppiche warten und sie nach London transportieren sollten. Captain Douglas, der den Stapelplatz der Levante kannte wie seine Westentasche, zeigte James den großen Basar und den Friedhof von Skutari. Da merke man am besten, daß man sich wirklich in der Türkei befinde, meinte er.

Eines Nachmittags war der Captain nach dem Lunch verschwunden. »Der ist gewiß nach St. Dimitri gegangen«, erklärte der Maat mit anzüglichem Grinsen. Er bedachte James' fragenden Blick mit der pantomimischen Darstellung weiblicher Brüste und der Erklärung, daß es in diesem Viertel Unterhaltung jeglicher Art und für jeden Geschmack gebe.

James nahm die Kamera, schulterte das Stativ und machte sich allein auf den Weg. Nicht zu den Spielhöllen, Schenken und Bordellen des heiligen Dimitri freilich, sondern um ein Kaik zu mieten. Den wunderbaren Blick von der See, wo sich die Stadt zwischen Meer und Himmel wie ein Amphitheater an den Hängen erhob, wollte er unbedingt noch einmal genießen und, wenn möglich, photographieren. Dann aber mißlang die Verständigung.

Der Ruderer brachte James nicht zur Mündung des Goldenen Horns, sondern am Marine-Arsenal vorbei, in die entgegengesetzte Richtung, in ein malerisches Flußtal, wo sich auf Wiesen, in Lauben und unter Bäumen viel Volk bei Picknick und Spielen tummelte. Es war Freitag, der Sonntag der Mohammedaner, fiel James ein, da hatte der Kaikfahrer wohl angenommen, daß sein Fahrgast am allgemeinen Vergnügen teilhaben wolle.

Einen Teepavillon gab es auch. Davor, im Halbschatten, saß die schönste Frau, die James je gesehen hatte. Sie hatte braunes Haar mit rötlichem Schimmer, ein feingeschnittenes Gesicht mit weißer Haut, sanfte dunkle Augen, eine leicht gebogene Nase und einen Schwanenhals.

Ehe er nachdenken konnte, war James auf die Schöne zugegangen, hatte sich verbeugt und gebeten: »Pardonnez-moi, Madame, pour vous adresser. Permettez-moi de faire un portrait photographique de vous!« James hatte nicht geahnt, daß sein Schulfranzösisch und seine Schüchternheit gegenüber Frauen ihn jemals zu einer solchen Heldentat befähigen würden.

Die Dame blickte ihm freundlich entgegen, und jetzt, da sie lächelte, sah James, daß ihr Mund mit dem Venusbogen noch schöner wurde als zuvor.

»Wie gefällt es Ihnen im Tal der süßen Wasser?« fragte die Schöne, als James die umständliche Prozedur des Photographierens beendet hatte, auf die er sich nur mühsam hatte konzentrieren können. James mußte zugeben, daß er den Ort nicht kannte, nicht einmal freiwillig hier war, sondern das Glück, ihr begegnet zu sein, einem begriffsstutzigen Kaikfahrer verdankte.

Die Schöne lächelte ihn an, so als ob auch sie sich über die Begegnung freute. Dann erlosch das zauberhafte Leuchten und machte einem Konversationslächeln

Platz. »Ah, da kommt Briest. Er wird Ihnen mehr über diesen Ort sagen können als ich.«

Der Herr war um einiges älter als die Dame. Jovial lud er James ein, an ihrem Tisch Platz zu nehmen, nachdem er sich als »Wilhelm Briest, voyageur de noces Prussien« vorgestellt hatte, in der Annahme, Luise habe sich schon selbst mit dem mandeläugigen jungen Mann bekannt gemacht. Auf Reisen mußte man es nicht so streng nehmen mit den Konventionen, fand Briest. James, der zwar verstanden hatte, daß der Herr ein Reisender, nicht aber, daß er ein Hochzeitsreisender aus Preußen war, weil eben in dem Moment irgendwo in den Innenräumen ein Tablett mit Teegläsern zu Bruch ging, hoffte, er möge der Vater der jungen Frau sein.

»Ja, man wird es mir nicht glauben, aber der Wirt hat es mir soeben bestätigt«, erzählte der Herr. »Hier in der Nähe, etwas flußaufwärts, gibt es ein Lustschloß des Sultans, das mal eine Papiermühle und davor schon einmal ein Lustschloß gewesen war. Sultan Achmed der Dritte, ein türkischer Aufklärer, der den Buchdruck im Osmanischen Reich einführte, glaubte partout, dieses wunderhübsche Tal mit einer Papiermühle verschandeln zu müssen, und ließ das Schlößchen umbauen. Dann wurde er ermordet, die Fabrik zerstört und als Lustschloß wieder aufgebaut. Das ist«, sagte er ins Deutsche zurückfallend, »Rin-in-die-Kartoffeln-raus-aus-den-Kartoffeln auf türkisch, Luise.«

Luise ließ ihm den Berolinismus durchgehen. Wenn sie etwas sagte, würde Briest nur mit einem neuen antworten. Man trank den türkischen Tee, lobte die Gastfreundschaft der Türken, verweilte noch bei einigen freundlichen Abschiedsfloskeln und brach schließlich auf.

## Zehntes Kapitel

James vermutete die Dame, von der er immerhin wußte, daß sie Luise hieß, in einem noblen Hotel im Europäerviertel Pera, und er vermutete richtig. Die Briests waren im ›Hotel de l'Europe‹ abgestiegen. Vom Dachgarten aus bot sich der Blick auf die ganze Stadt. Es war ein herrlicher Morgen. Während Briest sich am Panorama delektierte und den Wald von Minaretten, Zypressen und Schiffsmasten bewunderte, ertappte sich Luise dabei, daß sie nicht von Geert, sondern von dem Chinesen mit den wunderbaren Mandelaugen träumte, nicht ahnend, daß er in ebendiesem Augenblick vor dem Portal des Hotels stand und sich überlegte, ob er sich in die Hotelhalle setzen und auf das Beste hoffen sollte.

Währenddessen schwitzte Lene beim Plätten. Sie war eine gewissenhafte Zofe, hatte kleine Ausbesserungen immer sofort vorgenommen und größere bei nächster sich bietender Gelegenheit. Das Ansinnen, Luises Garderobe auszulüften und zu plätten, war völlig abwegig. Die frischgebügelten Kleider würden alle wieder in den Koffer kommen und zerdrückt werden. Lene wagte es aber auch nicht, den Befehl der Gnädigen zu mißachten. Nicht nur, weil sie sich vor der Entlassung fürchtete, falls die Gnädige es merkte, Lene war auch die fremde Stadt, auf deren Straßen man kaum Frauen erblickte, nicht so recht geheuer. Die Gnädige war neidisch, das merkte Lene wohl, weil sie, die Zofe, die Reise so viel mehr genoß als ihre Herrin, obwohl sie Arbeit und Pflichten hatte. Und da es in der Macht der Herrin lag, gefiel es ihr, Lene um das unschuldige Vergnügen zu bringen. Wenn sie nicht glücklich war, sollten es andere auch nicht sein. Lene weinte vor Selbstmitleid. Sie kam sich vor wie Aschenputtel, das die bösen Schwestern in die Küche gesteckt hatten, um Linsen aus der Asche zu lesen. Fehlte nur noch die gute Fee. Den gnädigen Herrn konnte sie sich in dieser Rolle allerdings nicht recht vorstellen, so gutmütig er war, er würde um ihretwillen nicht das gute Einvernehmen mit seiner Frau aufs Spiel setzen.

Gerade als das Bügeleisen die richtige Hitze hatte, klingelte es. Bis sie zurück war, würde es abgekühlt sein, und sie würde den Glutbolzen noch einmal erhitzen müssen.

»Lene, Sie begleiten mich bitte in die Stadt«, bestimmte die Gnädige, »ich habe noch einige Einkäufe zu machen, ehe wir abreisen.«

Sie waren noch nicht weit gekommen, als die Gnädige plötzlich stehenblieb und dann geradewegs auf einen Chinesen zuging, der dort stand und auf jemanden zu warten schien. »Ich brauche Sie nicht länger, Lene«, sagte die Gnädige. »Sie dürfen gehen. Wenn der Herr vor mir zurück sein sollte, so sagen Sie ihm bitte, ich habe Herrn Wang getroffen.«

James hatte nur Augen für Luise. Und noch ehe er sich überlegt hatte, ob und wie er sein Hiersein erklären sollte, hatte sie ihm die Hand auf den Arm gelegt. »Wie schön, Sie zu treffen, mein lieber Monsieur Wang. Mein Mann hat mich verlassen, um einen alten Freund auf der Botschaft zu besuchen. Wollen Sie mir die Stadt zeigen?«

»Oh, ja, mit Vergnügen, Madame!« James mußte sich zurückhalten, um nicht zu jubeln. Daß Luise während ihres Aufenthalts Gelegenheit gehabt hatte, die Stadt besser kennenzulernen als er, fiel ihm gar nicht ein. Jeder Grund war ihm recht, um mit ihr zusammen zu sein. »Möchten Sie den großen Bazar sehen? Man nennt ihn den ›Palast des Volkes‹.«

Luise, die sonst nicht viel fürs Volk übrig hatte, stimmte lächelnd zu. »Ich freue mich sehr, daß Sie mich herumführen wollen, mon cher. Sie sind mir soviel lieber als meine sauertöpferische Zofe, die ich noch nicht ein einziges Mal habe lächeln sehen, seit wir hier sind.« Und dann vergaß sie die Zofe.

Luise und James nahmen eine Droschke zum Hafen und setzten über nach Stambul. »Nun sind wir wirklich im Orient«, sagte Luise, als sie durch den Bazar schlenderten. Nicht einmal der Lärm, das Gedränge und die verbrauchte Luft machten ihr etwas aus, im Gegenteil. Luise und James genossen die Nähe, die durch die schmalen Gänge gerechtfertigt war. Zum Kummer der Händler zeigten sie keinerlei Absicht, etwas zu kaufen. Luise betrachtete die Seidenstickereien, Brokate, Kaschmirschals und die Kostbarkeiten in der Straße der Juweliere als Kulisse für ihr Märchen aus Tausendundeiner Nacht, und James wurde nur für einen kurzen Moment von dem Gedanken gestreift, welch unglaubliche Motive er hier für seine Photographie finden könnte. Sie sprachen wenig und wandelten durch die Marktgewölbe, als wären es die Gefilde der Seligen.

Später verabschiedeten sie sich an der Anlegestelle der Fähre in Galata.

»Werde ich Sie wiedersehen?« fragte James. Luise schüttelte den Kopf und schob den Schleier ihres Hutes zurück. Er sah, daß sie Tränen in den Augen hatte. Sie legte ihm die Arme um den Hals und küßte ihn. Dann stieg sie in eine Droschke. James sah ihr lange nach.

Auf dem Schiff waren die Ladearbeiten in vollem Gange, die Fracht nach London war endlich eingetroffen. Captain Douglas empfing James aufgeräumt: »Sobald die Ladung an Bord ist, geht's wieder los. – Übrigens, James, auf der Agentur hat man mir mitgeteilt, die Geschäftsleitung wünsche, daß Sie das nächste Jahr im Londoner Stammhaus der Firma verbringen sollen. Schade für mich, denn Ihre Gesellschaft ist mir sehr lieb geworden. Aber Sie, James, freuen Sie sich auf England?«

Hätte sich diese Aussicht ein paar Stunden früher gezeigt, so hätte er den Abschied von Luise nicht so resigniert hingenommen. Alles hätte James daran gesetzt, um zu erfahren, wo Luise lebte, so besaß er nur einen vagen Anhaltspunkt: ein Gut im Norden Deutschlands. Aber noch war es nicht zu spät. Er mußte Luise unbedingt finden. Wenigstens wußte er ungefähr, wo ihre Jacht lag.

# Elftes Kapitel

Dort verbrachten die Briests ihre letzte Nacht in Konstantinopel, man wollte am nächsten Morgen mit der ersten Brise segeln. Luise und ihre Zofe hatten sich am frühen Abend eingeschifft, Briest war von einem befreundeten Diplomaten auf einen Herrenabend eingeladen worden und wollte später nachkommen. Es war dann sehr spät und Wilhelm Briest sehr vergnügt gewesen. Jetzt schlief er den Schlaf der Gerechten, zu geräuschvoll, fand Luise. Die Mannschaft hatte sich längst in ihre Kojen begeben. Luise ging an Deck. Von Konstantinopel sah man nur einige Licher, vom Hafen die Bordlampen der Schiffe, am Himmel konnte man die Milchstraße erahnen. Luise starrte ins schwarzglänzende Wasser. Sie dachte an James und schwelgte in dem nie gekannten Gefühl, das sie für ihn empfand. Wenn es nur irgendeinen Ort für diese Liebe gäbe! Mit James hätte sie ein anderer, besserer Mensch sein können.

Jäh wurde sie aus ihren Träumen gerissen. Es war Lene. Von allen Menschen konnte Luise in diesem Moment die Gegenwart ihrer Zofe am wenigsten ertragen. Diese selbstgerechte Person, die keinerlei Anfechtung zu kennen schien und hinter ihrer dienstbereiten Miene die Mißbilligung gegen ihre Herrin nur unzureichend verbarg! Und nun mußte *sie* kommen und ihre Stimmung zerstören. Luises Kummer wich kalter Wut.

»Was haben Sie hier zu suchen, Lene? Gehen Sie sofort zurück in Ihre Kajüte!« herrschte sie die Zofe an.

Auch Lene hatte nicht schlafen können. Ihre Kajüte war eng und stickig. Und nun sollte es nicht einmal an

Deck Raum für sie geben! Das war zu bitter! Wer war denn diese Frau, daß sie ihr befehlen, ihre Launen an ihr auslassen und ihr nun gar den Platz unter Gottes weitem Sternenhimmel streitig machen durfte! Kaum besser als eine Dirne! Lene erinnerte sich an den Verdacht, den ihr Thekla mitgeteilt hatte. Und den Kuß auf der Landungsbrücke von Galata! Den hatte sie wohl gesehen, denn sie hatte sich schließlich doch selber Urlaub gegeben, um sich ein wenig in der Stadt umzusehen, und nun sagte sie es der Gnädigen.

»Wie können Sie es wagen!« fauchte diese. »Sie sind entlassen! Morgen gehen Sie von Bord. Ich will Sie nicht mehr sehen und Ihre Lügen nicht mehr hören!«

Schon als Kind hatte Lene es gehaßt, wenn man sie der Lüge bezichtigte. Jetzt vergaß sie alle Rang- und Standesunterschiede. Jetzt sollte die Gnädige erfahren, was sie von ihr hielt.

»Sie sind eine schlechte Frau!« schrie Lene. »Sie haben die Ehe gebrochen. Und einen Bastard haben Sie zur Welt gebracht, heimlich, und alle glauben gemacht, es sei das Kind ihrer Schwester. Und dann haben Sie es umgebracht!«

Lene sah die Gnädige auf sich zukommen. In ihren Augen funkelte mörderische Wut. Lene fühlte einen Schlag in ihrem Gesicht, von dem ihr schwindlig wurde. Dann verlor sie den Boden unter den Füßen. Sie fühlte, wie sie hochgehoben wurde, niederfiel und unterging. Wasser drang in ihre Nase und ihre Lungen. Nun werde ich doch im Wasser sterben, war ihr letzter Gedanke, ehe sie das Bewußtsein verlor.

Luise lehnte zitternd und keuchend an der Reling. Plötzlich war ihr, als ob jemand neben ihr stünde. Briest! Und wie willkommen war ihr seine Gegenwart! Erschöpft lehnte sie sich an seine Brust, da bemerkte Luise ihren

Irrtum. Es war Briest, aber nicht Wilhelm, sondern Detlev, ihr Schwager. Der Anzug, in dem er beerdigt worden war, fühlte sich kalt und klamm an und roch muffig.

»Ich sehe, du hast wieder zu deiner bewährten Methode gegriffen, liebe Schwägerin. – Aber warum sagte sie, du habest dein Kind umgebracht? Dagobert geht es gut, er ist ein strammes Kerlchen. Er nennt Melanie ›Mama‹. Das tut weh, nicht wahr? Und warum hast du deinen Chinesen gehen lassen, wenn du ihn doch liebst? Man lebt nur einmal. Wer wüßte das besser als ich!«

Als Briest an Deck kam, um nach Luise zu sehen – ein Geräusch hatte ihn aufgeweckt, und das Bett neben ihm war leer gewesen –, fand er seine immer kühle, beherrschte Frau als zitterndes, schluchzendes Nervenbündel auf den Planken liegend. »Luise, um Himmels willen, was ist dir?« rief er und brachte sie in die Kajüte. Er wollte Lene bitten, einen Tee zu bereiten, aber sie war nirgends zu finden. Luise klammerte sich an ihn, schluchzte zum Gotterbarmen und fiel schließlich in einen fieberhaften Schlaf, der erst gegen Morgen ruhiger wurde.

Briest, der die ganze Zeit bei ihr gewacht hatte, kam wieder zu sich, als die Jacht den Hafen schon weit hinter sich gelassen hatte. Luise sah blaß und angegriffen aus, und Briest versuchte ihr schonend zu erklären, daß man umkehren müsse, weil ihre Zofe vermißt werde. Da begann Luise wieder zu weinen. Lene habe sie aufs Schändlichste beleidigt und verleumdet, schluchzte sie. Ihre Zofe habe ihr auf den Kopf zu gesagt, sie und Herr Wang stünden in unerlaubten Beziehungen zueinander, als ob nicht jeder wüßte, daß der Verkehr mit ihm in allen Ehren gewesen sei. Luise habe sie entlassen, ihr das Reisegeld gegeben und sie von Bord gewiesen.

Briest wunderte sich, daß sich seine Frau die Unverschämtheiten einer Zofe so sehr zu Herzen nahm. Doch die Erklärung für dieses sonderbare Verhalten ließ nicht lange auf sich warten. Luise fühlte sich unwohl, vor allem morgens.

»Briest«, sagte sie eines Tages, nachdem sie den Frühstücksschinken angeekelt von sich gewiesen hatte, »ich glaube, ich bin guter Hoffnung. Deine Mutter wird sich freuen.«

Auch Briest freute sich sehr. »Wir werden ihn Joachim nennen, wie es einem echten Märker zukommt. Schließlich waren wir Briests schon vor den Hohenzollern da und müssen nicht immer Friedrich oder Wilhelm heißen. Was meinst du, Luise?«

»Es könnte auch ein Mädchen werden, Briest.«

Dann schlug Briest vor, das Kind auf den Namen Mathilde taufen zu lassen, nach seiner Mutter. Luise verwahrte sich dagegen.

»Nach dir können wir sie nicht nennen«, erwiderte Briest. »Zweimal ›Luise‹ geht nicht, denn du bist ein Unikat, meine Liebe. Aber warum wollen wir die teutonische Namensmode nicht fröhlich mitmachen und sie Elfriede nennen. Dazu dann noch ein solider alter Name, Anna, Elisabeth, Renate oder dergleichen.«

»Wir könnten sie Effi rufen«, überlegte Luise.

## Zwölftes Kapitel

Es war warm. Es war dunkel und eng, und es schaukelte. Es war eine Geborgenheit, zu der die Geräusche aus der anderen Welt kaum durchdrangen. Es war ein Gewiegtwerden, das immer schon so gewesen war, aber bald aufhören würde. Als sie erwachte, war es dämmrig. Durch eine runde Fensteröffnung fiel Licht. Ringsum war Holz. Sie lag in einer Koje, wie sie immer in einer Koje gelegen hatte, aber diese war anders. Ihr Haar, es fühlte sich verworren an. Ja, verworren war das Wort. Sie tastete sich weiter. Das Hemd, das sie trug, fühlte sich fremd an. Es war länger und weiter, als sie es kannte, und auch der Stoff war anders. Ihr Hals war rauh, es kitzelte unangenehm, wenn sie atmete, und ihre Brust schmerzte leicht. Sie richtete sich auf und hustete.

Sie hörte Schritte. Ein Mann öffnete die Kajütentür, sagte etwas, was sie nicht verstand, und schloß sie wieder. Draußen hörte sie ihn etwas rufen. Gleich darauf kam ein anderer Mann. Sie fürchtete sich, aber als er sich zu ihr herunterbeugte, sah sie, daß er freundliche Augen hatte – und einen großen roten Bart. Er mochte wohl in den Dreißigern sein. Auch ihn verstand sie nicht. Nur ein Wort, das sich so ähnlich anhörte wie »Schiff« – und »London«. London war eine Stadt, das wußte sie. Ob das Schiff nach London fuhr oder sie vielleicht aus London kam, wußte sie nicht. Dann verstand sie einen Namen, so ähnlich wie »Undine«. Ob das ihr Name war? Mein Gott, sie wußte ja nicht einmal, wer sie war und wie sie hieß! Wo bin ich? wollte sie fragen und merkte, daß sie keine Stimme hatte.

Der Mann mit dem roten Bart sah ihr Entsetzen und hielt ihr beruhigend die Hand. Er hatte Suppe dabei und schickte sich an, sie mit einem Löffel zu füttern. Als ihr der Geruch der Brühe in die Nase stieg, sah sie für einen Moment ein Bild vor sich. Ein Zimmer mit einem Tisch, an dem Leute saßen. Eine grauhaarige Frau stellte eine Schüssel darauf. Mutter, dachte sie, aber sie konnte kein Gesicht sehen, und dann war das Bild fort, nur das Muster einer blaubestickten Tischdecke blieb zurück.

Nachdem sie die Brühe aufgegessen hatte, zeigte der Mann mit dem roten Bart auf ein Bündel Kleider und ließ sie allein. Sie zog sich Hemd, Hose und Unterrock an, nahm das Kleid in die Hände und betastete die Nähte. Stoff und Nähte fühlten sich vertraut an. Ob sie das Kleid genäht hatte? Ob sie Näherin war? Sie besah sich ihre Hände. Sie waren lang und schmal und weich. Nicht alle Hände waren so, fiel ihr ein. Es gab Hände, die rauh waren, voller Schrunden und Schwielen. Sie zog das Kleid an, öffnete die Kajütentür und stieg vorsichtig eine schmale Stiege hoch. Als sie das Deck betrat, kam ihr ein vertrauter Geruch entgegen und mit dem Geruch eine Welle von Angst. Sie wollte eben wieder umkehren, zurück in die Geborgenheit der Kajüte, da kam der Rotbart wieder, sagte etwas, das beruhigend klang, und nahm ihren Arm. Vorsichtig führte er sie an Deck, und als sie einige Schritte vor dem Geländer nicht weitergehen wollte, blieb er stehen.

Es waren viele Männer auf dem Schiff, aber keine einzige Frau. Sie aß mit den Männern, die besser gekleidet waren als die anderen. Der Rotbart hieß Captain Douglas, dann gab es einen Chinesen, der ein Gesicht hatte wie ein Chinese, aber nicht chinesisch gekleidet war. Er hieß Mister Wang. Dann gab es noch zwei andere Herren, deren Namen so schwierig waren, daß sie sich keinen merken konnte. Aber alle vier schienen »Sör« zu heißen. Sie selbst wurde »Miss« oder »Madam« genannt und vom Captain manchmal auch »Undine«.

Wenn sie auch keinen von allen verstand und selbst nicht sprechen konnte, so fand sich Undine doch bald zurecht auf dem Schiff. Es war keine Jacht, sondern ein Dampfschiff. Es transportierte Teppiche, viele Teppiche. Es war ein Frachtschiff, keines für Passagiere. Deshalb waren auch keine Frauen auf dem Schiff. Aber was hatte sie selbst auf diesem Schiff zu suchen? Undine konnte sich nicht erinnern, wie lange sie hier war, wie sie auf das Schiff gekommen war, wo sie vorher gewesen war, obwohl ihr immer wieder Bilder in den Kopf kamen, die ihr verrieten, daß sie nicht immer hier gewesen sein konnte. Viel Zeit verbrachte sie, weit weg von der Reling, auf einem Liegestuhl, aber sie hatte das unbestimmte Gefühl, daß ihr das nicht zustünde.

Einige Zeit nach ihrem Erwachen auf dem Schiff bemerkte Undine, daß es jeden Tag etwas kühler wurde an Deck. Und schließlich war alles etwas anders als sonst, denn alle waren ein wenig aufgeregt, und dann sah sie, daß sie sich dem Land näherten.

Seit Undine den ersten Streifen Land gesehen hatte, wurde ihre Neugier auf das, was vor ihr lag, stärker als ihre Angst vor dem Wasser. Sie stellte sich an die Reling und schaute und ließ die belebte Hafeneinfahrt an sich vorüberziehen. Alles kam ihr auf unbestimmte Weise bekannt vor, aber doch nicht so, als sei sie schon einmal hier gewesen. Die Stadt selbst rief keinerlei Erinnerungen in ihr wach. Captain Douglas brachte sie in einer Familienpension unter, wo sich eine freundliche Wirtin um sie kümmerte. Allerdings kam es Undine so vor, als hielte die Wirtin sie nicht nur für stumm, sondern auch für schwachsinnig.

Der nächste Tag brachte eine längere Zugfahrt. Der Captain machte ihr verständlich, er werde sie zu einer Frau bringen. Seiner Frau? Undine hatte noch nicht überlegt, daß der Captain doch sicher verheiratet sei, Kinder habe. Der Gedanke erfüllte sie mit Bedauern. Undine wäre gerne mit ihm auf dem Schiff geblieben.

Nach der Zugfahrt und einer Fahrt mit der Kutsche endete die Reise in einem Dorf. Es lag in einer sanften Hügellandschaft, es gab Felder und Viehweiden, und etwas abseits des Dorfes lag ein Schloß. Die Frau, zu der Captain Douglas sie brachte, hieß Mrs. Brown und erwies sich als zu alt, um seine Frau zu sein, was Undine über die Maßen freute. Mrs. Brown führte Undine in ein kleines Zimmer, in dem sie künftig schlafen sollte, gab ihr zu essen und redete ziemlich viel, was Undine ärgerte, bis sie bemerkte, daß sie nach und nach das eine oder andere Wort verstand. Eines Abends, als Mrs. Brown einen Kopfkissenbezug ausbesserte, wurde Undine bewußt, daß sie selbst diese Arbeit viel geschickter ausführen konnte als ihre Gastgeberin. Behutsam nahm sie Mrs. Brown das Kissen aus den Händen und setzte die Flickarbeit fort. Mrs. Brown strich ihr, als sie damit fertig war, freundlich übers Haar und sagte etwas Lobendes. Am nächsten Tag brachte sie ihr ein anderes Wäschestück, bei dem ein Stück Naht aufgerissen war. So ging es einige Tage lang weiter. Undine war froh, daß sie etwas zu tun hatte und sich ihrer Gastgeberin nützlich erweisen konnte. Bald darauf nahm Mrs. Brown Undine mit aufs Schloß. Dort redete sie lange mit einer älteren Frau, die sie Mrs. Manning nannte. Und dann bedeutete sie Undine, daß sie nun hier bleiben und erst am Abend wieder zurückkommen solle. So begann Undines Dienst als Wäschepflegerin.

## Dreizehntes Kapitel

Die Reise des Briestschen Paares und die Saison der Wiener Hofoper neigten sich dem Ende zu, aber zu einer der letzten Vorstellungen hatte es doch noch gereicht. Überraschenderweise hatte Luise in der Oper eine Pensionatsfreundin getroffen, die einen Österreicher geheiratet hatte, und war von ihr für den nächsten Abend zu einer Soiree eingeladen worden. Luise litt unter der drückend schwülen Luft und empfand das viele Fleisch auf dem riesigen Makart-Gemälde im Salon geradezu bedrängend. Ziemlich *nouveau riche*, der Lebensstil ihrer einstigen Pensionatsschwester! Luise suchte sich eine Bank im Park, wohin die Geräusche aus dem Salon nur noch sehr gedämpft drangen. Sie ließ den gestrigen Abend – die Patti gab eine nicht mehr ganz jugendliche Gilda – Revue passieren, bis sie durch herannahende Schritte aus ihren Gedanken gerissen wurde. Ein schwarzgekleideter Herr näherte sich, aber erst als er seinen Hut lüftete – warum trägt er hier einen Hut? fuhr es ihr durch den Kopf –, erkannte Luise, daß es Detlev war.

»Ist es gestattet?« fragte er und ließ sich, ohne die Antwort abzuwarten, neben Luise nieder. Ein penetranter Veilchengeruch umwehte ihn. »Das war nun dein letzter Tag in Freiheit, Luise. Morgen abend bist du wieder in deinem Hohen-Cremmener Gefängnis. Dann wirst du von deiner Reise zehren müssen. Bei jedem Besuch, den du empfängst, bei jeder Konversation wird sie Thema sein, endlose Jahre lang. Und jedesmal wirst du Wilhelms Anekdoten und Anzüglichkeiten wieder anhören müssen. Immer dieselben. Wie willst du die Langeweile aushalten? Jahrzehntelang? Willst du Hunde oder Rosen züchten? Einmal im Jahr ist Ball oder ein Bankett oder eine Jagdgesellschaft, das sind die Höhepunkte deines Lebens. Nun ja, es bleibt dir immer noch der Cremmener See. In der Mitte ist er tief genug. Du gehst unter, und dann ist alles vorbei. Auch bei deiner Zofe ging es schnell.«

Luise schlug sich die Hände vors Gesicht. Aber als sie wieder aufsah, stand ein dickliches Mädchen neben ihr.

»Verzeihen Sie, gnädige Frau, ist Ihnen nicht wohl? Vielleicht hilft Ihnen das hier.« Damit hielt sie Luise ein Veilchenbouquet unter die Nase.

»Verschwinde, du Unglückskind!« schrie Luise, hatte sich aber gleich wieder in der Gewalt. »Entschuldigen Sie bitte, Fräulein, mir ist wirklich nicht wohl, aber es geht gleich wieder.«

Die Dicke nickte verständnisinnig. Dasselbe Mädchen hatte vorhin einige Lieder vorgetragen, die an Luises Ohren vorbeigerauscht waren. Nun besann es sich offenbar auf die Kunst des Konversationsmachens.

»Gnädige Frau weilen zu Besuch in Wien?«

Luise nickte.

»Da müssen gnädige Frau unbedingt in die Hofoper. Man gibt ›Rigoletto‹ mit der Patti. Und meine Freundin ist eine Hofdame«, fügte sie stolz hinzu. Als ob letzteres der eigentliche Grund sein müsse, unbedingt hinzugehen, dachte Luise belustigt. »Wir sind beide Gesangselevinnen am Konservatorium der Musikfreunde«, fuhr die Kleine fort.

»Dann werden Sie wohl auch einmal eine Diva und große Koloraturenkönigin?«

»Aber nein, gnädige Frau«, erwiderte das Mädchen indigniert, »ich habe nicht die mindeste Sympathie für Kehlkopfakrobatik und gar keine Lust, meine Stimme zu dressieren wie ein Hündchen. Immer diese Triller, wo eigentlich gar keine hingehören, bloß, damit das Publikum was zu staunen hat, und je mehr trilliert wird, desto mehr wird auch geklatscht, und desto mehr Geld kommt in die Kassen. In ein paar Jahren«, und hier bekamen ihre schwarzen Augen einen feierlichen Glanz, »in ein paar Jahren will ich die ›Carmen‹ singen! – Es ist übrigens die Lieblingsoper von Kaiserin Augusta«, fügte sie wichtig hinzu.

Fast fühlte Luise Mitleid mit dem Mädchen. Diese junge Person mit ihrer plumpen Figur, die keinerlei Anmut erkennen ließ, würde nie und nimmer eine Primadonna werden oder die ›Carmen‹ singen, trotz ihres dunklen Teints und ihrer dunklen Haare.

Dagegen ihre Tochter, Effi! Sie, Luise war ohne Mutter aufgewachsen, die ihr hätte raten und beistehen können. Melanie, die ältere Schwester, zählte nicht, sie war immer nur eifersüchtig gewesen, weil Luise Papas Liebling war. Und jetzt hatte sie sich ihren Dagobert angeeignet, ohne daß Luise sich dagegen wehren konnte. Aber hatte es nicht schon immer Kinder gegeben, die ihre Tante lieber mochten als ihre Mutter? Und für ihre Tochter, Effi, sollte alles ganz anders werden. Effi würde den Glanz der großen Welt erleben. Effi würde Bewunderung und Huldigung erfahren, nicht nur von den Zieten-Husaren in Rathenow. Effis Platz war in der Hauptstadt. Gewiß würde sie eine Offerte als Hofdame bekommen. Sie würde eine glänzende Partie machen und ein großes Haus führen. Ihre Einladungen würden gesucht sein, von ihrem Besuch würde man sich geehrt fühlen. Die kaiserliche Familie würde sie mit ihrer Aufmerksamkeit auszeichnen. Sie würde Einfluß besitzen. Sie würde zu Glanz und Ehren aufsteigen und all das nachholen, was ihr, Luise, verwehrt geblieben war. Luise begann, sich auf ihr Kind zu freuen.

# Vierzehntes Kapitel

Als sie am Abend endlich allein war, vergaß Marietta ihre gewohnte Tapferkeit und ließ ihren Tränen freien Lauf. Hildiko reiste in den nächsten Tagen nach Totis, einem vielversprechenden Sommer und einer rosigen Zukunft entgegen. Sie, Marietta, hatte sich glücklich schätzen können, daß sie heute abend hatte singen dürfen, als Lückenbüßerin für Hildiko, bei Frau von Rübenacker. (»Nicht wie Rüben-Acker aussprechen, sondern mehr wie Rüb-Nacker, wenn du die Gnädige nicht verärgern willst«, hatte Hildiko sie gewarnt.) Marietta hatte das ›Veilchen‹ gesungen. »Ein Veilchen auf der Wiese stand, gebückt in sich und unbekannt . . .« Wie passend! Marietta schluchzte laut. Sie hörte nicht, wie ihre Zimmertür aufging. Erst als Salome sich auf ihren Bettrand setzte, merkte Marietta, daß sie nicht mehr allein war.

Salome nahm sie in den Arm. »Was weinst du denn so zum Steinerweichen? Hat dich die Benedetti getriezt, weil du das zweigestrichene C nicht erwischt hast, oder hast du dich in den alten Hartriegel verliebt? Letzteres wäre freilich ein Grund zum Heulen.«

Marietta lachte unter Tränen. »Ach, Salome, ich bin so unglücklich. Um Hildiko werden sich bald die Intendanten reißen, und ich, wenn ich in hundert Jahren vielleicht mal eine Rolle kriege, tauge ich allenfalls noch als Komische Alte! Wenn ich Glück habe, lassen sie mich in der überüberübernächsten Saison vielleicht den dritten Knaben in der Zauberflöte spielen.«

»Ach, Marietta, nun sieh doch nicht gar zu schwarz! Es hilft dir gar nichts, als an dich zu glauben und durchzuhalten. Oder willst du lieber den Keim der Kunst in die Herzen von Provinzschulmädchen pflanzen, wie dein Fräulein Wernitz?« Und dann hielt Salome ihr eine Standpauke: Wer sie denn sei, Hildiko oder Marietta Trippeli? Sie solle sich gefälligst auf ihre eigenen Stärken besinnen. Langsam beruhigte sich Marietta wieder, und dann redete sie sich die unglückselige Begegnung mit der Dame von der Seele, die diese ganze Tränenflut ausgelöst hatte. »Weißt du, ich konnte ihr förmlich ansehen, was sie dachte: ›Dieser Trampel als Carmen‹, dachte sie, ›wie soll das denn gehen?‹«

»Laß das mal die Sorge dieser arroganten Ziege sein«, ermutigte Salome. »Du wirst schon beizeiten herausfinden, wie das gehen soll.« Und als Salome eine gute Stunde später ihre inzwischen durchaus nicht mehr trostbedürftige Freundin dem Schlaf überließ, summte sie die Barcarole aus Offenbachs neuer Oper.

## Fünfzehntes Kapitel

James träumte von Luise, während er blicklos auf die Ziegelmauer des Nachbargebäudes starrte, den einzigen Ausblick, den der Raum zu bieten hatte. Das Bureau, in dem sich außer ihm sechzehn weitere Kopisten, Buchhalter und Korrespondenten aufhielten, roch nach Staub, abgestandenem Zigarrenrauch, kaltem Hammelfett und schlecht gelüfteten Anzügen. Besonders schlimm und stickig war es während der Sommermonate gewesen. Doch als James am ersten Tag den Versuch unternommen hatte, das Fenster zu öffnen, hatte er einen Sturm der Entrüstung ausgelöst. Ob man sich in dieser Zugluft etwa den Tod holen solle!

Seit drei Monaten kopierte James Rechnungen, Listen, Aufstellungen oder füllte – welch eine Abwechslung! – Quittungen aus. Derartig geisttötend hatte er sich seine Volontärszeit im Londoner Kontor der Firma Crawford nicht vorgestellt. »Lehrjahre sind nun mal keine Herrenjahre«, hatte Mr. Chipplewhite, der Teilhaber und Bureauvorsteher, ihn beschieden, als er sich einmal ein Herz gefaßt und über die Monotonie seiner Beschäftigung geklagt hatte. »Alle unsere Lehrlinge fangen als Kopisten an. Irgendwer muß die Arbeit ja machen, nicht wahr, mein junger Freund.«

Mit Mr. Chipplewhite ließ sich ansonsten wirklich auskommen. Er übte Nachsicht, wenn die jungen Herren gelegentlich zu spät kamen oder ihnen die nächtlichen alkoholischen Exzesse am Morgen danach noch deutlich ins Gesicht geschrieben standen. Schließlich war Mr. Chipplewhite selbst ein junger Mann gewesen, der sich für Kricket, Bootsausflüge und Pferdewetten interessiert und bisweilen ein Gläschen über den Durst getrunken hatte. Die Zeiten hatten sich freilich geändert seither.

»Als ich vor dreißig Jahren hier anfing«, schwadronierte er oft und gern, »da hatte man noch Aussichten! Jeder, der tüchtig war, konnte es zu etwas bringen, wurde Herr seiner eigenen Firma oder rückte wenigstens zum Teilhaber auf. Herren aus guter Familie waren das, gebildete Leute vom College oder, wie ich selbst, direkt von der Schule. Man war jedenfalls unter seinesgleichen. Jetzt strömen sie von überallher in die Kontore, können gerade mal lesen und schreiben und ein bißchen rechnen, wären besser Handwerker geblieben wie ihre Väter und wollen Korrespondenten werden. Wenn das so weitergeht, wird unser Berufsstand bald nichts mehr gelten!« Hier fiel ein böser Blick auf Mr. Boldley, dessen Cockney-Akzent immer noch deutlich hörbar war, wenn er es nicht, wie eben jetzt, vorzog, sich scheinbar unbeteiligt seiner Arbeit zu widmen.

Nicht, daß Mr. Boldley der einzige im Raum gewesen wäre, dem kein Recht auf den Titel eines Gentleman zustand, aber Mr. Boldley war dem Bureauvorsteher besonders mißliebig geworden, und zwar durch seine Strebsamkeit. Mr. Boldley konnte weit mehr als »gerade mal lesen und schreiben und ein bißchen rechnen«. Er hatte in Mr. Pitman's Metropolitan School einen Kursus in Stenographie belegt. Nun beherrschte er als einziger im ganzen Kontor die Kurzschrift. Und er hatte die Frechheit besessen, Mr. Crawford einen Prospekt der Firma Remington vorzulegen, auf dem eine dieser neumodischen Büromaschinen – »Schreib-Maschine« wurde sie genannt – angepriesen wurde. Außerdem hatte er sich erboten, die Bedienung dieser anspruchsvollen Maschine selbst zu erlernen, um so der Firma die Kosten für einen Miet-Typisten einzusparen. Glücklicherweise hatte der Prinzipal dankend abgelehnt und über so viel blinden Eifer nur den Kopf geschüttelt. Aber Mr. Chipplewhite war in einen Anfall gerechten Zornes ausgebrochen. Wo würde es hinführen, wenn jeder dahergelaufene Angestellte sich in Angelegenheiten einmischte, in denen ihm keine Stimme und noch weniger ein Urteil zustand! War der Mann denn nicht zufrieden, daß er in Anzug und weißem Kragen in einem Büro Akten kopieren durfte, anstatt Kutschen zu reparieren oder Schweine auszubeinen!

Insgeheim stand James auf Mr. Boldleys Seite, aber der machte es ihm schwer, seine Sympathie zu zeigen. Empfindlich gegen alles, was nach Protektion und Gönnerhaftigkeit aussehen könnte, verschanzte sich Boldley hinter eiserner Reserviertheit. Die übrigen Kollegen waren weniger verschlossen und für jeden Spaß zu haben. Vor allem die jüngeren, die noch keine Familie hatten, sahen ihre Stellung im Bureau als Schritt auf dem Weg zu Höherem an, wobei sie natürlich mehr Glück haben würden als ein gewisser Mr. Shaw, der einige Jahre zuvor ein kurzes Gastspiel gegeben und irgendwann Knall auf Fall gekündigt hatte, obwohl seine Vorgesetzten ein Loblied seiner Tüchtigkeit gesungen hatten. »Mr. Shaw kam aus Dublin – nein, kein irischer Hungerleider, sondern Sohn eines rechtschaffenen Protestanten, unser Mr. Shaw«, wurde James berichtet. »Wir hatten ihn in Verdacht, er schreibe nach Feierabend heimlich Romane. Jetzt verfaßt er Kritiken und ist unter die Weltverbesserer gegangen. Der Gute hält Vorträge über pflanzliche Ernährung und solchen Humbug. Der arme Kerl! Nie wieder ein saftiges Steak. Kein Wunder, daß er so blaß und mager aussieht.«

Üblicherweise herrschte gutgelaunte Kameraderie im

Bureau, nicht selten auf Kosten Abwesender. Doch immer wieder kam es zu kleinlichen Rangeleien um Privilegien: einen der drei Mahagonischreibtische für sich beanspruchen zu dürfen oder das Vorrecht, in den Kamin zu spucken, anstatt sich des Spucknapfs zu bedienen.

James seufzte. Der letzte Sonnenstrahl des Tages fiel auf die Ziegelmauer und überhauchte sie mit einem goldenen Schimmer. »Ein Königreich für einen Baum«, dachte James und dehnte die verkrampften Schultern.

## Sechzehntes Kapitel

Seit bald drei Jahren arbeitete Undine nun auf Moated Grange. Inzwischen wußte sie, daß sie im Süden Englands, in der Grafschaft Dorset lebte, und verstand auch die Sprache recht gut. Erst nach und nach hatte sie begriffen, welches Glück sie gehabt hatte, eine der begehrten Stellen auf Moated Grange überhaupt bekommen zu haben: eine Fremde, womöglich sogar Ausländerin, von der niemand wußte, woher sie kam und wer ihre Eltern waren. Und dieser Name! Mrs. Manning, die Haushälterin, hatte ihr als erstes erklärt, sie könne nicht erwarten, daß man sich in einem christlichen Haushalt eines unbekannten, ganz gewiß heidnischen Namens bedienen werde, und sie kurzerhand in »Maud« umbenannt. Undine tat es leid um ihren Namen, von dem sie nicht wußte, ob es wirklich ihrer war, aber Captain Douglas hatte ihn ihr gegeben, deshalb war er ihr lieb und wert.

Dank ihrer Geschicklichkeit blieb Undine die schwere, unangenehme Arbeit in der Wäscherei erspart; ihre Hände wären durch die Waschlauge zu rauh und rissig geworden, um die feine Wäsche des Haushalts zu bügeln und auszubessern. Die Herrschaft selbst hatte Undine während der ganzen Zeit noch nicht einmal erblickt. In unerreichbaren Höhen schwebte sie über der Dienerschaft, nur Haushälterin, Butler, Zofe, die ihrerseits haushoch über den anderen Bedienten standen, hatten persönlichen Umgang mit den Herrschaften und deren Gästen. Trotzdem gaben jene abends im Speisesaal der Bedienten, wenn sich die Upper Ten zum Essen ins Zimmer der Haushälterin zurückgezogen hatten, immer

Stoff zu Klatsch und Amüsement. Thomas, einer der jüngeren Lakaien, hatte ein großes Talent, Bewegung, Sprechweise und Marotten der Gäste nachzuahmen.

Unter den Gästen, die der April gebracht hatte, war eine exzentrische alte Dame im Rollstuhl, eine Ausländerin in Begleitung einer jungen dürren, schmallippigen Person, die Kammerjungfer und Gesellschafterin und ebenfalls Ausländerin war und ihre Herrin nach Kräften tyrannisierte. Undine hätte diese Dame gerne kennengelernt, was unter normalen Umständen undenkbar gewesen wäre. Dafür, daß es dennoch möglich wurde, war nichts weniger als eine Erkältungswelle nötig, die drei Zimmermädchen gleichzeitig mattsetzte, so daß die Wäschemädchen, wenn nicht für würdig, so doch für nötig befunden wurden, die Betten zu machen, das gebrauchte Waschwasser zu entfernen und frische Handtücher bereitzulegen, nicht ohne daß Mrs. Manning sie ermahnt hätte, dies nur ja diskret zu erledigen, solange die Herrschaften beim Frühstück weilten. Die Unsichtbarkeit der Dienstboten, so schien es Undine, war das oberste Gebot eines christlichen Haushalts.

Die Dame im Rollstuhl weilte nicht beim Frühstück, und Undine überlegte sich, ob sie sich mit ihrem Wäschestapel wieder entfernen solle, als sie der korpulenten alten Dame ansichtig wurde, die eine viel zu jugendliche Lockenfrisur trug, so daß es Undine in den Fingern kribbelte, die Dame vorteilhafter zu frisieren, was natürlich eine unverzeihliche Anmaßung gewesen wäre. Die Dame hielt eine unangezündete Zigarre in der Hand, als ob sie sie rauchen wolle, und stritt sich mit der dürren Dienerin, die dies offenbar zu verhindern versuchte. Die Sprache der alten Dame klang anders als die, die Undine seit mehr als zwei Jahren gewöhnt war.

»Ich werde nach wie vor rauchen, es ist mir bei meinem schriftstellerischen Beruf nötig, und dieser Beruf ist mein Glück, mein moralischer Halt, in ihm lebe und atme ich. Und nun gib mir endlich Feuer, damit ich weiterschreiben kann, meine Xanthippe! Oder soll ich mir die Inspirationen aus den Fingern saugen! – Ach, Kindchen«, rief sie, als sie Undine erblickte, ohne die Sprache zu wechseln, »seien Sie doch so lieb und zünden Sie einer hilflosen, alten Frau eine Zigarre an!«

»Jawohl, gnädige Frau«, beeilte sich Undine zu sagen, »sofort!«, um dann gegen alle Etikette entgeistert auf den nächsten Stuhl zu sinken. »Ich kann sprechen!« entfuhr es ihr, und sie begann haltlos zu schluchzen.

»Aber natürlich können Sie sprechen, Kindchen«, sagte die alte Dame. »Sie sind nur ein bißchen heiser, aber das gibt sich wieder.«

»Ich, ich – habe lange nicht reden können«, stieß Undine endlich hervor. »Und ich habe Ihre Sprache noch nie gehört.«

»Es ist die Sprache von Schiller und Goethe und meiner Wenigkeit, liebes Kind, und man nennt sie ›Deutsch‹. Natürlich haben Sie sie schon gehört, wie wäre es sonst möglich, daß Sie sie so gut sprechen?« erkundigte sich die Dame. »Na, nu trinken Sie erst mal ein Täßchen Tee, das hilft hierzulande gegen alles.«

»Ach, gnädige Frau, ich habe ja nicht nur die Sprache verloren, sondern alles, meine . . . meine . . . Erinnerung. Ich bin auf einem Schiff aufgewacht und wußte nichts! Nicht einmal, wie ich heiße! Woher ich komme! Wie ich aufs Schiff kam! Ich weiß es immer noch nicht! Ich weiß nicht, ob ich nicht vielleicht Eltern und Geschwister habe, die glauben, ich sei tot oder verschwunden, und die sich Sorgen um mich machen!«

»Oder vielleicht einen Mann«, gab die alte Dame zu bedenken.

»Nein, keinen Mann«, erklärte Undine entschieden.

»Aber wie Sie nach Moated Grange kamen, das wissen Sie schon, nicht wahr, mein Kind?«

»Captain Douglas war so gut zu mir. Er brachte mich hierher, zu Mrs. Brown. Seither arbeite ich im Schloß.«

»Der Captain ist wohl ein gutaussehender junger Mann?« erkundigte sich die Dame.

»Nein, jung ist er nicht mehr, aber sehr stattlich. – Ich weiß nicht, ob ich auf dem Schiff alles richtig begriffen habe. Damals verstand ich die Sprache noch nicht so gut wie jetzt. Aber ich glaube, er hat mir gesagt, ich sei im Wasser getrieben, schon fast ertrunken, und Mr. Wang, der Chinese, hat mich gefunden und herausgezogen. So kam ich auf das Schiff. Die Stadt, in der das geschah, hieß Konstantinopel, sagte er.«

»›L'inconnue aus dem Bosporus‹«, sinnierte die Dame laut, »was für ein romantischer Stoff und welch schöner Titel! Daraus ließe sich etwas machen. – Wie ich schon angedeutet habe, mein Kind«, wandte sie sich wieder an Undine, »ich bin Schriftstellerin, und zwar eine ziemlich berühmte. Ich bin reich geworden durch meine Bücher. Sogar eine Villa konnte ich bauen lassen von meinen Honoraren, für mich und meine Lieben. Im Thüringischen, wenn Sie wissen, wo das ist.«

»Thüringen, Thüringen«, überlegte Undine, »das habe ich schon gehört. Thüringer Wald, Thüringer Rotwurst, Elisabeth von Thüringen, die wohltätige Landesmutter, die Wartburg, Martin Luther, der große Reformator . . .«

»Na, sehen Sie, meine Liebe, Sie erinnern sich ja an eine ganze Menge Dinge, und vielleicht dauert es gar nicht mehr lange, bis Ihnen auch die wichtigen wieder einfallen. – Übrigens: wie werden Sie denn genannt, einen Namen müssen Sie doch haben?«

»Der Captain nannte mich Undine. Aber hier auf dem

Schloß heiße ich Maud. Mrs. Manning findet ›Undine‹ unchristlich.«

»Das kann ich mir denken! Die fromme Seele! Und dann hängt Sie Ihnen vorsichtshalber gleich den Namen einer Sünderin an. So heißt nämlich hier in England die Büßerin Magdalene, müssen Sie wissen.«

»Ja, wenn ich nur auch wüßte, wofür ich büßen muß!« entfuhr es Undine bitter.

»Ach, bleiben Sie mal bei ihrem schönen heidnischen Namen, wenn Ihnen der besser gefällt, mein armes Kind. Er ist auch viel romantischer. Undine ist eine Artgenossin der schönen Melusine, einer Wasserfrau, die der Sage nach einen Menschenmann heiratete und nun ihr Geheimnis – nämlich ihren Fischschwanz – vor ihm verbergen muß. Gar nicht so einfach, sollte man meinen. – Und Sie, liebe Undine, haben, wie es scheint, auch Ihre Geheimnisse. Aber wir wollen sehen, daß wir etwas Licht in die Sache bringen. Als erstes schreiben wir Ihrem Kapitän, der sich Ihrer so hilfreich angenommen hat, einen Brief. Wir wissen jetzt ja schon viel mehr über Sie. Wir wissen, daß Sie Deutsche sind – aus dem Norden des Reiches, will mir scheinen. Damit kann der Kapitän schon manches in Erfahrung bringen, wenn er Nachforschungen anstellt.«

An diesem Tag hörten die Dienstboten gar nicht mehr auf, sich über die stumme Wäschepflegerin zu wundern. Während sie sonst ihre Arbeit still, schnell und zuverlässig verrichtete, war sie heute überhaupt nicht zu gebrauchen, und als der Lakai Thomas sich nach dem Abendessen genüßlich die Zigarre anzündete, die ihm ein Gast geschenkt hatte, brach sie in hysterisches Gelächter aus.

Nun wartete Undine seit Wochen auf einen Brief von Captain Douglas, aber kein Brief kam, statt dessen kam eines Sonntags der Captain selber. Undine, die am Fenster saß, sah ihn den Hügel heraufsteigen. Sie warf ihre Handarbeit auf den Tisch, stürzte aus der Tür und rannte den Abhang hinunter. Ein paar Schritte vor ihm blieb sie atemlos stehen. Mein Gott, sie hätte sich ihm ja fast in die Arme geworfen!

Captain Douglas hatte sich verändert. Seine Mähne war zu kleidsamer Länge gestutzt und der ungepflegte Seemannsbart ganz verschwunden. Auch die Uniform sah aus, als wäre sie neu.

»Oh, Captain, was für eine Freude, daß Sie da sind!« rief sie zwischen Weinen und Lachen.

»Meine liebe, kleine Undine«, sagte er bewegt und küßte sie auf die Stirn, »wie schön, Sie zu sehen und Sie reden zu hören, und wie schön, daß es Ihnen gut zu gehen scheint. Was ist aus dem armen Meermädchen, das wir aus dem Wasser gezogen haben, für eine reizende junge Frau geworden!« Damit reichte er ihr seinen Arm, und sie schritten den Hügel hinauf. Auf der Bank vor dem Haus setzten sie sich nieder.

»Ja, meine Liebe«, nahm Douglas das Wort, »viel ist es nicht, was ich Ihnen zu berichten habe. Ich habe Erkundigungen einziehen lassen, bei der deutschen Botschaft und bei der Hafenbehörde. Niemandem ist etwas von einer verschwundenen jungen Frau bekannt, und niemand hat nach Ihnen gesucht. Aber wir haben noch lange nicht alle Möglichkeiten ausgeschöpft. Eines steht aber wohl fest, eine Türkin sind Sie mit Ihrem ährenblonden Haar sicherlich nicht.«

Einen Moment wurde Undine schwarz vor Augen, und sie hörte die Stimme eines Herrn, der sagte: »Blonde Frauen sind hier sehr gesucht«, und eine Frauenstimme mit einem maliziösen Unterton sagte etwas vom »Harem des Großtürken«.

»Mädchenhändler!« stöhnte Captain Douglas, dem sie es gleich erzählte. »Sie müssen wissen, mein Kind, es gibt eine Sorte besonders gemeiner Lumpen, die ihr schmutziges Geld damit verdienen, junge Frauen in den Orient zu verkaufen. Und da gibt es noch weit schlimmere Orte als einen Harem. Meist sind das Frauen ohne den Schutz ihrer Familie oder Verwandten. Sie werden oft unterm Vorwand einer guten Stelle ins Ausland gelockt und entführt.« Douglas nahm Undines Hand und hielt sie fest. »Und wenn so eine junge Frau in ihrer Verzweiflung von Bord springt, um sich ein schlimmeres Schicksal zu ersparen, dann hängen sie das nicht an die große Glocke. Wir müssen also befürchten, daß es sehr schwierig, wenn nicht gar unmöglich sein wird, herauszufinden, wer Sie sind und woher Sie kommen.«

Undine schluchzte. »Wenn ich nur wüßte, ob ich noch irgendwo Eltern habe. Der Gedanke, sie leben noch und machen sich die größten Sorgen um mich, bringt mich manchmal beinahe um!«

»Oder vielleicht einen Liebsten, einen Bräutigam oder gar einen Mann«, gab Captain Couglas zu bedenken.

Wieder wehrte sich Undine vehement gegen ein solches Ansinnen. Das müßte sie doch wissen! Aber hatte sie nicht auch keinerlei Erinnerung an Mutter, Vater oder Geschwister?

»Oh, Captain Douglas, Sie sind der einzige Mensch, den ich auf der ganzen Welt habe«, schluchzte Undine und warf sich an Captain Douglas' Uniformbrust. Dieser sah wohl, wie es um Undines Gefühle stand, hegte er doch selbst ganz ähnliche. Aber er fühlte sich viel zu sehr als Ehrenmann, um die Situation dieses in jeder Hinsicht schutzlosen Mädchens auszunutzen. Sanft machte er sich los.

»Ich reise nächste Woche nach Deutschland. Dorthin

könnten Sie mich begleiten, vielleicht ruft es Erinnerungen wach, die uns weiterbringen. Ich gehe dorthin«, fügte er mit belegter Stimme hinzu, »um nach meiner Frau zu sehen, die in einem Sanatorium lebt. Sie müssen wissen, meine Liebe, daß ich vor vielen Jahren noch sehr jung eine deutsche Cousine heiratete. Margarete war ein zartes engelsgleiches Wesen, vielleicht zu gut für diese Welt und ganz bestimmt zu gut für mich. Sie war sehr fromm, und als sie unser erstes Kind erwartete, verbrachte sie immer mehr Zeit über ihren Gebetbüchern. Ich dachte mir nichts dabei, als daß sie sicher eine gute Mutter würde. Die Geburt hat Margarete sehr erschöpft. Tagelang schwebte sie zwischen Tod und Leben. Unser Sohn starb nach wenigen Stunden. Margarete wollte es nicht glauben, als ich es ihr nach einigen Tagen endlich zu sagen wagte. Sie schrie, ich sei der Satan und hätte ihr Kind gestohlen, ich solle es ihr wieder herbringen oder für immer in die Hölle fahren. Sie warf ihr Gebetbuch nach mir, wann immer ich in ihre Nähe kam, oder ein Tintenfaß und andere Gegenstände, die mich ernsthaft hätten verletzen können, wenn sie mich getroffen hätten. Dann wieder war sie völlig apathisch. Ihr Onkel und ich mußten sie schließlich in ein Sanatorium bringen. Das war vor fünfzehn Jahren. Inzwischen kämpft sie nicht mehr mit dem Teufel um ihr Kind und ist ruhiger geworden, aber zu einem Leben ohne ständige Aufsicht und Pflege wird sie nie wieder fähig sein. Alle paar Jahre fahre ich hin, um mich zu vergewissern, daß alles, was möglich ist, für sie getan wird. Ja,« schloß Douglas seine Eröffnung, »seit fünfzehn Jahren bin ich an eine Frau gebunden, die mir eine Fremde geworden ist. Ich habe zwar keine Frau, aber ich bin ein verheirateter Mann, ich habe nicht das Recht, frei über mein Herz zu verfügen.«

Auf Moated Grange konnte man gerade jetzt nicht

Undines Dienste entbehren, also verzichtete sie auf die Reise nach Deutschland, »denn«, sagte sie bitter, »das bißchen Heimat, das ich habe, möchte ich nicht auch noch verlieren«.

Vierzehn Tage nach der Abreise Captain Douglas' kam ein Brief von ihm. Er habe die Ärzte im Sanatorium wegen Undines Gedächtnisverlusts um Rat gefragt, und sie hätten, so gut das aus der Ferne eben möglich sei, eine Diagnose gestellt. Solche »Amnesie«, so laute der medizinische Ausdruck, sei gar nicht so selten. Sie trete oft als Reaktion auf einen Schlag oder Stoß gegen den Kopf, manchmal auch als Folge einer seelischen Erschütterung auf, doch oft stelle sich nach einigen Wochen die Erinnerung wieder ein. In manchen Fällen allerdings scheine es, als wehre sich der Geist dagegen, das Vergessene wieder ins Bewußtsein dringen zu lassen. »Wenn es wirklich so ist, wie wir befürchten müssen, und Sie von Mädchenhändlern entführt wurden, dann gibt es bestimmt genug Schreckliches, dessen Sie sich mit Recht nicht mehr entsinnen wollen«, schrieb er. Aber doch nicht alles anderen auch! dachte Undine verzweifelt. Die Ärzte, schrieb Captain Douglas, wüßten nicht viel Rat außer Abwarten, allerdings gebe es neuerdings in Wien einen Nervenarzt, von etwas zweifelhaftem Renommee zwar, der aber in ähnlichen Fällen mit ziemlich ungewöhnlichen Methoden erstaunliche Heilungserfolge erzielt habe.

# Siebzehntes Kapitel

Im Prater blühten die Kastanienbäume. Ein Korso eleganter Wagen, eleganter Pferde, eleganter Damen in ebensolcher Toilette, begleitet von Kavalieren, tummelte sich auf der Allee. Eine Militärkapelle spielte. Epauletten blitzten in der Sonne. Eine junge Frau stand am Wegrand, versunken in den Anblick der Frühsommerpracht. Es war ihr letzter Tag in Wien, das Ende vor einem Neubeginn.

»Mariettas Traum vom süßen Leben«, kommentierte Salome die Reverie ihrer Freundin. Ehe diese etwas erwidern konnte, hatten sich zwei Husaren genähert und baten die jungen Damen um die Ehre und das Vergnügen, sie begleiten zu dürfen. »Eine große Ehre und ein zweifelhaftes Vergnügen«, konterte Salome, »nein, meine Herren, wir ziehen es vor, das Militär bei der Parade zu bewundern.« Und zu Marietta gewandt: »Ein Husar ist eben doch das Schönste. Wenigstens hören die Herren nicht auf, das selbst zu glauben. – Gehen wir in den Wurstelprater, ins Marionettentheater, da haben wir was zu lachen. Aufheiterung tut not, schließlich ist es unser letzter Abend«, schlug Salome vor und hakte sich bei Marietta unter.

Mariettas Reise ging nach Paris. Ein Studienaufenthalt bei keiner Geringeren als der großen Sängerin, Komponistin und Pädagogin Pauline Viardot würde Abschluß und Krönung ihrer Ausbildung sein. Natürlich war es Doktor Gieshübler, der ihr den Unterricht bei der berühmten Gesangspädagogin vermittelt hatte. Die letzten Wochen hatte sie sich und Fräulein Benedetti, die Korrepetitorin, damit gequält, die ›Carmen‹ bis zur Perfektion einzustudieren.

Madame Viardot war freundlich und huldvoll zu ihrer neuen Schülerin, die sich mit der Habanera bei ihr einführte, doch nachdem Marietta den Part der Carmen ganz zu Ende gesungen hatte, schüttelte sie den Kopf.

»Liebes Kind, lassen Sie mich es gleich sagen: Das Dramatische liegt Ihnen gar nicht. Es ist gleichgültig, wie Sie aussehen, Sie müssen nur überzeugen, und wenn Sie die ›Carmen‹ singen, müssen Sie nicht nur Don José, sondern auch die Zuschauer verführen können. Sehen Sie, Sie haben eine wunderschöne Stimme, aber für die Bühne sind Sie nicht geschaffen. Trauern Sie ihr nicht nach, Kind, ich habe es auch nicht getan, als ich mich vor Jahren von der Bühne zurückzog und nur noch konzertierte. Das Theater, so gewiß man sich persönlich gegen seine Versuchungen gefeit fühlen mag – es verdirbt den Ruf, also das Beste, was man hat. Schlagen Sie sich die Oper aus dem Kopf, mein Kind. Die Kunst besteht nicht nur aus Theater!«

In dieser Familie hat es schon einmal einen gewaltigen Irrtum gegeben, fuhr es Marietta durch den Kopf, aber sie hütete sich wohl, es laut auszusprechen. Hatte nicht Madame Viardots Vater, der berühmte Lehrer Manuel Garcia, zu der großen Jenny Lind gesagt: »Mademoiselle, Sie haben überhaupt keine Stimme!« Und hatten nicht Jenny Linds Triumphe ihn Lügen gestraft?

Marietta beharrte auf ihren Opern-Zukunftsplänen. Nach langer Debatte einigten sich Schülerin und Lehrerin auf einen Kompromiß: »Nun gut, mein Kind, wenn Sie auf der Bühne bestehen, sei's drum. Aber lassen wir, um Gottes willen, die Carmen! Im übrigen liegt Ihre Stärke in den tieferen Registern, bilden wir daher Ihre

Altstimme aus! Als erstes werden wir Glucks ›Orpheus‹ studieren. Monsieur Berlioz hat den Part seinerzeit für mich umgeschrieben; früher wurde er von einem Tenor gesungen.«

Ach, dachte Marietta betreten, ob ich wohl auch mal so weit komme, daß ein berühmter Komponist eine Rolle schafft, eigens für mich. Und dann wurde aus Marietta Orpheus, der seine geliebte Eurydike aus dem Totenreich zurückholte; nur hatte die Gluck-Oper, anders als der Mythos, ein glückliches Ende. In der Rolle der Eurydike stellte Marietta sich ihre geliebte Freund-Feindin Hildiko vor. So kam es, daß Marietta Trippelli ihre Neigung zu Hosenrollen entdeckte.

»Jetzt sollten Sie nur noch etwas abnehmen«, riet die Viardot, »denn in Hosen müssen Sie schlank sein. Stellen Sie sich einen korpulenten Cherubino vor, wie er vor Graf Almaviva fliehend aus dem Fenster springt! Das ist nicht viel besser als eine tote Julia, die kichert, weil Romeo ihr den neuesten Witz ins Ohr geflüstert hat.« Also hungerte sich Marietta, die fast ebenso gern aß, wie sie sang, mit großer Disziplin über fünfzehn Pfund ihres Körpergewichts ab und fuhr, drei Monate später, mit den guten Wünschen der Viardot zurück nach Wien, zum Vorsingen an der Hofoper.

# FLUT, FLUT, MACH ALLES WIEDER GUT

# Erstes Kapitel

Die fünfjährige Effi lag bäuchlings auf dem Bootssteg des Cremmener Sees und starrte ins Wasser. Dort, wo ein Sonnenstrahl das seichte Wasser golden färbte und den Grund erkennen ließ, schwamm eine Wasserfee, eine kleine Frauenfigur mit wallenden Haaren. Effi wußte, es war in Wirklichkeit nur eine Wasserpflanze, aber das nahm der Vorstellung nicht ihren Reiz. Nachher, wenn der Sonnenstrahl weitergewandert war, würde die Wasserfee fortschwimmen, tiefer in den See tauchen und sich mit ihren Schwestern und Freundinnen zum Kaffeekränzchen treffen. Ob sie denn richtigen Kaffee tränken und Kuchen äßen, hatte Papa einmal gefragt, oder ob es Entengrütze und Wasserschierling gebe. Seither überlegte Effi, was wohl im Wasser Wohlschmeckendes zu finden sei außer Fischen, denn Fische äßen die Wasserfeen ganz sicherlich nicht, das wäre fast so etwas wie Menschenfresserei.

Einmal hatte Effi die Wasserfee Mama gezeigt. Die war furchtbar erschrocken, obwohl sie sich sonst vor gar nichts fürchtete, und hatte sie zornig angefahren, sie solle sich nicht so dummes Zeug einbilden. Effi mochte das Wasser. Kein Wunder, sagte Papa, wenn die Rede darauf kam, und zwinkerte mit den Augen. Briest, bitte! sagte Mama dann. Das sagte sie ziemlich oft. Papa machte immer, was Mama sagte, trotzdem Hohen-Cremmen ihm gehörte und er über alles bestimmte und die Leute ihm gehorchten, ihre Mützen vor ihm zogen und sich verbeugten. Sogar Großvater Belling in Schwantikow machte, was Mama wollte. Meistens.

Wahrscheinlich machte sogar der liebe Gott, was Mama wollte.

Das ferne Geräusch von Pferdehufen auf der Auffahrt riß Effi aus ihrer Träumerei. Das bedeutete Besuch, und Besuch war immer gut, sogar dann, wenn Damen aus der Nachbarschaft zu Mama kamen und alle nur am Tisch saßen und plauderten und Effi in ein schönes Kleid gesteckt wurde, mit einem kratzigen Spitzenkragen, und ein Gedicht aufsagen mußte. Am liebsten wählte Effi ein lustiges wie das von Max und Moritz und dem Lehrer Lämpel, das Papa ihr beigebracht hatte. Effi bekam dann immer ein paar Pralinés, dafür lohnte es sich. Effi hatte keinen Lehrer, sondern eine Bonne, die sie beinahe so lieb hatte wie Mama, eigentlich sogar noch ein bißchen mehr. Aber bald würde die Bonne zu einem anderen Kind gehen, und Effi würde eine Gouvernante bekommen, die sie Lesen und Schreiben und Französisch und feine Handarbeit lehren würde. Effi war traurig, wenn sie an die Trennung von ihrer Kinderfrau dachte, aber sie wußte, das war nicht zu ändern. Alle Kinder mußten sich von ihrer Bonne trennen. Ihr Cousin Bertie hatte einen Hauslehrer, der ihn und einige andere Jungen von den Nachbargütern unterrichtete. Nicht so einen dummen wie den Lehrer Lämpel, sondern einen jungen, energischen, der ihnen mit dem Rohrstock den Hosenboden vertrimmte, wenn sie nicht artig waren. Da war ein Fräulein schon das kleinere Übel, das sagte Papa auch.

Diesmal war es sehr erfreulicher Besuch: ihr Cousin Bertie mit Tante Melanie und Baron Hohennauen mit seinem Sohn Alfred. Bertie hatte noch eine große Schwester, aber die war im Pensionat in Berlin und nicht dabei. Drinnen erfuhr Effi, daß Tante Melanie und Baron Hohennauen, der jetzt Onkel Friedrich heißen sollte, sich verlobt hatten. Berties Papa, den Onkel Detlev, kannte Effi nur als Bild. Da trug er eine prächtige Uniform und einen Helm mit einem Adler obendrauf. Sein Schnurrbart hatte nach oben gebogene Enden wie der des neuen Kaisers. Der Onkel war noch vor Berties Geburt gestorben. Onkel Detlev schaute noch immer stolz und glücklich von seinem Bild herunter, trotzdem Tante Melanie jetzt einen anderen Mann heiraten wollte. Die Erwachsenen stießen mit Champagner an, die Kinder wurden zum Spielen geschickt.

»Wenn dein Papa und Berties Mama heiraten«, sagte Effi zu Alfred, »dann werdet ihr beide doch Brüder?«

»Stiefbrüder«, korrigierte Alfred, »aber das macht nichts.« Er legte Bertie den Arm um die Schultern.

»Und was ist, wenn dann alle mal tot sind und in den Himmel kommen, und da ist schon Berties Papa und deine Mama?« fragte Effi.

»Das wäre ein schönes Durcheinander«, sagte Bertie.

»Oh, ja«, schrie Effi, »wir spielen: ich wär' Berties Frau und wir kämen in den Himmel. Aber wir müssen noch Hulda holen, die wäre Alfreds Mama.« Hulda, die Tochter von Pastor Niemeyer, wurde geholt, und das Spiel begann, nachdem Huldas Einwand »mit dem Himmel spielt man aber nicht« niedergeschlagen worden war. Bertie und Effi näherten sich, mit den Armen flatternd, erwartungsvoll dem Himmelstor unter der Schaukel, da trat ihnen Alfred voll gerechten Zornes entgegen.

»Du Treulose«, schrie er Effi an, »warum hast du einen anderen geheiratet?«

»Welchen Ton erlauben Sie sich gegen meine Frau!« rief Bertie empört. Er forderte den Seligen zum Duell, das mit Stöcken ausgefochten wurde und mit Berties »Tod« endete. Effi reckte sich in die Höhe und gab dem drei Jahre älteren Alfred eine Ohrfeige. Der versetzte ihr einen Schubs, so daß Effi mit dem Hintern ins Gras fiel. Hulda, die es gar nicht mochte, wenn man sie nicht beachtete, und vorher nur leise und in Verkennung der Spiel-Beziehungen »ach, mein Gatte« gewimmert hatte, warf sich nun über den gefallenen Duellanten und heulte nach Leibeskräften.

»Man trägt seinen Schmerz schweigend«, tadelte Effi, die trauernde Witwe, »schweigend und mit Contenance, sagt meine Mama.«

»Ach was, ihr habt ja einen Adelsdenkel«, schrie Hulda beleidigt, »das sagt *meine* Mama!«

»Es heißt ›Dünkel‹, nicht ›Denkel‹«, rief Albert der Davonstürmenden hinterher.

»Hulda ist eine alte Spielverderberin«, erklärte Effi. »Wir spielen lieber richtig Hochzeit. Wir brauchen einen Hutschleier von Mama, und vielleicht leiht uns Papa seinen Zylinder.« Damit stürmten die Kinder in den Salon.

»Ich heirate Bertie, und Alfred ist der Pastor«, verkündete Effi den Erwachsenen.

»Nein, mein Kind, Dagobert heiratet dich. Männer heiraten. Frauen werden geheiratet«, erklärte Luise ihrer Tochter.

»Gut, aber wir brauchen einen Schleier und einen Zylinderhut!«

»Effi, du kannst Dagobert nicht heiraten«, wandte Briest ein. »Deine Mama und Dagoberts Mama sind Schwestern, so nahe Verwandte können einander nicht heiraten!«

»Aber Briest«, sagte Luise, »verdirb den Kindern doch nicht den Spaß. Natürlich könnt ihr heiraten, Mäuschen. Die Mütter der Kaiserin Elisabeth von Österreich und des Kaisers Franz Joseph waren auch Schwestern.«

»Luise, setz den Kindern keine Flausen in den Kopf!« warnte Briest.

Melanie beobachtete das eheliche Duell nicht ohne Vergnügen.

»Wißt ihr was«, schlug Bertie diplomatisch vor, »wir holen Hertha und Bertha und spielen Schiffsquartett.« Damit verließen die Kinder den Raum.

»Bertha und Hertha, wie einfallsreich!« mokierte sich Melanie. »Manche Leute haben schon einen sonderbaren Geschmack.«

»Ja, und nennen ihren Sohn ›Dagobert‹«, lächelte Luise maliziös.

Von draußen vernahm man leises Donnern.

»Das hat mir gerade noch gefehlt«, stöhnte Briest, »mitten in der Ernte! Ich muß raus und auf dem Rapsland nach dem Rechten sehen. Vermaledeites weites Feld. Wenn wir's bloß noch schaffen, ehe das Unwetter anfängt! Ihr entschuldigt mich bitte.«

»Der gute Briest, man könnte meinen, sein Raps käme nicht ohne ihn in die Scheune«, stichelte Luise.

Melanie lächelte freundlich. »Dein Mann ist eben mit der Scholle verwachsen, meine Liebe«, sagt sie, wohl wissend, wie sehr ihre Schwester das haßte, was sie Briests »Verbauerung« nannte.

Der Donner draußen wurde lauter.

## Zweites Kapitel

Wintergewitter hatten etwas Bedrohliches, fand James. Doch war das Wetter inzwischen das einzige, woran er gelegentlich etwas auszusetzen hatte. Wie hatten sich seine Lebensumstände seit jenen tristen Anfängen seiner Lehrjahre verändert, und zwar zum Besseren! Die Arbeit gefiel ihm, und mehr noch: Bald würde er sein eigener Herr sein, wenn Mr. Crawford, der Prinzipal, sich nach James' Hochzeit mit Violet, seiner Tochter, aus dem Geschäftsleben zurückziehen würde. Bereits jetzt fragte ihn sein künftiger Schwiegervater bei allen wichtigen Entscheidungen um Rat.

Bei fast allen, wie sich herausstellen sollte ...

Seit fünf Jahren befand sich James' Stern im Aufstieg. Damals hatte Mr. Featherstroke, einer der Korrespondenten, sich pensionieren lassen, und James hatte befürchtet, daß Boldley die Nachfolge antreten würde. Immerhin hatte Boldley ihm Deutschkenntnisse voraus, die er sich, neben dem Französischen, in Abendkursen angeeignet hatte. Andererseits war James ein Gentleman, Boldley nicht. Man wußte, woher James Wellbourne kam, wer seine Familie war, und zwischen seinen Verwandten in Hongkong und denen des Prinzipals gab es gesellschaftliche Verbindungen. Also erhielt James den Posten, nicht Boldley.

Boldley hatte daraufhin seine Kündigung eingereicht, was sogar den alten Chipplewhite, der nie viel Sympathie für ihn gehabt zu haben schien, bewogen hatte, sich von seinem Altersruhesitz in Surrey in die City zu bemühen, um Boldley ins Gewissen zu reden. Ob er denn das in vielen Jahren Erreichte so einfach aufgeben wolle, nur weil ein anderer ihm vorgezogen worden sei? Seine Zeit werde wohl noch kommen! Er wisse so gut wie jeder andere, daß ein Neuanfang bei einer anderen Firma bedeuten würde, wieder ganz unten auf der Leiter anzufangen! Aber Boldley war unbelehrbar geblieben.

James liebte seine Arbeit. Es gefiel ihm, die Handelsbeziehungen der Firma mit aller Welt in allen Schritten verfolgen zu können, und manchmal überließ es Mr. Crawford ihm selbst, die Verhandlungen zu führen. Der engere Kontakt zum Prinzipal während der Arbeit hatte zur Folge, daß James auch stärker ins gesellschaftliche Leben der Familie einbezogen wurde, und hatte schließlich zur Verlobung mit Miss Violet Crawford geführt.

James erinnerte sich gut an seine erste Begegnung mit Violet. Sie war damals noch ein Kind gewesen: ein etwa dreizehnjähriges Mädchen mit blonden Locken und blauen Augen, ein richtiges Porzellanpüppchen. Miss Crawford war, in Begleitung ihrer Gouvernante, unterwegs in ein Schweizer Pensionat gewesen. Ehe der Fährenzug abging, hatte sie ihrem Papa, den sie nun lange Zeit nicht mehr sehen würde, einen allerletzten Besuch abgestattet. Sämtliche Angestellten wußten, daß die Trennung den Prinzipal äußerst schmerzlich ankam, aber die Erziehung einer Tochter war nun einmal nicht denkbar ohne den letzten Schliff in der Schweiz.

Das Mädchen trat auf James zu und lächelte ihn an. »Ich bin Violet Crawford und freue mich, Ihre Bekanntschaft zu machen, Sir. Kommen Sie aus den Kolonien? Sind Sie der Herr, den uns mein Onkel aus Hongkong geschickt hat? Ich wollte, ich hätte etwas Zeit, dann könnten Sie mir von China erzählen. China ist nämlich mein Lieblingsland, ich habe auch eine Siamkatze!«

James lächelte zurück. Ein freundliches Mädchen. So

ungezwungen würde sie nicht mehr sein, wenn die Damen Lehrerinnen in der Schweiz erst einmal mit ihr fertig waren.

»Leben Sie wohl, Miss Violet. Wenn Sie zurückkommen, erzähle ich Ihnen alles, was Sie über China wissen wollen«, versprach er.

Drei Jahre später war sie zurückgekommen, um sich der höchsten Pflicht einer höheren Tochter zu widmen: dem Warten auf die passende Partie. Doch Mr. Crawfords sanfte, gefügige Tochter hatte bald etwas anderes im Sinn. Wiewohl in keinem Punkt gegen das Gebot weiblicher Zurückhaltung verstoßend, hatte sie James doch auf diskrete Weise deutlich zu machen gewußt, daß seine Werbung ihr willkommen wäre, und hatte ihrem Papa, der sich bei aller Sympathie eigentlich einen begüterteren und weniger exotischen Schwiegersohn gewünscht hätte, seine Einwilligung zur Verlobung abgeschmeichelt. Zwar hatte Mr. Crawford, in Anbetracht des zarten Alters der Braut, eine zweijährige Verlobungszeit verlangt. Wohl mit dem Hintergedanken, vermutete James, daß Violet, jung und beeindruckbar, am Ende doch einen willkommeneren Freier vorziehen würde. Aber Violet liebte ihn und würde treu zu ihm halten, daran zweifelte James keinen Augenblick. Und er war ihr dankbar, denn die Heirat würde ihn, wenn auch nicht ganz, so doch auf einen Platz nur wenig unter seiner angestammten gesellschaftlichen Position zurückbringen. Wenn er an Luise dachte, empfand er immer noch Sehnsucht nach der unwiederbringlich verlorenen Liebe seines Lebens, aber er hatte sich damit abgefunden, daß er sie nie mehr wiedersehen würde.

Die zweijährige Verlobungszeit war nun beinahe um, und James dachte darüber nach, was er Violet als Ziel für die Hochzeitsreise vorschlagen solle, als Mr. Crawford ihn mit allen Anzeichen der Beklommenheit in sein Zimmer rief.

»Ich habe Ihnen eine Neuigkeit mitzuteilen, mein lieber Junge, und weiß nicht so recht, wie ich beginnen soll. Ich fürchte, es wird Ihnen nicht gefallen. Es ist an dem, daß . . . daß unser Kontor einen Zuwachs besonderer Art bekommen wird.«

Mr. Crawford stockte. James konnte sich absolut keinen Vers auf diesen »Zuwachs« machen.

»Es handelt sich«, erklärte Mr. Crawford, »um eine Dame!«

»Eine Dame?« entfuhr es James, der eher an einen plötzlichen unerklärlichen Verlust der geistigen Gesundheit seines Prinzipals glauben wollte als an diese Nachricht. »Werter Sir, Damen arbeiten nicht!«

»In diesem Falle aber doch, mein lieber James. Es handelt sich um die Tochter meines Freundes Sharp, eines Geistlichen. Sharp und ich kennen uns von der Schule her und waren zusammen in Oxford. Vor kurzem ist er gestorben. Er hinterläßt eine Witwe und eine Tochter, und diese Tochter hat, mit Erlaubnis des Vaters und Billigung ihrer Mutter, eine Ausbildung in Stenographie und sogar als Maschinen-Schreiberin absolviert. Dergleichen gibt es neuerdings für junge Damen. Ich habe mich umgehört. Sogar die Bank von England hat Damen eingestellt. Kurz und gut, Mrs. Sharp ist an mich herangetreten, ob ich ihr helfen könne, ihrer Tochter eine passende Position zu vermitteln, und so habe ich Miss Sharp eingestellt. Ich wäre Ihnen sehr verbunden, James, wenn Sie Ihren Kollegen diese Nachricht so schonend wie möglich beibringen würden. Sie werden nicht begeistert sein, fürchte ich, aber was sollte ich machen?«

Ein paar Tage später erschien die neue ›Kollegin‹,

pünktlich zum Dienstbeginn um neun Uhr, und tat, als ob das alles völlig selbstverständlich sei. Natürlich veränderte die Anwesenheit einer Dame die Atmosphäre im Kontor gewaltig. Wer würde jetzt noch guten Gewissens seine Pfeife oder Zigarre rauchen können, da Damen Tabak verabscheuten? Nein, eine Dame gehörte nicht in ein Kontor! Das gab man Miss Sharp auch zu verstehen, in Anspielungen, die an ihr abzuprallen schienen wie Regentropfen an ihrem Mackintosh.

»Ich versteh's nicht«, sagte einer der jüngeren Herren, »so wie sie aussieht, wird sich doch gewiß ein wohlhabender Witwer finden, der sie auch ohne Mitgift nimmt. Statt dessen zerbricht sie sich ihr hübsches Köpfchen im Bureau und quält sich mit dieser elenden Schreib-Maschine ab.«

Von Kopfzerbrechen und Abquälen konnte indessen gar keine Rede sein. Miss Sharp erwies sich als regelrechtes Wunderkind. Sie gab vor, hundertfünfundzwanzig Wörter in der Minute stenographieren zu können, doch was alle als Prahlerei betrachtet hatten, stellte sich als die reine Wahrheit heraus. Auch die inzwischen angeschaffte Schreib-Maschine, ein Ungetüm, dessen Tasten eine kraftvolle Hand erforderten, handhabte sie mit einer Geschwindigkeit, als spiele sie auf dem Piano.

Was ihr Aussehen betraf, hatte der junge Kollege allerdings recht. Miss Sharp war eine Augenweide. Die dumpfe Bureauluft hatte ihrem zarten, hellen Teint noch nichts anhaben können. Im übrigen, erklärte Miss Sharp, nutze sie die Besuche bei ihrer Mutter auf dem Land zum Wandern und Tennisspielen. Ihr lockiges rotes Haar hielt sie sich mit einem Band aus dem Gesicht oder trug es hochgebunden. Ihre Nase zeigte ein wenig mehr nach oben, als daß sie dem klassischen Schönheitsideal entsprochen hätte, und ihr vollippiger Mund war um ein

Weniges zu breit. Doch Miss Sharp lachte gern, und ihre goldbraunen Augen blitzten vor Vergnügen, wenn sie Geschichten aus ihrem Berufsleben zum besten gab. In der Tat hatte diese junge Dame von vielleicht dreiundzwanzig Jahren schon einige Jahre dessen hinter sich, was ihre Kollegen »Berufserfahrung« zu nennen pflegten. Zuletzt hatte sie sich, zusammen mit einer Freundin vom Girton College, wo sie beide studiert hatten und mit ehrenvollen Abschlüssen abgegangen waren, bei der Bank von England beworben und war dort nach einem sehr strengen Auswahlverfahren für geeignet befunden worden, Banknoten aus dem Verkehr zu ziehen.

»Wir haben die Dinger gelocht, gestempelt und – immer schön nach Nummern geordnet – in Häufchen gestapelt. Es war fast wie beim Patiencelegen, bloß einfacher. Dann mußten wir die Nummern in ein Buch eintragen, und um diese hochanspruchsvolle Arbeit zu lernen, die jeder Lehrling in ein paar Tagen begriffen hätte, hat man uns tatsächlich ein halbes Jahr Zeit gegeben. Selbstverständlich wurden wir strenger bewacht als die Kronjuwelen, durften uns ungefähr so frei bewegen wie in einem Gefängnis, und ein in Ehren ergrauter alter Herr war unser Verbindungsoffizier zur Außenwelt, sonst war es niemandem gestattet, mit uns zu sprechen. Da bin ich schon lieber hier als in solch einem Mausoleum, Gentlemen, auch wenn die Luft in diesen Gemächern an Frische einiges zu wünschen übrig läßt.«

Obwohl ihn Miss Sharps launige Erzählungen nicht weniger amüsierten als seine Kollegen, mißbilligte James doch die leichtfertige Art, wie sie die Maßnahmen glossierte, die die Bank von England zum Schutz der dort beschäftigten Damen wohlweislich getroffen hatte. Eine Frau gehörte weder an die Universität noch ins Geschäftsleben. Es war ihre Bestimmung, für ein angenehmes Heim zu sorgen, in das der Mann nach des Tages Mühen gern zurückkehrte. So wie es Violet als seine Frau ohne Zweifel tun würde. Trotzdem begann Violet, die er ohnehin nur sonntags und fast immer in Gesellschaft ihrer Eltern sah, vor Miss Sharps stärkerer Präsenz zu verblassen.

Miss Sharp bewohnte ein Pensionszimmer, das, wie sie berichtete, schwierig zu finden gewesen war, weil die Wirtinnen alle viel lieber an Herren vermieteten. Die Logiskosten mußten den Großteil ihres Lohnes – kärgliche dreißig Shilling pro Woche – verschlingen. James, der wie alle übrigen vor Miss Sharps Charme nach und nach die Waffen streckte, fragte sich manchmal, womit sie wohl ihren Lebensunterhalt bestritt, denn offensichtlich litt sie keinen Mangel. Darauf, daß sie ihrer Arbeit nicht aus Not, sondern aus Interesse nachging, kam er ebensowenig wie seine übrigen Kollegen oder Mr. Crawford.

Eines Tages – es war schon dunkel geworden – hatte James darauf bestanden, Miss Sharp nach Hause zu bringen. Sie versicherte ihm jedoch höflich, aber bestimmt, überhaupt noch nicht nach Hause zu wollen. »Ich bin mit einer Freundin verabredet. Manchmal gehen wir Tanzen nach Soho. Dort trifft man die ulkigsten Leute. Einmal habe ich einen Dichter kennengelernt, der wollte mir seine Verse zum Abschreiben geben. Als ich ihm mein Honorar nannte, überlegte er es sich anders. Er glaubte wohl, ich würde es seiner blauen Augen wegen machen!« James begann sich zu fragen, welche Dienste Miss Sharp wohl noch gegen Honorar zu leisten bereit sei. Obwohl ihm der Vergleich zwischen ihr und seiner großen Liebe geradezu blasphemisch erschien, erinnerte ihn Miss Sharps souveräne Mißachtung der Konventionen bisweilen an Luise.

Es war etwa eine Woche vor den Weihnachtsfeiertagen, der Feierabend stand kurz bevor, und James hatte noch einige dringende Briefe zu schreiben, als Miss Sharp sich erbot, ihm die französische Korrespondenz abzunehmen: »Geben Sie mir Ihre Notizen, Mr. Wellbourne, und ich verfasse die Briefe. Ich glaube, ich bin ohnehin schneller als Sie.«

Empfindlich getroffen in seiner männlichen Überlegenheit, verschwendete James keinen Gedanken daran, ob sie vielleicht recht haben könnte.

»Bitte, Miss Sharp«, sagte er schroff, »überschätzen Sie sich nicht. Sie sind zwar eine Virtuosin auf der Schreib-Maschine, aber das befähigt Sie noch nicht, die Arbeit eines Mannes zu tun.«

»Bezweifeln Sie ernstlich, Mr. Wellbourne, daß ich einen Brief an Messieurs Benoit & Fils zustande bringe? Wenn dem so ist, dann ist es höchste Zeit, Sie vom Gegenteil zu überzeugen.«

»Und für Sie, Miss Sharp, ist es höchste Zeit zu begreifen, wo der Platz einer Frau ist.«

Miss Sharp warf den Kopf in den Nacken und brach in schallendes Gelächter aus. Beim Anblick ihrer vor Lachen bebenden Kehle vergaß James Violet, Verlobung, bevorstehende Hochzeit, gesicherte Zukunft, gesellschaftliche Stellung, kurz: alles außer seinem heftigen Begehren, Miss Sharp, von der er nicht einmal den Vornamen kannte, zu zeigen, wo ihr Platz sei. Nämlich in seinen Armen. Wütend riß er sie an sich, bedeckte ihren Hals mit Küssen und suchte ihren Mund. Plötzlich fühlte er sich heftig an den Schultern gepackt und gegen ein Stehpult geschleudert. Dann hörte er Miss Sharp schreien. James war vor Schmerzen kaum wieder zu Atem gekommen, als Mr. Crawford aus seinem Zimmer stürzte und mit einem Blick die Situation erfaßte.

Crawford versuchte, die schluchzende Miss Sharp zu

beruhigen. Den Mann, den er eben noch für seinen künftigen Schwiegersohn gehalten hatte, fertigte er kurz ab: »Mr. Wellbourne, ich erwarte morgen Ihre Kündigung. Sie werden Ihr Gehalt für den Rest des Monats noch bekommen, aber ich wünsche Sie weder in den Geschäftsräumen noch in meinem Haus zu sehen. Ich verbiete Ihnen jeden weiteren Umgang mit meiner Tochter.«

Damit stand James um kein Haar besser da als Mr. Boldley vor fünf Jahren. Auf jede ausgeschriebene Stelle kamen Dutzende von Bewerbern, und er hatte, im Gegensatz zu Mr. Boldley, noch nicht einmal ein Zeugnis oder eine Empfehlung seines Prinzipals vorzuweisen. Denn selbst wenn ihm sein Schamgefühl gestattet hätte, Mr. Crawford darum zu bitten, würde der es ihm gewiß verweigern. James nahm seinen Mantel und ging hinaus auf die Straße.

# Drittes Kapitel

Draußen tobte ein Unwetter. Der Sturm riß die Kronen der Bäume auseinander, und der Regen war kein gewöhnlicher Regen, sondern schlimmer als ein Wolkenbruch. Effi saß in ihrem Baumhaus, das nicht mehr im Park von Hohen-Cremmen, sondern irgendwo im Dschungel stand, und zitterte. Der Fluß war über seine Ufer getreten, und das Wasser kroch näher und näher an Effis Baumhaus heran. Wenn sie eines der dahertreibenden Seerosenblätter erwischen würde, könnte sie es als Boot benutzen, überlegte Effi. Und tatsächlich, kurz darauf trieb eines in Reichweite vorbei. Effi war fürs erste gerettet. Sie strahlte. Ja, sie wußte sich zu helfen. Sie war jetzt acht Jahre alt und ein großes Mädchen.

Mit einem Mal hörte der Regen auf, die Sonne schien wieder mit aller Kraft, und bald waren Effis Kleider getrocknet. Die Blätter des Urwalds leuchteten dunkelgrün, und direkt über dem Fluß stand ein Regenbogen. Plötzlich bemerkte Effi, daß der Fluß, der immer unruhiger und reißender wurde, aufzuhören schien. Sie trieb mit ihrem Seerosenblätterboot direkt auf einen gewaltigen Wasserfall zu, und dann fiel sie, unendlich tief. Doch ehe sie in die immer näherkommenden tosenden Wassermassen eintauchte, war der Riesenvogel, der auf dem Regenbogen gesessen hatte, herangeflogen, und Effi landete weich auf seinem Rücken.

»Halt dich gut fest«, mahnte der Vogel, denn natürlich konnte er sprechen. Und so flogen sie in großer Höhe über das Land. Der Fluß hatte sich in ein schmales schimmerndes Band verwandelt, der Wald an seinen

Ufern zu grünen Flecken, ab und zu flogen sie über Dörfer, wie aus Spielzeughäusern gebaut. Schließlich näherten sie sich einer Stadt, einer alten, von einer Mauer umgebenen Stadt mit vielen Türmen. Die Häuser unter ihnen wurden immer größer und kamen näher heran: Der Vogel flog hinunter. Effi bemerkte es jetzt auch an einem unbeschreiblich kitzeligen Gefühl in Knien und Fußsohlen. Es war wie beim Schaukeln, wenn sie ganz hoch oben war und ihre Füße fast den Himmel streiften, nur viel, viel stärker, eine wonnevolle Mischung aus Angst und Lust. »Tochter der Luft« nannte Mama sie wegen ihrer Leidenschaft fürs Schaukeln. Effi wurde mutiger. »Den Kopf wird es ja nicht gleich kosten«, sagte sie laut und streckte ihn weiter und weiter vor. So lange, bis sie das Gleichgewicht verlor. Statt aber unsanft auf dem Boden aufzuprallen, fiel sie in die ausgebreiteten Arme eines großen starken Mannes, von dem sie wußte, daß er ein Chinese war. Die schwarzen Haare trug er zum Zopf gebunden. Seine Augen waren schmaler und dunkler als alle Augen, die Effi bisher gesehen hatte.

»Denkt euch, ich habe von einem Chinesen geträumt«, begrüßte Effi am Morgen nach der Weihnachtsbescherung ihre Eltern.

»Wie sah er denn aus?« erkundigte sich Briest.

»Er hatte einen schwarzen Zopf, trug einen spitzen Hut, eine gelbe Seidenjacke und blaue Pluderhosen.«

»Dann stammt er wohl aus dem neuen Album ›Wunder der Welt‹. Da meine ich, einen Herrn von solchem Signalement schon gesehen zu haben«, erklärte Briest. »Deine Mama und ich, wir haben auf unserer Hochzeitsreise in Konstantinopel einen ganz echten Chinesen getroffen, einen Mr. Wang. Er war Offizier der Handelsmarine, glaube ich.«

Effi sah, wie eine feine Röte das Gesicht ihrer Mutter überzog.

»Er fuhr auf einem Schiff, das Teppiche geladen hatte«, erzählte Luise lächelnd.

»Fliegende?« fragte Effi begeistert.

»Fliegende Teppiche, wenn du willst, mein Kind«, gab Luise zur Antwort. »Und er hat mir den Bazar von Stambul gezeigt. Ein Bazar, mußt du wissen, ist eine Art Markt, so wie in den Märchen aus Tausendundeiner Nacht.«

Effi war hingerissen. »Erzähl mir von Wang und von dem Bazar aus Tausendundeiner Nacht«, bat sie.

»Ach, mein Kind«, lächelte Luise, »wie du dir gleich wieder alles bunt und schimmernd ausmalst und alles wie im Märchen. Die Wirklichkeit ist weniger bunt und aufregend, und oft ist es gut, daß es statt Licht und Schimmer Dunkelheit gibt.«

»Du bist heute aber sehr philosophisch, meine Liebe. Hast du schlecht geschlafen?« erkundigte sich Briest.

Und so mußte Effi sich ihre Geschichten selbst ausdenken. Mamas »Wang« ging mit den Lesefrüchten aus Tausendundeiner Nacht eine sehr fruchtbringende Allianz ein. Er wurde der Held von Effis Tagträumen, wenn sie von abenteuerlichen Reisen phantasierte, vom Kampf gegen vierzig Räuber, Flaschengeister, Piraten, Sklavenhändler und Meeresungeheuer. Und Effi hütete ihn eifersüchtig. Nur Mama und Papa wurden hin und wieder, aber nur sehr selten, in eine Episode des großen Spiels eingeweiht. Aber Bertha und Hertha, die Pastorstochter Hulda, selbst Bertie und Fred ahnten nichts von der Existenz des Chinesen. Er gehörte Effi ganz allein.

Marietta hatte sich nach ihrem Auftritt abgeschminkt und sah, soweit der durch ein Riesenbouquet fast verdeckte Spiegel ein Urteil erlaubte, einigermaßen präsentabel aus. Die Blumen stammten von Fürst Kotschukoff, den sie in Paris, im Salon von Madame Viardot, kennengelernt hatte. Der Fürst hatte sich ihrer damals freundlich angenommen, sie ermutigt und ihre Gesellschaft sichtlich genossen. Ihre Art, an allem das Komische zu sehen, erheiterte ihn.

Das war nun fast sieben Jahre her. Seine Ermutigung hätte Marietta nach einigen Engagements in der Royal Opera in Covent Garden, in Paris und an der Mailänder Scala nun nicht mehr nötig gehabt. Mit den Jahren hatte sie sich ein Renommee für ihre Gestaltung sinistrer Frauencharaktere erworben – und auch die Carmen gesungen. Mochten die Soprane in treuer Ergebenheit und Opfermut der Heldinnen schwelgen, Marietta liebte die Rollen der Rächerinnen, der Eifersüchtigen, der Hexen, Zauberinnen, Nebenbuhlerinnen, für die die Oper die tieferen Stimmlagen vorgesehen hatte. Ja, Kotschukoff würde stolz auf seine kleine Protegée von damals sein. Selbstverständlich werde sie sich freuen, ihn gleich nach der Vorstellung in ihrer Garderobe zu empfangen, ließ sie ihm ausrichten.

»Ja, Fürst, aus dem häßlichen Entchen ist nun doch so etwas wie ein stolzer Schwan geworden«, begrüßte sie ihn strahlend.

»Sprechen Sie mir nicht von Schwänen, Mademoiselle«, polterte Kotschukoff, um eine heftige Wiedersehensfreude zu überspielen, »das erinnert mich an Wagner, den ich, wie Sie sich vielleicht noch erinnern, gar nicht liebe.«

»Zu schade, lieber Fürst, denn demnächst werde ich im ›Ring‹ die Fricka singen. Man könnte meinen, der Meister habe mir seine Walküren und germanischen Göttinnen auf den Leib geschrieben. Ich bin ja nun keine von diesen schönen Sängerinnen, ich singe nur schön, aber für Wagner habe ich doch wenigstens die Figur«, sagte die Trippelli mit einem Blick auf ihre stattlichen Rundungen.

Am selben Abend und auch in den folgenden Wochen sah man die Trippelli häufig in Begleitung des Fürsten dinieren, soupieren, frühstücken und champagnisieren, was die Gemüter sehr viel mehr erregte als andere ›Affairen‹, weil die Trippelli dem Publikumsklatsch und -tratsch bisher jegliche Männergeschichten notorisch verweigert hatte.

Eines Abends gab sich der Fürst besonders aufgeräumt, war aber hinter dieser Fassade so nervös und unruhig, daß Marietta ihn nach der Ursache fragte.

»Sehen Sie, liebste Freundin, ich langweile mich auf meinen Besitzungen und auf Reisen fast ebenso. Eine Frau von Ihrer Lebhaftigkeit würde mir gut tun. Mir ist wohl bewußt, daß Ihre Neigungen nicht in meine Richtung gehen, außerdem bin ich ein alter Mann. Eine Ehe mit mir würde Sie zu nichts weiter verpflichten, als mir auf einige Monate im Jahr Gesellschaft zu leisten. Ich bin Witwer, Marietta, den Großteil meines Vermögens erben zwar meine Kinder, aber das, was ich Ihnen nach meinem Tod hinterlassen könnte, wäre doch immer noch sehr beträchtlich.«

»Lieber Freund«, wandte Marietta ein, »denken Sie nicht an Ihr Ableben, sondern lieber daran, wie sich eine singende Fürstin Kotschukoff in Ihren durchlauchtigsten Petersburger Kreisen wohl ausnehmen würde. Wo ich doch gar keinen Sinn fürs Dramatische habe, wie unsere liebe Viardot zu bemerken beliebte.«

»Selbstverständlich könnten Sie als meine Frau nicht mehr öffentlich auftreten, aber Sie könnten Soiréen geben und unsere Gäste mit Ihrer Kunst beehren. – Sie wissen selbst, meine Liebe, Verbindungen zwischen Aristokratie und Theater sind so außergewöhnlich nicht. Madame Patti hat den Marquis de Caux mit ihrer Hand beehrt. Die Franz – Franziska Franz vom Burgtheater – hat einen ungarischen Grafen geheiratet, auf dem Höhepunkt ihrer Karriere, ihn auf seine Güter begleitet, und als er – unter tragischen Umständen übrigens – starb, nahm sie bald darauf den Schleier –«

»Lieber Fürst, wollen Sie mich zur Nonne machen?! Sehen Sie, ich bin, wie nebenbei auch die Franz, eine protestantische Pastorentochter und habe hart darum kämpfen müssen, daß man mir erlaubte, meinen erwählten Beruf zu ergreifen. Während meiner Ausbildung und noch lange Zeit danach hatte ich so viele Selbstzweifel zu überwinden, so daß ich jetzt, nachdem dies alles vorbei ist, das Errungene viel zu sehr liebe, um es aufzugeben. Nein, nein, mein Freund, erst die Kunst, dann das Nußeis!«

Fürst Kotschukoff lachte. »Man kann Ihnen nicht böse sein, Marietta. Aber Sie müssen mir versprechen, bald in Sankt Petersburg zu gastieren!« Was ihm Marietta mit dem größten Vergnügen zusagte.

Inzwischen munkelte man überall von einem Heiratsantrag, den der Fürst der Trippelli zu machen beabsichtige. Hildiko sprach Marietta ganz unverhohlen darauf an, und Marietta empfand erstaunliche Genugtuung, als sie das Gerücht bestätigte.

»Du Glückliche«, sagte Hildiko, »du hast ausgesorgt! Was gäbe ich darum, an deiner Stelle zu sein. Ich gerate immer nur an kurzgehaltene Bürgersöhnchen oder allenfalls mal einen baltischen Baron mit Spielschulden.«

»Dann versuch dein Glück doch bei Kotschukoff, er ist noch frei. Aber mach ihn glücklich. Ich habe ihn nämlich sehr gern.«

»Was, du hast abgelehnt?!« schrie Hildiko, was zu bejahen Marietta noch größere Genugtuung bereitete.

# Fünftes Kapitel

Seit seiner Entlassung vor einem halben Jahr hatte sich James als Kopist für verschiedene Anwaltskanzleien durchgeschlagen, eine wenig angesehene, schlecht bezahlte Arbeit. Am Tage, als James aus seiner behaglichen Junggesellenwohnung auszog, die er sich nicht mehr leisten konnte, erreichte ihn ein Brief von Captain Douglas. Er befinde sich, schrieb der Captain, zur Zeit in London, nannte ihm die Anschrift seines Klubs und bat James zum Luncheon, wenn er Zeit dazu habe. Er, Douglas, freue sich herzlich, ihn wiederzusehen, auch habe er ihm eine Neuigkeit mitzuteilen, die gewissermaßen auch ihn, James, betreffe. Da James noch einen präsentablen Anzug besaß, den er nicht an Trödler verkauft hatte, machte er sich anderntags auf den Weg. Zu Fuß, um das Fahrgeld zu sparen.

»Mein lieber James«, sagte der Captain, während sie beim Lunch saßen und James zum erstenmal nach langer Zeit wieder das Gefühl hatte, sich nicht nur Nahrung zuzuführen, sondern mit Genuß zu speisen, »mein lieber James, ich werde heiraten. Und wem verdanke ich mein Glück? Ihnen! Es ist die junge Frau aus dem Bosporus, der Sie das Leben gerettet haben! Sie lebt inzwischen beim Onkel meiner verstorbenen Frau in Deutschland. Ich habe jetzt noch eine Fahrt zu machen, und sobald ich zurück bin, wird Hochzeit gefeiert. Sie sind herzlich eingeladen, James, wenn Sie uns besuchen wollen. Es ist ein kleines Seebad an der Ostsee, Kessin mit Namen. – Aber ich rede nur immer von mir. Sie haben mir geschrieben, daß Sie mit Mr. Crawfords Tochter verlobt seien.«

James konnte ein bitteres Lachen nicht unterdrücken. Das große Glück mit Luise war ihm versagt geblieben, und auch ein bescheideneres, kleineres hatte sich zerschlagen. Da saß er mit seinen gescheiterten Hoffnungen, und ihm gegenüber Captain Douglas als strahlender Bräutigam ausgerechnet jener Frau, die daran schuld war, daß er, James, Luise an jenem letzten Abend, und damit auf immer, verfehlt hatte. James berichtete in knappen Worten, daß seine Verlobung gelöst sei und er die Firma Crawford verlassen habe. Taktvoll vermied der Captain weitere private Nachfragen und erkundigte sich statt dessen eingehend nach James' beruflichem Fortkommen.

»Fortkommen wird man es nicht nennen können«, entfuhr es James, und dann beschloß er, die Fassade des prosperierenden Angestellten aufzugeben und Captain Douglas seine berufliche Misere anzuvertrauen.

»Mein lieber Freund«, sagte der, »da werde ich Ihnen vielleicht sogar helfen können. Mein Onkel, übrigens auch Seemann, schreibt derzeit seine Memoiren. Als langjähriger Chinafahrer hat er ja auch einiges zu erzählen. Weil auch ein englischer Verlag sein Buch drucken will, hat er es sich nicht nehmen lassen, die Memoiren selbst zu übersetzen. Für die sprachlichen Feinheiten braucht er freilich Unterstützung. Das wäre doch eine Arbeit für Sie, James. Damit wäre meinem Onkel geholfen, Sie hätten eine Zeitlang etwas Besseres zu tun, als Schriftsätze zu kopieren, kämen in eine neue Umgebung und vielleicht auf andere Gedanken.«

## Sechstes Kapitel

Der neue Hausgenosse gefiel ihr nicht. Immer wieder mußte Undine sich sagen, daß er ihr Lebensretter war, daß sie ohne ihn längst auf dem Meeresgrund läge, anstatt hier in Kessin, wo alle gut und freundlich zu ihr waren, auf ihren Hochzeitstag zu warten. Bald nach Kapitän Thomsens Pensionierung war Undine, deren Namen sich mit den Jahren zu »Dine« oder »Dina« abgeschliffen hatte, nach Kessin gekommen, um dem alten Herrn den Haushalt zu führen. Da sie ihren Namen immer noch nicht wußte und auch nicht, woher sie kam, also auch amtlicherseits überhaupt nicht existierte, war Kapitän Thomsen mit ihr aufs Rathaus gegangen, hatte sie als seine Nichte vorgestellt, die Namen ihrer Eltern und Großeltern genannt, und so war Kapitän Thomsen »Onkel Carl« geworden. Nun stand, nach dem Tod von Captain Douglas' Frau, der Heirat nichts mehr im Wege. Am 15. Oktober sollte die Hochzeit sein. Sieben Jahre hatten sie und der Captain auf diesen Tag gewartet!

Im August war dann Mr. Wang eingetroffen, um Onkel Carl bei der Übersetzung seiner Memoiren zu assistieren, ein höflicher, aber sehr schweigsamer junger Mann von Anfang Dreißig. Exotisch, gutaussehend und zu romantischen Spekulationen Anlaß gebend, wurde »der Chinese« zum Gegenstand heftiger, aber unbefriedigter Neugier seitens der Kessiner Bevölkerung, vorzüglich der weiblichen. Er pflegte keinerlei geselligen Verkehr. In seiner Mußezeit konnte er stundenlang am Strand sitzen und in die Brandung starren. Oder er unternahm lange Spaziergänge in den Dünen. Onkel Carl hatte sich, nach einigen Versuchen, den jungen Mann aus der Reserve zu locken, mit der Melancholie des neuen Hausgenossen abgefunden, der im übrigen seine Arbeit tat und zu keinen Klagen Anlaß gab. Nur Undine empfand ängstliche Beklommenheit in seiner Nähe. Ihr schien, als hege Mr. Wang einen heimlichen Groll gegen sie, den er aber nicht an die Oberfläche treten lassen wollte.

Onkel Carl und Mr. Wang arbeiteten immer nur in den Vormittagsstunden, den Rest des Tages hatte der junge Mann zur freien Verfügung. Wieder einmal war Mr. Wang fortgegangen, wie immer durch das angrenzende Wäldchen, das die Kessiner die »Plantage« nannten, und dann am Dünenfriedhof vorbei zum Wasser. Undine und Kapitän Thomsen setzten sich am Spätnachmittag zum Tee und besprachen die Hochzeitsvorbereitungen.

»Wir räumen alle Möbel oben aus dem großen Saal, engagieren eine Kapelle und werden tanzen. Nie habe ich mit diesem Raum etwas Rechtes anfangen können. Jetzt ist er endlich zu etwas nütze. Und hinterher brauchen wir noch nicht mal putzen zu lassen, denn die Schleppen der Damen werden den Boden schon fegen«, sagte Onkel Carl übermütig. »Wir laden alles ein, was in Kessin Rang und Namen hat, Kaufleute, Konsuln, Kapitäne und vor allem unseren guten Mohren-Apotheker, der sich mit seinem Beitrag zum Fest wieder einmal selbst übertreffen wird. Ein Schiff aus Marzipan unter vollen Segeln als Tafelaufsatz wird das mindeste sein, was Freund Gieshübler auffahren läßt.«

»Und bestimmt hat er mit dem Ressourcenverein ein Stück über treue Seemannsbräute, deren Warten endlich belohnt wird, einstudiert«, prophezeite Undine.

»Oder er biegt, dir zu Ehren, die Fouquésche Undinengeschichte zurecht: Aus Ritter Huldbrand wird so eine Art Fliegender Holländer auf Brautschau: ›Oh, wenn ich sterben dürfte, an einem Kusse von dir!‹«

Diese letzten Worte und das Lachen der beiden hatte Mr. Wang, der eben das Haus betrat, noch gehört. Durch die geöffnete Salontür warf er Undine einen langen, undeutbaren Blick zu, grüßte und verschwand in seinem Zimmer.

Undine verbrachte den späten Abend wie immer mit einer Näherei auf ihrem Zimmer. Die Lampe hatte sie an den Spiegel gestellt, so daß er das Licht zurückwarf und es hell genug war für ihre Handarbeit. Die neuen Hemden für die Aussteuer sollten alle einen Spitzenbesatz bekommen. Schön würde das aussehen! Arthur hatte vorgestern aus London depechiert, daß er in spätestens drei Tagen in Kessin eintreffen werde. Das war morgen. Und drei Tage später sollte die Hochzeit sein. Nach all den Jahren würden sie miteinander zu Bett gehen und aufstehen, würden sich beim Aus- und Ankleiden zusehen. Nach all den verstohlenen Küssen, heimlichen Treffen, immer mit einem schlechten Gewissen, weil Arthurs Frau ja noch lebte, nach all den Jahren würden sie endlich allein und ungestört sein. Sie würden ein Schlafzimmer haben und in einem Bett miteinander schlafen.

Auch wenn der Spitzenbesatz noch nicht ganz festgenäht war, mußte Undine das neue Hemd unbedingt anprobieren, jetzt gleich. Sie setzte sich vor den Spiegel, löste ihr Haar und griff nach der Haarbürste. Das Licht blendete sie. Undine schloß die Augen, und plötzlich sah sie eine andere Frau vor dem Spiegel sitzen, mit offenem Haar, einem abgerissenen Spitzenbesatz am Hemd. Sie hatte langes, tizianfarbenes Haar, ein schmales Gesicht, schön geschwungene Brauen, goldbraune Augen, eine feingebogene Nase und einen verlockend schönen Mund. Eine Welle von Angst brach über Undine herein.

Zähneklappernd saß sie vor dem Spiegel, hielt die Augen krampfhaft offen, um das Bild dieser Frau nicht sehen zu müssen, vor dem sie solches Entsetzen verspürte. Aber es ließ sich nicht vertreiben. Auch wenn nach einiger Zeit das Zittern nachließ und Zimmer, Spiegel, Lampe, Tisch ihr gewohntes Aussehen wieder annahmen, blieb doch das Bild der Frau wie eingebrannt vor Undines innerem Auge stehen.

## Siebentes Kapitel

Fürst Kotschukoff hatte davon gesprochen, er wolle dafür sorgen, daß Marietta zu einem Gastspiel an die Sankt Petersburger Oper eingeladen würde. Und so geschah es. Schon zum nächsten Saisonbeginn sollte Marietta Trippelli in Sankt Petersburg gastieren. Maritta freute sich auf die Reise – und die großzügige Gage. Sie würde diese Reise zu einem Besuch in Kessin nutzen. Zum erstenmal, seit sie ihre ungeliebte Heimat vor über zehn Jahren verlassen hatte, würde sie zurückkehren. Nicht als dümmes, kleines Mariechen Trippel, sondern als eine Künstlerin, die reüssiert hatte, als »die Trippelli«! Schade, daß ihre Mutter gerade jetzt zur Kur in Kissingen weilte. Aber ihr Vater und ihr lieber Gieshübler würden da sein, und sie würden stolz auf sie sein!

Doch nur Gieshübler war am Bahnhof, um sie abzuholen. Marietta freute sich von Herzen über das Wiedersehen, stellte aber doch etwas indigniert fest, daß ihr Vater sich nicht einmal heute, zum Wiedersehen mit seiner Tochter nach langen Jahren, von seinen pastoralen Pflichten hatte freimachen können. Eine Beerdigung halte ihn ab, erklärte Gieshübler. Nun ja, die Toten sollte man nicht warten lassen. Marietta trank Tee mit Gieshübler, der die Kessiner mitsamt ihren Gebrechen und alle Apothekenarbeit wieder einmal seinem Provisor überließ. Sie erzählte von Kotschukoffs Antrag, und Doktor Alonzo Gieshübler wußte nicht, ob er sich nun freuen sollte, daß seine Protegée der Kunst treu geblieben war, oder ob er die ihm entgangene vertraute Bekanntschaft mit einer russischen Fürstin bedauern sollte.

Auch Kessin habe Neuigkeiten zu bieten, wußte Gieshübler schließlich zu berichten, aber als er vom Chinesen, der bevorstehenden Hochzeit und dem Theaterstück, das er zur Feier der Vermählung aufführen wollte, erzählte, hörte Marietta schon nicht mehr richtig zu.

»Bitte verzeihen Sie mir, Onkel Gieshübler, aber ich bin einfach zu ungeduldig, meinen Vater wiederzusehen. Ich möchte mich jetzt verabschieden. Sie werden uns ja hoffentlich die Freude machen, heute abend bei uns im Pfarrhaus zu speisen, nicht wahr, lieber Freund?«

Das Hausmädchen, das die berühmte Tochter ihres Brotherrn anstarrte wie das siebte Weltwunder, wußte nichts weiter über den Verbleib des Herrn Pastors zu sagen, als daß die Beerdigung längst vorbei sein müsse und der Kaffee kalt geworden sei. Marietta nahm sich ein Stück Napfkuchen und machte sich auf zum Dünenfriedhof, um dem Vater entgegenzugehen. Sie traf ihn nicht auf dem Weg an, und auch der Friedhof war leer. Ob sie ihn verfehlt hatte? Zwischen Strandhafer und Immortellen suchte sich Marietta einen Weg zum Meer. Wenn sie überhaupt etwas aus der alten Heimat vermißt hatte, war es die See. Und jetzt erblickte sie ihren Vater. Er stand bis zu den Hüften im Wasser, hatte eine leblose Frau unter den Armen gefaßt und zog die Ohnmächtige oder womöglich Tote an Land. Es befand sich noch ein Mann im Wasser, der sich bewegte und zu schwimmen schien, aber immer wieder untertauchte. Ehe Marietta die Stelle erreichte, hatte ihr Vater die Frau in den Sand gelegt und versuchte jetzt, dem Ertrinkenden zu Hilfe zu kommen.

Die Frau, wohl in den Dreißigern, mit aufgelöstem langen, blonden Haar, war nicht bewußtlos, nur sehr erschöpft. »Oh, wenn er nun tot ist! – Flut, Flut, mach alles wieder gut«, flüsterte sie kaum hörbar, dann wurde sie tatsächlich ohnmächtig. Marietta rannte ins Wasser, um dem Vater bei der Bergung des Mannes beizustehen, aber der rief ihr zu, sie solle Doktor Hannemann holen und Kapitän Thomsen Bescheid sagen.

»Das ist ja der Chinese«, stellte Doktor Hannemann fest, als er endlich zur Stelle war, »und er lebt noch!« Der Arzt riß sich die Jacke vom Leib und begann mit Wiederbelebungsversuchen. Die Frau kam von selbst wieder zu sich, sehr langsam, aber als man sie zum Haus des Kapitäns führen wollte, riß sie sich los und rannte schreiend am Wasser entlang. »Nein, nein, dorthin gehe ich nicht. Dort hat alles angefangen. Niemals gehe ich dorthin zurück!« Marietta blieb nichts anderes übrig, als die Tobende gewähren zu lassen, beruhigend auf sie einzusprechen und sie schließlich zu überreden, mit ihr ins Pfarrhaus zu kommen. »Was immer Sie fürchten«, versicherte sie, »im Pfarrhaus sind Sie sicher. Fast so wie in der Kirche!«

Dem Chinesen gehe es sehr schlecht, womöglich sei es ein Nervenfieber, berichtete Pastor Trippel, als er, immer noch in nassen Kleidern, zurückkam. Kapitän Thomsen begleitete ihn, um nach seiner Nichte zu sehen. Er konnte sich den Vorfall nicht erklären. Ja, sein Sekretär sei etwas wortkarg und melancholisch gewesen, wie es einem Menschen zukomme, dessen Leben durch ein trauriges Ereignis erschüttert worden sei, aber daß er den Tod suchen wolle, habe er nicht gedacht. Noch weniger könne er sich vorstellen, was seine Nichte so kurz vor ihrer Hochzeit veranlaßt haben könnte, ins Wasser zu gehen, oder warum sie sich fürchte, nach Hause zu kommen. Vorsichtig trat er mit Marietta ins Zimmer, in dem man die Gerettete zu Bett gelegt hatte. Das Bett war leer.

## Achtes Kapitel

Wie war sie froh, daß sie niemanden von ihrem Chinesen erzählt hatte, dachte Effi in jenen schrecklichen Jahren, als Fred und Bertie die Kadettenanstalt in Lichterfelde besuchten, nur noch im Urlaub zu Gast waren und sich von Spielgefährten in Peiniger verwandelten. Sie dünkten sich himmelhoch erhaben über Mädchen und hatten für alles, was früher famos gewesen war, nur Spott und Gelächter übrig. Doch dann, als Effi ins Backfischalter kam und ihren Freund Wang zugunsten damenhafterer Beschäftigungen zu vernachlässigen begann, wurden Fred und Bertie zu Kavalieren und Courmachern. Einmal versuchte Bertie sogar, Effi zu küssen. Ehe Effi wußte, wie ihr geschah, hatte sie Bertie eine kräftige Ohrfeige verpaßt, worauf er wieder ganz vernünftig wurde.

»Geküßt wird erst, wenn wir verlobt sind, du Affe!« bestimmte Effi. »Bis Papa und Mama es erlauben, wird es noch ein paar Jahre dauern, denn du bist ja fast noch ein Kadett. Und überhaupt: solange du so dalbrig bist, heirate ich dich mitnichten!«

»Ich habe keine Nichten und du noch weniger, Cousinchen«, kalauerte Bertie, »und wenn, würde ich dich ohnehin lieber ohne heiraten wollen.«

»Ich sag's ja, Bertie, du bist *zu* albern!« erklärte Effi und ließ ihren Galan stehen.

»Er ist doch gerade erst Fähnrich geworden«, beschwichtigte Luise ihre Tochter, als diese ihr abends von der Auseinandersetzung – den Kuß freilich ausgenommen – berichtete. »Sieh, Effi, es ist besser, du legst dich auf Dagobert als zukünftigen Bräutigam nicht allzu fest, und ich sage das nicht nur wegen Papas Verwandtschafts-Marotte. In Berlin, beim ersten Garde-Grenadierregiment Alexander wird es Dagobert nicht an Gelegenheiten fehlen, junge Damen aus den ersten Kreisen kennenzulernen und eine glänzende Partie zu machen. Versteh mich recht, mein Kind, selbstverständlich bist du, wie Papa sich ausdrücken würde, ›nicht von schlechten Eltern‹. Die Bellings und die Briests waren noch vor den Hohenzollern da und haben gewiß ihre Meriten. Doch die Sache hat ein großes Aber. Unseren Häusern fehlt es an *neuem* Ruhm und Glanz. Hier in der Provinz stehen wir zwar an der Spitze, aber alles wirklich Bedeutende spielt sich in Berlin und bei Hofe ab, und so setze ich meine Hoffnung auf dich und auf Dagobert. Ihr könnt nachholen, was eure Eltern nicht erreichen konnten oder«, fügte sie bitter hinzu, »nicht erreichen wollten. Zusammen seid ihr nur märkische Landedelleute, aber jeder für sich könnt ihr euer Glück machen. Denn, meine liebe Effi«, fuhr Frau von Briest fort, »du mußt wissen: Es kommt nicht auf die Liebe an, sondern darauf, etwas zu gelten. Zärtlichkeit und Liebe sind gut, aber Reichtum und ein vornehmes Haus sind besser, beiläufig auch zuverlässiger und beständiger. Und, denk' ich mir, Hofball und Galaoper werden meiner kleinen, auf Zerstreuung und ›immer was Neues‹ bedachten Effi doch gewiß nicht übel zusagen.«

Diesem mütterlichen Monolog wußte Effi nichts entgegenzusetzen, denn wenn ihr auch nicht alles gefiel, so spürte sie doch, daß die Mama recht habe. Dennoch, dachte Effi mit einem kleinen Anflug von Trotz, über den Liebes- und Zärtlichkeitspunkt konnte wohl das letzte Wort noch nicht gesprochen sein.

## Neuntes Kapitel

Wieder einmal weilte Marietta Trippelli in Sankt Petersburg, und wie immer, so freute sie sich auch diesmal, als sie einen Brief ihres Freundes aus der Kessiner Mohren-Apotheke erhielt.

»Liebe Freundin (schrieb Alonzo Gieshübler),

die Saison ist ja nun bald zu Ende, und vielleicht ist es Ihnen möglich, Ihre Rückreise mit einem Besuch in unserem Kessin und bei Ihrem ergebenen Unterzeichneten zu verbinden. Hier geschieht allerhand Neues, das Sie vielleicht herzulocken vermag. Aber dazu muß ich weit ausholen.

Nun ist es fast fünf Jahre her, daß die tragischen Ereignisse um die Angehörigen Kapitän Thomsens uns alle aus unserer alltäglichen Bahn geworfen haben. Was den schrecklichen Vorfall am Meer herbeigeführt hat und welches die Hintergründe dafür sind, weiß bis heute niemand. Der Chinese starb zwei Wochen später am Nervenfieber, ohne daß er vorher zu klarem Verstand gekommen wäre. Auch von der jungen Frau fehlt immer noch jede Spur. Traurige Wahrscheinlichkeit ist, daß sie den Tod im Wasser gesucht und dieses Mal wohl auch gefunden hat. Man denke: ein paar Tage vor ihrer Hochzeit! Am Abend eben jenes Tages aber, erzählt man sich in der Nachbarschaft, sei das ganze Haus festlich erleuchtet gewesen, es habe Musik gespielt, und durch die Vorhänge habe man die Schatten von Tanzenden erkennen können.

Was damals geschah, wird nach dem Tode Kapitän

Thomsens wohl auf immer ein Geheimnis bleiben. Denn was immer er gewußt haben mag (falls er denn mehr wußte als wir alle), nahm er mit ins Grab: ein einsamer, vergrämter und über seine Jahre hinaus gealterter Mann. Nach seinem Tod haben seine Erben – Verwandte in Berlin, sagt man – einen Verwalter für das Haus bestellt, das denn auch bald vermietet wurde. Kaum aber waren die neuen Mieter eingezogen, als sich die sonderbarsten Dinge abspielten: man hörte Stimmen, wie im Streit miteinander, Schreie, dann wieder übermütiges Lachen. Ein Zimmer im Obergeschoß, welches die neuen Bewohner als Schlafzimmer zu benutzen gedachten, versetzte alle, die es betraten, unverständlicherweise in solchen gewaltigen Zorn, so namenlose, ohnmächtige Wut, daß man es verschloß und gänzlich auf seine Benutzung verzichtete. Doch damit nicht genug, auch in anderen Räumen wurde man vom Spuk heimgesucht. Nachts waren die unheimlichsten Geräusche zu vernehmen: Knistern wie von seidenen Ballroben, Fächerschlagen, Schlurren, als ob Schleppen am Boden streiften, Tanzmusik und leises Lachen. Nach zwei Monaten zogen die Mieter aus.

Ich habe es bisher vermieden, diese Ereignisse Ihnen gegenüber zu erwähnen, da sie so eng mit dem Tod Ihres lieben Herrn Vaters zusammenhängen, der seine Rettungstat mit seinem Leben bezahlen mußte. Nun aber bahnen sich Entwicklungen an, von denen man sich eine Rückkehr zum Normalen versprechen darf. Denn nachdem das ›verwunschene Haus‹ so lange leerstand, hat es nun endlich wieder einen Bewohner gefunden. Es ist der neue Landrat, ein Baron Innstetten. Auf die unliebsamen Erscheinungen in besagtem Hause aufmerksam gemacht, lachte der Herr nur. Er habe eine Vorliebe fürs Aparte, und wer ein ruhiges Gewissen habe, sei gegen

Spuk gefeit. Das hat ihm hier viel Bewunderung und Popularität eingetragen. Zu seinen Vorlieben fürs Aparte gehört wohl auch sein Kutscher Kruse, oder vielmehr dessen Frau, eine ernste, ja düstere Matrone, die man nie ohne ihr Schoßtier sieht – man denke: ein schwarzes Huhn, mit dem sie verständig redet wie mit keinem Menschen.

Soviel zu den Ereignissen in Kessin. – Ich habe gelesen, daß Ihnen, liebe Marietta, ein ehrenvolles Engagement an der Königlichen Oper zu Berlin angeboten wurde. Ob Sie akzeptieren, konnte ich dem Blatt nicht entnehmen. Bitte spannen Sie mich nicht auf die Folter –

Ihr alter Freund Gieshübler«

Freund Gieshübler hatte recht gehört. Man hatte Marietta an die Königliche Oper Unter den Linden berufen. Doch es dauerte noch fast zwei Jahre, bis Marietta das Engagement antreten konnte.

# Zehntes Kapitel

In dieser Saison wurde Baronesse Anna Elfriede Renate von Briest in die Gesellschaft eingeführt. Bälle, Soiréen, Einkäufe in eleganten Modesalons, Schlittenpartien, Theater- und Opernvorstellungen und immer wieder Besuche hielten Effi, die dergleichen nicht kannte, in Atem und Luise, die an der Seite Briests solcher Zerstreuungen entwöhnt war und sie nun desto mehr genoß, bei Laune. Papa Briest hatte seine Bequemlichkeit auf dem Altar des gesellschaftlichen Ehrgeizes opfern müssen und trug sein Schicksal mit gutem Humor. Der Hofball und Effis Vorstellung bei Hofe bedeuteten für Luise den Höhepunkt der Saison. »Ich hoffe, Baronesse«, äußerte sich Ihre Majestät huldvoll, »wir werden Sie nun öfter bei Hofe sehen.«

Durch diesen Triumph fühlte sich Luise für viele Entbehrungen entschädigt. Sie war ganz in ihrem Element, bestimmte, mit wem man in gesellschaftlichen Verkehr trat, hielt sich aber klug im Hintergrund. Für Mütter, denen der dringende Wunsch, ihre Töchter an den Mann zu bringen, an jedem Wort und jeder Geste abzulesen war, hatte sie nur Verachtung übrig. Dergleichen hatte sie nicht nötig. Effis Charme und Liebreiz, dabei aber auch ein feines Empfinden für Takt und den rechten Ton, zeigten sich im besten Licht, wenn sie in kindlich-unschuldigem Vergnügen keinen Tanz ausließ, ohne jedoch einen der jungen Offiziere besonders auszuzeichnen. Ja, Effi war begehrt, schien sich dessen aber gar nicht bewußt zu sein und nahm es für selbstverständlich, eine Haltung, die wiederum die Bewunderung – von einigen Seiten auch den Neid – vergrößerte. Daß Effi wenig Neigung zeigte, einen ihrer Verehrer besonders auszuzeichnen, war Luise lieb. Sie hatte keine Eile, sich von ihrer Tochter zu trennen – und gegen eine weitere Berliner Saison nicht das mindeste einzuwenden.

Für den heutigen Abend – man gab den ›Troubador‹ in der Königlichen Oper – hatte Baronin Berchtesgaden die Damen Briest in ihre Loge eingeladen. »Den Herrn Gemahl frage ich gar nicht erst, dann braucht er sich keine Ausrede einfallen zu lassen«, hatte die Baronin erklärt, die Briests Abneigung gegen »zahnwehklagende Primadonnen und Hustverbot« kannte. Dann aber hatte Briest ergebenst bei der Baronin angefragt, ob er sich den Damen anschließen dürfe, was ihm gütigst gewährt worden war. Eine ebenfalls anwesende reife, sehr schöne und anziehende Frau, eine Gräfin Ghiberti, mokierte sich über das melodramatische Libretto.

»Da rächt eine gehorsame Tochter pflichtschuldigst den Tod ihrer Mutter, die man als Hexe verbrannt hat, indem sie aus Versehen nicht das Kind des Richters, sondern ihr eigenes in die Flammen wirft, und dann das fremde großzieht. Zwei Brüder, die nicht wissen, daß sie Brüder sind, rivalisieren um dieselbe Frau, wobei der eine den anderen tötet. ›Er war dein Bruder‹, schreit die Rächerin und stirbt: Dergleichen kommt ja in den besten Familien vor! Aber die Musik ist superb.«

Briest erbleichte, auch Luise war still geworden, nur Effis Augen leuchteten erwartungsvoll. Dann ging das Licht aus.

Auf dem Weg zurück ins Hotel herrschte Schweigen, bis selbst Effi, die noch ganz dem Genuß der Musik hingegeben war, die beklommene Atmosphäre spürte und nachfragte, ob es den Eltern nicht gefallen habe.

»Absolut *dégoûtant*«, erklärte Luise, »und ganz unpassend für ein junges Mädchen. Ich weiß nicht, was sich Baronin Berchtesgaden dabei gedacht hat, Effi einzuladen! Ich hätte gleich zu Anfang darauf bestanden, zu gehen, aber wir konnten die Baronin nicht brüskieren.«

»Schuld sind immer die anderen. Was einem nicht gefällt, das ignoriert man, und immer schön den Schein wahren: Das bist ganz du, Luise, das sind deine Lebensmaximen.«

Aber Papa hatte sich doch aus freien Stücken zum Opernbesuch entschlossen, ganz ohne daß Mama ihn gedrängt hatte – warum war er denn jetzt so verärgert, fragte sich Effi.

## Elftes Kapitel

Müde, aber zufrieden mit ihrer Leistung kam Marietta nach der Vorstellung nach Hause. Mit dem Verlauf ihrer ersten Saison konnte sie sehr zufrieden sein. Beim Opernball im Februar sollte sie dem Kaiser vorgestellt werden. Ihr Aufstieg von der einfachen Hofopernsängerin zur Kammersängerin, hatte man ihr bedeutet, werde nicht lange auf sich warten lassen.

Marietta liebte die kraftvolle Verdi-Oper und ganz besonders ihre Rolle der Rächerin Azucena, die recht eigentlich Dreh- und Angelpunkt der ganzen Geschichte war und den Schlüssel zu allen Vorgängen und Verflechtungen besaß.

Auf dem Tisch, wo Frau Handtke, die Haushälterin, einen Imbiß aus kaltem Braten, Kartoffelsalat und Weißwein bereitgestellt hatte, auf den Marietta sich begierig stürzte, lag auch ein Brief mit Kessiner Poststempel. Von Gieshübler, ganz außer der Reihe! Dann mußte es wohl etwas Wichtiges sein, überlegte Marietta und entschloß sich, das Messer erst einmal zum Brieföffnen zu benutzen.

»Liebste Freundin (schrieb Gieshübler),

es ist doch etwas Großes und Seltsames um die Liebe. Nehmen Sie einen so ernsten und gesetzten Mann wie unseren Landrat, der die politischen Interessen jeder Couleur so geschickt auszugleichen weiß und zu seinem Vorteil zu nutzen versteht. Ein kühl abwägender Kopf, sollte man meinen. Nun sucht mich dieser Herr, mit dem mich seit den Tagen seiner Ankunft eine vertraute

Bekanntschaft, um nicht zu sagen: eine Freundschaft verbindet, neulich abends zu Hause auf und vertraut mir, noch ganz bewegt von seinem Fund, eine geradezu romantische Geschichte an.

In einem der Räume seines Hauses – es muß sich seiner Beschreibung nach um das Sterbezimmer des Chinesen handeln – fand er eine photographische Aufnahme, so berichtet er, die aussah, als sei sie vom Wasser durchweicht gewesen und wieder getrocknet. Dieses Bild stelle eine junge, schöne Frau dar, die seiner Jugendliebe gleiche wie ein Zwilling dem anderen. Jene Jugendliebe hat damals wohl einen anderen geheiratet, und er, Innstetten, hat sie nicht wiedergesehen. ›Ja, lieber Gieshübler‹, sagte der Baron, ›die Gespenster in meinem Haus fürchte ich nicht, aber gegen die in meinem Herzen werde ich wohl zu Felde ziehen müssen, wenn sie mich nicht weiter verfolgen sollen.‹«

Der liebe, gute Gieshübler! dachte Marietta. Das war so recht ein Stoff nach seinem mitfühlenden, etwas zur Sentimentalität neigenden Herzen: der kühl kalkulierende Landrat mit der unerfüllten Liebe. Marietta seufzte und begann zu essen.

# Zwölftes Kapitel

»Was schreibt dein Vater, Luise«, erkundigte sich Briest, »du wirkst etwas echauffiert?« Es war im Sommer nach Effis Debüt in der Hauptstadt.

Luise reichte ihm den Brief, und Briest las ihn halblaut vor. Effi sah, wie ihre Mutter sich um Contenance bemühte. Was gab es Besonderes? Großvater Belling lud zum Diner ein, zu Ehren eines Herrn von Innstetten, der Landrat irgendwo in Hinterpommern war und von dem Großvater meinte, er werde es noch weit bringen; Großvater wollte einen Pianisten und einen Geiger engagieren, damit die jungen Leute ein wenig tanzen könnten.

Luise war aufgewühlt wie schon lange nicht mehr. Sie würde Instetten wiedersehen, Innstetten, der zugelassen hatte, daß sie Briest heiratete! Luise wählte ihre Toilette mit Bedacht: violette Seide und ein Amethystcollier, was ihre weiße Haut und ihr zum Chignon gebändigtes tizianfarbenes Haar aufs betörendste hervorhob. Ihr Busen schimmerte unter einer dünnen Schicht aus Spitzen, die ihr Dekolleté bedeckten. Die siebzehnjährige Effi trug auf Luises Anweisung blauen Samt mit einer Spitzenschärpe, die blonden Locken hatte ihr die Zofe, wohl wissend, welchen Effekt die Gnädige beabsichtigte, zu einem kindlichen Pferdeschwanz hochgebunden. Die mädchenhafte Frische der Tochter brachte die reife Eleganz der schönen Frau Mama desto reizvoller zur Geltung. So erschienen sie zum Diner in Schwantikow.

»Ich habe Ihnen lange nicht verzeihen können, Luise«, erklärte Innstetten, als er mit Luise im Wintergarten saß.

»Verzeihen!« fuhr Luise auf. »Sie reden von ›verzeihen‹, Innstetten? Zwei Briefe habe ich Ihnen geschrieben, die zu beantworten Sie nicht einmal für nötig erachtet haben! Was hätten *Sie* mir zu verzeihen?«

»Als ich von Ihrer Verlobung hörte, durch andere, wohlbemerkt, nicht von Ihnen selbst, da habe ich beschlossen, fortzugehen. Hätte ich mit ansehen sollen, wie Briest mit der Frau paradiert, die ich liebte? Hätte die ganze Garnison über den kleinen Leutnant von Innstetten und seine große Liebe spotten sollen!«

»Die Verlobung mit Briest war unumgänglich. Ich war in einer Zwangslage. Das habe ich Ihnen in einem Brief erklärt. Eine Antwort habe ich nicht bekommen. Den zweiten, den ich an Ihre Adresse im Hause Ihrer Mutter richtete, haben Sie ebenfalls nicht beantwortet!«

Innstetten schien zu dämmern, was Luise ihm sagen wollte.

»Ist Effi . . .«

»Aber nein, Effi ist erst siebzehn.«

»Aber warum haben Sie geschwiegen? Ich hätte Sie doch . . . Sie hätten mich doch sicher . . .«, stotterte er. »Was geschah denn mit dem . . .«

»Es war eine traurige Geschichte, Innstetten«, unterbrach ihn Luise, »wir wollen uns nicht damit quälen. Damals hatte ich keine andere Möglichkeit, als Briests Antrag anzunehmen. Es war eine Intrige, die Briest und meine Schwester eingefädelt hatten. Aber wenn Sie geantwortet hätten, wäre ich heute nicht mit Briest verheiratet. Das können Sie mir glauben.«

Innstetten verstummte.

Von draußen trat ein junges Paar in den Wintergarten und kam auf sie zu, vertraulich aneinandergeschmiegt: Effi und ein hochgewachsener junger Mann mit zurückgekämmtem brünettem Haar.

»Mein Neffe Dagobert Briest, der Sohn meiner Schwester Melanie.«

»Aus erster Ehe, nicht wahr? Sie war damals mit einem Vetter Ihres Mannes, der bei den Gardekürassieren gedient hatte, verheiratet?«

»Ja, und Briest sieht es überhaupt nicht gern, daß die beiden so vertraulichen Umgang miteinander pflegen. Er fürchtet, es könne auf Heirat hinauslaufen, und dazu seien die beiden zu nahe verwandt. – Wie gefällt Ihnen meine Tochter?« fragte sie. »Ein liebreizendes Kind, nicht wahr? Ungefähr so alt wie ich damals.«

Damit ging Luise auf die beiden jungen Leute zu. »Dagobert, sei doch so freundlich und trete einen der Tänze, die Effi dir gewiß versprochen hat, an Baron Innstetten ab. Er ist ein alter Freund der Familie. Vor zwanzig Jahren hat er bei den Rathenower Husaren gedient.«

Dagobert schlug die Hacken zusammen. »Wenn Sie es wünschen, Baron, werde ich meine älteren Rechte an Sie abtreten. – Aber nur wenn du mir statt dessen das Vergnügen machst, bezauberndste aller Tanten«, gab Dagobert zur Antwort, indem er Luise galant die Hand küßte und in den Salon führte.

Briest saß mit einigen Gutsnachbarn und älteren Offizieren am Kartentisch, als Effi in Innstettens Armen vorbeiwalzte. »Ja, ja«, nickte der alte Herr von Belling, den einige Gläser Rheinwein in gemütvolle Stimmung versetzt hatten, »meine Luise hat ihm damals auch sehr gefallen!«

Auf dem Weg nach Hause kam das Gespräch bald auf den illustren Besucher.

»Hast du gewußt, Effi, daß Baron Innstetten ein großer Verehrer deiner Mutter war?« fragte Briest.

Effi lachte: »Armer Innstetten! Aber ich habe viel, viel lieber dich zum Vater, mein kleines Papachen!«

Als Luise sich zu Bett begeben wollte, trat Briest nach kurzem Anklopfen in ihr Schlafzimmer. Luise hob die Augenbrauen.

»Keine Sorge, ich beabsichtige nicht, dich zu inkommodieren, meine Liebe«, erklärte er. »Vielmehr möchte ich mit dir über Effi und Dagobert sprechen. Die Sache muß ein Ende haben! Die beiden sind zu nahe verwandt, das brauche ich dir nicht zu sagen, Luise!«

Luise löste den Blick von ihrem Spiegelbild und wandte sich um.

»Ich bitte dich, Briest, das ist doch weiter nichts als eine Kinderfreundschaft. Aber wenn es dich beruhigt, dann verheirate Effi. Innstetten würde sie gefallen, da bin ich sicher.«

»Wo denkst du hin, Luise, der Mann könnte doch ihr Vater sein!«

»Briest, bitte!« sagte Luise.

»Sie liebt ihn doch gar nicht!«

»Ach, Briest, was die Liebe angeht: sagst du nicht selbst auf deine unnachahmlich schnodderige Art, das sei alles Papperlapapp?«

Wenige Tage später war Verlobung.

Luise war nach Rathenow gefahren, zu Innstetten. »Heiraten Sie meine Tochter«, hatte sie ihn aufgefordert. Daß Innstetten keinen Augenblick zögerte, auf ihren Vorschlag einzugehen, hatte sie teils befriedigt, teils tief gekränkt. Und Briest – obwohl er Effi einen altersgemäßeren Gatten samt Liebesheirat gewünscht hätte – erschien das Arrangement als eine Art ausgleichender Gerechtigkeit. Er hatte verhindert, daß Innstetten mit Luise glücklich wurde, mochte er es nun mit ihrer Tochter werden. Innstetten war eine gute Partie, und was Effi betraf, so wußte er, Briest, schließlich am besten, daß Liebe keine Garantie für eheliches Glück bedeutete.

Der Kampf zwischen Effie und Luise war kurz gewesen. Gewiß träumte Effi von einer glänzenden Zukunft an der Seite eines bedeutenden Mannes. Aber doch nicht mit dem ältlichen Herrn von Innstetten!

»Denk dir nur, meine kleine Effi«, hatte Luise gesagt, »Innstetten hat um dich angehalten! Was würde ich darum geben, an deiner Stelle zu sein, mein Kind! Aber wenn mir das Glück damals auch nicht vergönnt war, so freut es mich doch unaussprechlich für dich. Noch ehe du dreißig bist, wirst du Ministerin sein und mehr erreicht haben, als deiner armen Mama jemals beschieden war!«

»Aber Mama«, hatte Effi protestiert, »ich liebe ihn doch gar nicht! Ich kenne ihn doch überhaupt nicht! Woher soll ich wissen, ob es der Richtige ist?!«

»Du redest daher, als wärst du einem Dienstmädchenroman entsprungen, mein Kind. Man heiratet nicht aus Liebe. Jeder ist der Richtige, wenn er von Adel ist, eine Stellung hat und gut aussieht. Und nun bitte, blamiere uns nicht. Papa und ich haben unsere Einwilligung bereits gegeben. Nachher kommt Innstetten zum Tee, und wenn du dich nicht anstellst wie ein dummes Kind, dann ist dein Glück gemacht!«

Und dann war Innstetten erschienen, ein ältlicher Herr mit militärischer Haltung. Kaum zu glauben, daß er genauso alt war wie Mama, der man ihre achtunddreißig Jahre freilich nicht ansah. Er hatte Effi auf die Stirn geküßt und gleich darauf, ihr Einverständnis in die Heirat voraussetzend, auf den Mund. Effi fühlte sich kalt, obwohl draußen die Sonne schien. Ihre Freundinnen Bertha und Hertha warteten im Park auf sie, und Effi kam es vor, als habe sie für einen Moment einen Blondschopf an einem der von wildem Wein umrankten Fenster gesehen. »Effi, komm!« rief eine helle Mädchenstimme von draußen. Effis Augen füllten sich mit Tränen.

Zwei Stunden später – Bräutigam und Schwiegervater in spe waren soeben zu einer Fahrt durch die Briestschen Ländereien aufgebrochen – legte Luise ihrer Tochter zärtlich den Arm um die Schultern. »Na, wie fühlt man sich als Braut, meine Kleine? – Ach, was brauche ich zu fragen: Wenn man gerade zwei Stunden verlobt ist, ist man immer glücklich!«

Effi senkte den Kopf. »Kann ich jetzt gehen, Mama?«

In dieser Nacht träumte Effi nach langer Zeit wieder von ihrem Chinesen.

Effi war keine von den Bräuten, die, kaum daß sie verlobt waren, nur noch Mobiliar, Silberbesteck und die mit Initialen zu bestickenden Servietten, Tisch-, Bett- und Taschentücher ihres künftigen Haushaltes im Kopf hatten. Das überließ sie alles der Mama, die sich mit Begeisterung der Aussteuerbeschaffung widmete. Effi schien es, als ob ihre Mutter zuzeiten vergäße, daß es sich um die Ausstattung der Tochter, nicht die eigene, handle. Und Effi hatte wohl gesehen, wie ihre Mutter zusammengezuckt war, als Innstetten sie auf Papas Vorschlag tatsächlich mit »Mama« angeredet hatte. Hätte doch ihre Mutter Innstetten geheiratet, sie hätte viel besser zu ihm gepaßt!

Nach Berlin freilich begleitete Effi die Mama, wenn auch nicht wegen ihres Trousseaus, sondern Dagoberts wegen, den sie nicht mehr gesehen hatte seit dem Tag, an dem ihr Innstetten vorgestellt worden war.

Dennoch gab es einige Gegenstände, die Effi Entzükken entlocken konnten. Als sie eines japanischen Bettschirms ansichtig wurde, lächelte sie beglückt: »Den will ich haben, Mama!« Und gerade der wurde ihr verweigert. »Ich verstehe nicht, wie Spinn und Mencke dazu kommen, jetzt Chinoiserien auszustellen, wo Seine Majestät von der gelben Gefahr spricht und den Truppen befohlen hat, den aufständischen Boxerhorden nur ja keinen Pardon zu geben. Nein, nein, mein Kind, dergleichen ist nicht opportun, schon gar nicht für die Gattin eines Landrats auf dem Weg zum Minister. Du magst einwenden, euer Schlafzimmer sei vor fremden Augen geschützt, aber durch die Dienstboten wird doch immer alles herumgetragen.«

Und auch auf die rote Hängelampe, die ihr sehr apart erschien, mußte Effi verzichten.

## Dreizehntes Kapitel

Die erste Station ihrer Hochzeitsreise war München. Die Nacht zuvor und einen Teil des Tages hatten die Neuvermählten auf der Eisenbahn verbracht. Nun speisten sie in ihrer Suite und tranken Champagner. Innstetten gab sich aufgeräumt, Effi fühlte sich entsetzlich befangen. Das war nun die Hochzeitsnacht, um die ihre und ihrer Freundinnen Mädchenphantasie so oft und ergebnislos gekreist war.

»Laß uns zu Bett gehen, Effi«, sagte Innstetten schließlich. Und dann begann er, Effi zu entkleiden: das Reisekostüm, das Korsett, dessen Verschnürung er mit zärtlicher Pedanterie löste, den Unterrock. Danach rollte er ihr die Seidenstrümpfe herunter, wobei er ihre Beine streichelte, und löste das Band, das die Unaussprechlichen hielt. Als Effi im Hemd vor ihm stand und Anstalten machte, die Hände, die es ihr abstreifen wollten, abzuwehren, lachte Innstetten leise.

»Wir sind nun Mann und Frau, meine kleine Effi. Du mußt dich nicht vor mir schämen.« Und er nahm sie in seine Arme, küßte sie und schob ihr dabei seine Zunge in den Mund. Effi erstarrte, aber die Umarmung war zu fest, als daß sie sich daraus hätte befreien können; so ließ sie den Kuß über sich ergehen, wie sie auch das andere über sich ergehen ließ.

Noch einmal wiederholte Innstetten den Akt, der Effi mit dem Gefühl, mißbraucht, preisgegeben und versehrt zu sein, zurückließ. Jetzt lag sie fassungslos weinend neben ihrem schwer atmenden Ehemann. Der streichelte ihr schließlich übers Gesicht und sagte: »Du mußt nicht weinen, meine dumme, kleine Effi. Das tun alle Ehepaare miteinander. Nach und nach wird es dir vielleicht sogar gefallen.« Effi konnte es sich nicht vorstellen. Wie sollte sie diese Ehe mit Haltung ertragen, wenn Innstetten gesonnen war, das, was er in zwanzig Junggesellenjahren versäumt hatte, an ihr nachzuholen.

Am Abend des 14. November kamen Innstetten und seine Frau im Ostseebad Kessin an. Das Haus, ein Fachwerkhaus, lag an der Hauptstraße, es war nicht groß und sah verwinkelt aus. An die Giebelseite grenzte ein Wäldchen, das zwischen der Stadt und den Dünen lag. »Die Kessiner nennen es die Plantage, Gott weiß warum«, erklärte Innstetten. »An dieser Plantage entlang führt der Weg zum Friedhof und von dort zum Strand.«

»Begraben die Leute ihre Toten hier am Meer?« wunderte sich Effi.

Auf der Treppe bellte ihnen ein junger Neufundländer entgegen und begrüßte sie mit exzessivem Schwanzwedeln. Effi freute sich, aber am besten gefiel ihr der Korridor und die Tatsache, daß früher ein Chinese in diesem Haus gelebt hatte. Beides erinnerte sie an die abenteuerlich-phantastischen Geschichten aus ihrer Kindheit. Ein ausgestopftes Krokodil hing von der Decke herab, außerdem ein Haifisch, und im Luftzug schwang ein Schiff mit vollen Segeln langsam hin und her. Effi lächelte wehmütig, um sich gleich darauf innerlich zur Ordnung zu rufen. Hier würde sie zukünftig leben, zumindest die nächsten Jahre.

Im Schlafzimmer entdeckte Effi zu ihrer Überraschung einen Bettschirm – japanisch oder chinesisch, gleichviel –, eine rote Hängelampe und einen Brief. »Mein liebes Kind«, schrieb ihre Mutter, »ich wahr wohl etwas harsch, als ich Dir die einzigen Wünsche abschlug, die Du bezüglich deiner Aussteuer hegtest. Und als mir einfiel, daß Du als Kind ja einen Chinesen zum Spiel- und Reisegefährten hattest, dachte ich mir, daß Lampe und Bettschirm Dir wohl als Erinnerung an zu Hause willkommen sind. Werde glücklich, meine kleine Effi!«

All das versöhnte Effi mit der Aussicht, sich für die nächste Zukunft in dem etwas unkomfortablen alten Gebäude einrichten zu müssen.

»Sie müssen sich merken, was Sie träumen, gnädige Frau«, sagte Johanna, das Hausmädchen, eine stattliche Person Ende Zwanzig mit schönem flachsblondem Haar, die Effi beim Entkleiden half. »Was man in der ersten Nacht träumt, das geht in Erfüllung.«

Effi schlief ein, vom rhythmischen Geräusch der Brandung in den Schlaf gewiegt, und fand sich mitsamt ihrem Bett auf einem Schiff wieder. Wie durch viele, viele Schleier hindurch konnte sie dessen geblähte Segel erkennen. Die Schleier, die sich wie Spinnennetze um ihren Körper gelegt hatten, hinderten sie daran, sich zu bewegen und aufzustehen. Und plötzlich war Wang, der Chinese aus ihrer Kinderzeit, wieder bei ihr. Statt seiner fremdländischen Tracht trug er die elegante Uniform eines Seeoffiziers. Nie hatte Effi früher bemerkt, was für ein gutaussehender Mann er war. Jetzt trat er an ihr Bett, löste Schleier für Schleier, und als er sie vom letzten befreit hatte, begann er, Effi zu küssen. Dann lagen sie unter Palmen, obwohl sie das Schiff, das sich in den Wellen hob und senkte, gar nicht verlassen hatten. Jetzt küßte er ihre Lippen, und es war ein unendlich süßes Gefühl. Er liebkoste ihre Brüste, die sie ihm entgegenstreckte, und als er schließlich in sie eindrang, stöhnte sie vor Lust und schlang ihm ihre Beine um die Hüften.

Nach langer, langer Zeit schlug Effi die Augen auf. Da war nicht Wang, sondern ihr Mann! Sie lag in Geerts Armen. Schnell senkte sie ihre Lider, um sich nicht zu verraten. Was hatte sie getan! Sie hatte ihren Mann betrogen, zwar im Traum, doch hatte sie mit einem anderen Mann geschlafen und, zum ersten Mal in ihrem Leben, Lust dabei empfunden. Das war um kein Jota besser als Ehebruch!

Zärtlich strich Innstetten ihr das naßgeschwitzte Haar aus dem Gesicht. »Ich muß dich öfter im Schlaf heimsuchen, meine süße Effi. Du warst so anders, so . . . so . . . sinnlich.«

Effi wagte noch immer kaum, die Augen zu öffnen, und brachte ein unsicheres Lächeln zustande. »Ich bin so müde, Geert, laß uns schlafen«, sagte sie zu dem Mann, der sie noch immer in seinen Armen hielt.

Am anderen Morgen fühlte Effi sich elend. Sie konnte sich nicht überwinden, aufzustehen, obwohl es schon spät und Innstetten sicher schon auf dem Amt war und sie ihm nicht in die Augen würde sehen müssen.

»Der Herr hat mir auf der Herfahrt von einem Chinesen erzählt, der hier gelebt hat«, sagte sie zu Johanna, die schließlich kam, um nach ihrer jungen Herrin zu sehen. »Von dem habe ich geträumt. Er kam sogar an mein Bett, und ich habe mich schrecklich gefürchtet. Wie können Sie nur in so einem Spukhaus leben, Johanna?«

»Ach, gnädige Frau, wir haben uns alle an ihn gewöhnt. Er tut niemandem etwas zuleide. Nur wenn jemand Neues ins Haus kommt, dann läßt er sich blicken. Aber Sie haben ja den gnädigen Herrn, der Sie beschützt.«

Effi seufzte.

Johanna nutzte die erste Gelegenheit, um die Frau des Amtsdieners Paasch aufzusuchen und von der jungen Landrätin und dem Besuch des Chinesen zu berichten.

»So ein hübsches junges Frauchen aber auch«, befand die Paaschen, »der Herr trägt sie wohl auf Händen?«

»Oh, ja«, bestätigte Johanna. »Und er hat ihr einen schönen Bettschirm geschenkt und eine rote Hängelampe. Ist beides aus Berlin geschickt worden, als sie noch auf Hochzeitsreise waren. – Er ist sehr verliebt.« Johanna senkte die Stimme. »Die Gnädige kam heute morgen kaum aus den Federn.«

»Tja, dann wird man wohl nicht lange auf Familienzuwachs warten müssen«, orakelte die Paaschen.

Im Dezember mußte Innstetten auf einige Tage nach Berlin, in einer Angelegenheit, die der Justizminister mit ihm zu besprechen wünschte. Effis Gefühle über seine Abwesenheit waren äußerst zwiespältig, vor allem, als sie vernahm, dies würde in Zukunft noch öfter der Fall sein. Einerseits empfand Effi Geerts Abwesenheit als befreiend. Nun gehörte ihr Bett ihr selbst – und Wang. Anderseits verspürte sie entsetzliche Gewissensbisse. Sie wußte, es durfte nicht sein, auch wenn es nur Träume waren. Und doch blühte Effi auf. Morgens erwachte sie mit geröteten Lippen, glänzenden Augen und einer Haut, die von den Liebkosungen der Nacht strahlte.

»Sie sieht aus wie eine Braut. Und das, obwohl der Herr fort ist«, sagte Johanna zu Frau Kruse, der Kutschersfrau, die nicht ganz richtig im Oberstübchen war. Jetzt saß sie mit ihrem schwarzen Huhn, das sie immer bei sich hatte, in der Küche und verlas Linsen, die guten ins Töpfchen, die schlechten bekam das Huhn.

»Nicht jeder Bräutigam ist von dieser Welt«, antwortete Frau Kruse. »›Graut Liebchen auch? . . . Der Mond scheint hell! Hurra! Die Toten reiten schnell!‹« deklamierte sie. »›Graut Liebchen auch vor Toten?‹ – ›Ach nein! . . . Doch laß die Toten!‹ – ›Nach Mitternacht begrabt den Leib mit Klang und Sang und Klage! Jetzt führ' ich heim mein junges Weib. Mit, mit zum Brautgelage!‹«

»Oh, Frau Kruse, was Sie bloß für grauliche Gedichte können!«

Frau Kruse antwortete nicht. »Wach auf mein Herz, die Nacht ist hin, du hast genug geschlafen«, sang sie leise und streichelte ihr Huhn.

»Aus der ist heute aber auch kein vernünftiges Wort herauszukriegen«, murrte Johanna und begab sich zur Paaschen.

## Vierzehntes Kapitel

Effi konnte ihre Gewissensnöte kaum noch ertragen. Nach Innstettens Rückkehr hängte sie sich an seinen Hals, als habe sie ihn schmerzlich vermißt, tat, als fürchtete sie sich ohne ihn, bat ihn, sie nicht allein zu lassen, flehte ihn an, das Spukhaus aufzugeben. Innstetten, hin und her gerissen zwischen der Freude über Effis zärtlichen Empfang und dem Ärger über ihr törichtes Ansinnen, das Haus zu wechseln, »weil es spukt«, entschied sich für Neutralität und schlug eine Spazierfahrt vor. Überdies hatte Doktor Gieshübler, der Apotheker, mit dem Effi sich schon angefreundet hatte, auf den Abend zu einer Soirée eingeladen. Eine gute Freundin, die Kammersängerin Marietta Trippelli, weile zu Besuch bei ihm und wolle auch gern einige Lieder zum Vortrag bringen. Das würde Effi von ihren Ängsten ablenken.

Am Ende dieses Abends wurden in Kessin zwei Briefe geschrieben, in denen Effi im Mittelpunkt stand.

»Liebste Salome (schrieb Marietta Trippelli an ihre Freundin),

diesen Abend habe ich in Kessin verbracht, dem gräßlichen Provinznest an der Ostsee, in dem ich aufgewachsen bin. Wenn es nicht wegen meines Freundes Gieshübler wäre, den ich innig schätze und liebe, und wegen meiner Mutter, so würde es mir gar nicht einfallen, eine Reise von Berlin nach Sankt Petersburg in diesem gottverlassenen Flecken zu unterbrechen. Zu schrecklich sind mir die Ereignisse meines letzten Besuchs in Erinnerung, die auch zum Tod meines lieben Vaters führten. Aber genug davon!

Mein Freund Gieshübler gab mir zu Ehren eine Soirée. Vielleicht wollte er auch vor Landrats, die er eingeladen hatte, ein wenig mir mir paradieren, was ihm gegönnt sei. Über den Landrat muß man nicht viele Worte verlieren, man kennt die Sorte. Alter Adel, aufrecht, als habe er ein Lineal verschluckt, das Haar an den Kopf gebügelt, kein Härchen, das es gewagt hätte, wider seinen Kamm zu löcken. Ein höflicher Pedant und neuerdings Besitzer einer jungen Frau, die er fest an der Kandare hält. Die Baronin ist eigentlich anmutig und liebenswürdig, und wahrscheinlich ist noch nicht jeder Widerstandsgeist in dem armen Ding erstorben. Ab und zu jedenfalls sprühte ein Fünkchen Charme und Humor aus ihren Augen. Du merkst, *ma chère*, die kleine Landrätin ist nicht ohne Wirkung auf mich geblieben. Sie ist wohl noch keine achtzehn, schlank, zierlich, ein süßes, blondes Geschöpf, aber sehr blaß mit Schatten unter den Augen, wahrscheinlich schwanger, und wahrscheinlich wird sie das die nächsten zehn Jahre auch bleiben. – Sie redete viel über Spuk und ihre Furcht davor, was mich nicht wundert, da doch der Ehemann glaubte, seine junge Frau ausgerechnet in einem stadtbekannten Spukhaus einquartieren zu müssen. Wohl um sie die Furcht des Herrn zu lehren und sie bei der Stange zu halten. – Ich bin froh, daß Gieshübler sich ihrer annimmt.

Liebe Salome, nun habe ich nur von mir und meinen Erlebnissen gesprochen und hoffe, Du verzeihst es mir. Du weißt ja, ich bin egoistisch, aber nicht lieblos. Ich hoffe sehr, es geht Dir gut.

In alter Freundschaft,

Deine Marietta«

Marietta überlegte, ob sie diesen Brief überhaupt abschicken sollte. Seinen Zweck, sich die Gefühle, die dieser Abend hervorgerufen hatte, von der Seele zu schreiben, hatte er erfüllt. Würde sich Salome, mit der sie so viele Jahre in Liebe verbunden gewesen war, über die Erwähnung einer anderen Frau nicht kränken? Vor einem Jahr hatten sich beide getrennt, Salome war in Wien geblieben und hatte unter der Trennung mehr gelitten als Marietta, die immer noch hoffte, daß sich Liebe in Freundschaft umwandeln lasse.

»Liebe Luise (so begann der andere Brief),

ich denke, die ›Mama‹, wie es Dein Gatte – nicht ohne Malice, will mir scheinen – vorschlug, schenken wir uns. Liebe Luise also: ich möchte Dich nicht beunruhigen und versichere Dir daher zuvörderst, Effi ist wohlauf. Wohlauf und guter Hoffnung! Mir ist nicht bekannt, ob sie es Dich schon hat wissen lassen; sie ist auf eine reizende Weise *genant* und hat mich noch nicht in ihr süßes Geheimnis eingeweiht. Erst unser Hausmädchen Johanna öffnete mir auf diskrete Weise die Augen. Ja, meine Liebe, nun werden wir Dich also zur Großmutter machen. Zur schönsten und elegantesten Großmama der Welt, ohne Zweifel.

Ich bin sehr glücklich mit Effi. Sie läßt an Aufmerksamkeit und Liebreiz nichts zu wünschen übrig. Du kannst Dir vorstellen, wie harmonisch unsere Ehe ist und wie dankbar ich Dir und dem Schicksal für das Geschenk bin, das mir zuteil wurde, als ich dergleichen wirklich nicht mehr erhoffte! Effis reizender kindlicher Charme hat schon viele Kessiner für sie eingenommen, wenn es auch immer Starrköpfe gibt, denen sie zu frei, zu unkonventionell ist. Aber gerade diese Eigenschaften werden mir von Nutzen sein, wenn ich, womit ich in

Kürze rechne, nach Berlin berufen werde und Effi die Repräsentationspflichten einer Ministerialrätin übernehmen soll.

Es gibt nur eine Sache, die mich etwas beunruhigt. Effi neigt zu Exaltationen. Ich beobachte es schon seit dem Tag unseres Einzuges in Kessin. Du mußt wissen, das Haus, das wir hier bewohnen, gilt den einfältigen Kessinern als Spukhaus. Vor Jahren lebte dort ein pensionierter Kapitän mit seiner Nichte und einem chinesischen Diener oder Freund. Es gab dann wohl irgendeinen Eklat – die Phantasie meiner lieben Kessiner ist dabei ohne Grenzen –, und die junge Frau verschwand. Kurz darauf starb der Chinese, ein noch junger Mann Anfang der Dreißiger. Wie und woran, weiß man nicht. Der Kapitän überlebte ihn nicht lange, und dann stand das Haus ein paar Jahre leer. Als ich schließlich vor drei Jahren als neuer Landrat nach Kessin kam und eine Bleibe suchte, gefiel mir das aparte Anwesen sehr, und ich mietete mich ein.

Ich habe hier unter meinen Dienstboten, die ich sonst für vollkommen zuverlässig halte, auch die Frau meines Kutschers, eine etwas exzentrische Person, die niemandem etwas zuleide tut, aber eine große Schwäche für allerlei Unheimliches und Okkultes hat. Diese ansonsten harmlose Person habe ich im Verdacht, meiner Effi den Floh mit dem Chinesenspuk ins Ohr gesetzt zu haben. Effi jedenfalls legt eine recht kindische Angst vor dem Spuk an den Tag. Als mich kürzlich die Pflicht für mehrere Tage nach Berlin rief, ließ sie den Hund und das Dienstmädchen in ihrem Zimmer schlafen, aus Angst, besagter Chinese möge in Erscheinung treten. Das geht nun wirklich zu weit! Heute hat sie mich gar gebeten, das Haus aufzugeben. Das, verehrte Luise, ist mir, wie Du Dir denken kannst, bei aller Liebe nicht möglich! Ein

Landrat, der eines dummen Aberglaubens wegen umzieht, gälte als lächerlicher Hampelmann, dem man Respekt und Unterordnung zu Recht verweigert! Ich habe versucht, Effi mit dem Hinweis, daß ein gutes Gewissen keinen Spuk zu fürchten hat, zur Vernunft zu bringen, habe damit aber, wie es scheint, nichts ausgerichtet. Jetzt hoffe ich auf Deinen Rat. Am besten wäre es wohl, wenn Du Dich entschließen könntest, uns für einige Wochen mit Deinem Besuch zu beehren. Wir werden nach Kräften versuchen, Dir den Aufenthalt in unserem pommerschen Sibirien so angenehm wie möglich zu machen.

Mit meinen besten Empfehlungen an Briest,

Dein getreuer Schwiegersohn Innstetten«

## Fünfzehntes Kapitel

Das neue Jahr brachte eine Kältewelle und Besuch aus Hohen-Cremmen. Papa hatte sich entschuldigen lassen, er habe so viel Verwaltungskram aufzuarbeiten, aber Mama versprach, den ganzen Monat über zu bleiben. Effi zeigte ihr die Sehenswürdigkeiten des Ortes, zu denen auch und besonders das Chinesengrab gehörte. Es lag nicht auf dem Friedhof selbst, sondern in einem eingezäunten Terrain gegenüber dem Eingangstor. Die Fahrstraße trennte die Grabstätten der Kessiner von der des Chinesen. Über dem Grab wuchs eine Tanne. Auf dem Grabstein standen nur die Worte: »Auch hier ruht ein treuer Sohn Gottes«. Mama interessierte sich sehr für den Chinesen.

»Wie heißt er denn?« fragte Luise, was Effi ihr nicht beantworten konnte. Der damalige Pastor habe den Namen des Chinesen wohl gewußt, aber er sei der einzige außer dem alten Kapitän Thomsen gewesen, der mit dem Chinesen in Verkehr gestanden habe. Nach dessen Tod hätten sich die Kessiner Bürger mit allen Mitteln gewehrt, einen Heiden in ihrer Mitte bestatten zu lassen, und nicht einmal der Pastor, ein Herr namens Trippel, übrigens der Vater einer sehr berühmten Sängerin, habe ihnen begreiflich machen können, daß der Verstorbene ein Christ und gewiß kein schlechterer Christ gewesen sei als die Mehrzahl derjenigen, die in geweihter Erde ruhten. Während sich die Auseinandersetzung verschärfte und einige fromme Kessiner Christen drohten, das Konsistorium in Berlin anzurufen, war Pastor Trippel an einer Lungenentzündung erkrankt und gestorben.

Die braven Kessiner sahen darin ein Wink Gottes und eine Bestärkung ihrer Glaubensfestigkeit. Sie hätten sich, habe ihr Gieshübler erzählt, danach nicht mehr davon abbringen lassen, daß der Chinese den Pastor nach sich ins Grab gezogen habe. Schließlich habe Kapitän Thomsen den unwürdigen Streit beendet, indem er seinem verstorbenen Hausgenossen eine Grabstelle außerhalb des Friedhofs gekauft habe und ihm einen Grabstein mit dieser trotzigen Inschrift habe setzen lassen.

Dann erzählte Effi die Geschichte der gespenstischen Hochzeit und von den mysteriösen Geräuschen. Am Abend bestand Luise darauf, sich den Schauplatz anzusehen, Effi und Geert sollten nur ruhig vor dem Feuer sitzenbleiben und ihre Zweisamkeit genießen. Der Saal wirkte wie ein gewöhnlicher leerstehender Raum. Als Luise aber in eines der beiden kleinen, gegenüber dem Saal gelegenen Zimmer trat, überfiel sie eine so heiße Welle von Sehnsucht, daß ihr die Kehle eng wurde und sie sich setzen mußte. Sie lehnte die heiße Stirn ans kalte Fensterglas und atmete schwer. Die Sterne funkelten am klaren Himmel, das Meer flimmerte silbern im Mondlicht. Im Rauschen der Brandung vergaß Luise die Zeit. Aus dem Augenwinkel nahm sie eine Bewegung wahr. Ohne den Kopf zu wenden, erblickte sie im Spiegel der Fensterscheibe eine weißgekleidete Gestalt. Genauso hatte James Wang ausgesehen, als er in jenem Teegarten in Konstantinopel auf sie zugekommen war. Langsam näherte er sich, legte die Hände sanft auf Luises Hals und Nacken und streichelte sie zärtlich. Luise lehnte ihren Kopf zurück, um sich ganz der Liebkosung hinzugeben. Die Hände schienen ihr kräftiger und größer als James Wangs feingliedrige Hände, sie legten sich enger und enger um ihren Hals, und ehe Luise keine Luft mehr bekam, war ihr, als erblicke sie im hellen Mondlicht einen

Siegelring mit dem Brietschen Wappen. Detlev! Ließ er sie denn nie in Ruhe?

Innstetten, der sich über das lange Ausbleiben seiner Schwiegermutter verwunderte und schließlich glaubte, die Lampe sei ihr ausgegangen und sie traue sich ohne Licht nicht die Treppe hinab, sah nach der Schwiegermama und fand sie ohnmächtig auf dem Boden liegend. Luise spielte den Vorfall herunter, vermied es von da an aber, das Obergeschoß zu betreten.

Anderntags kam das Gespräch zwischen Mutter und Tochter auf den Spuk und Effis Angst davor. »Aber Kind, es sind die Vorhänge, die solche unheimlichen Geräusche machen, wenn sie sich im Luftzug bewegen und dabei auf dem Fußboden schleifen. Laß sie doch abschneiden, das ist das einfachste.«

»Ich weiß ja, Mama, und ich habe es Innstetten auch vorgeschlagen, aber er will nichts davon wissen.«

»Du mußt deinen Mann nicht mit solchen Bagatellen belästigen, Effi. Die Vorhänge fallen ganz gewiß in deine Entscheidungssphäre.« Luise befahl Johanna, die Vorhänge abzunehmen und zu kürzen. Auf Johannas Protest, was der gnädige Herr dazu sagen werde, winkte sie ab: »Haben Sie mich nicht verstanden, Johanna«, sagte sie kühl, »die Vorhänge werden heruntergenommen. Sie sehen doch, daß sie eine gründliche Wäsche nötig haben. Und danach nehmen Sie die Säume hoch.«

In den folgenden Wochen wurde das Thema »Spuk« nicht mehr berührt. Das gesellschaftliche Leben forderte sein Recht. Luises Besuch spaltete die Kessiner Bevölkerung in zwei Lager: Das eine sang ein Loblied auf Effis kindlichen Charme, das andere schwor Stein und Bein, daß die Frau von Briest, vornehm und souverän, wie sie war, den Platz der ersten Frau des Kreises viel besser ausgefüllt hätte als die Tochter. Innstetten selbst genoß es, sich mit beiden Damen zu zeigen und sich auf einen Pascha hin auszuspielen. »Ohne Zweifel habe ich das Zeug zum Großtürken, würde mein geschätzter Herr Schwiegervater sagen, wenn er mich so sähe«, erklärte er aufgeräumt und verhielt sich gegen seine schöne Schwiegermama so galant, daß Effi eine leise Eifersucht fühlte. »Du hättest viel besser zu ihm gepaßt als ich«, stichelte sie, als beide Damen wieder unter sich waren.

## Sechzehntes Kapitel

»Rollo, du Untier! Gib sofort den Brief wieder her!« rief Effi halb verärgert, halb amüsiert. Der große Neufundländer, sonst ein braves, gehorsames Tier, dachte offenbar gar nicht daran, den Befehl zu befolgen. Rollo schaute seine Herrin aus treuherzigen, ein wenig dummen Augen an, so als ob er nicht verstehen würde, was man von ihm verlangte. Was war denn nur in den Hund gefahren?

Effi hatte den Vormittag in Innstettens Arbeitszimmer am Schreibtisch zugebracht, Papiere und Briefschaften aus dem Nachlaß ihrer verstorbenen Schwiegermutter geordnet. Bald würde Annie von der Schule zurück sein. Effi lächelte. Vor wenigen Wochen war der Geburtstag der Tochter gefeiert worden, an einem ebenso strahlenden Julitag wie damals, als Annie zur Welt gekommen war. Klein-Annie sei so alt wie das neue Jahrhundert, hatte Briest damals erklärt, nachdem Innstetten im Streit, ob dieses nun im Jahr 1900 oder 1901 begänne, obsiegt hatte. Innstetten hatte die versöhnliche Bemerkung seines Schwiegervaters beifällig zur Kenntnis genommen und sie sich künftig ganz zu eigen gemacht, so als liege in diesem Umstand eine besondere, ihm zugedachte Auszeichnung.

Klein-Annie unternahm erste Gehversuche, konnte »Papa«, »Mama« und »nein« sagen, als Innstetten vor sieben Jahren nach Berlin ins Ministerium berufen wurde. Effi war, nachdem sie eine geräumige Etage in einem Neubau im vornehmen Tiergarten-Viertel gemietet hatte, gleich in Berlin geblieben. Jetzt lebten sie seit glücklichen sieben Jahren in Berlin, dessen Zentrum eine riesige Baustelle war. Die Reichshauptstadt solle die schönste Stadt der Welt werden, hatte Seine Majestät befohlen.

Annie war acht Jahre alt, ein quicklebendiges, aufgewecktes Mädchen mit wachen dunklen Augen, das die zweite Klasse der Töchterschule besuchte. Bald war Mittag, und Annie würde nach Hause kommen. Eigentlich hatte Effi bis dahin mit den Schriftstücken und Effekten der Schwiegermutter fertig sein wollen. Dann war sie auf den Brief gestoßen: ein vergilbtes Kuvert, die Tinte schon ziemlich verblaßt. Die Briefmarke fehlte, sie hatte sich wohl abgelöst. Es war die Handschrift ihrer Mutter, die Effi stutzig machte, und der Adressat: Leutnant von Innstetten. Effi wußte wohl, daß ihr Mann vor nunmehr fast drei Jahrzehnten zu den glühendsten Verehrern ihrer Mutter gezählt hatte. Von einer Verlobung – dem einzigen Umstand, der eine Korrespondenz erklärt und gerechtfertigt hätte – wußte sie nichts.

Das Siegel war unversehrt. Innstetten hatte diesen Brief niemals gelesen. Wäre es richtig, seinen Seelenfrieden durch eine Botschaft aus der Vergangenheit zu stören? Sollte sie den Brief mit anderen, für unwichtig erachteten Papieren einfach verbrennen? Ihn zu den übrigen Briefschaften packen, wo er weitere Jahrzehnte dem Vergessen anheimfallen würde? Oder war es unrecht, Geert den Brief vorzuenthalten? Während Effi noch überlegte, war Rollo herangetrabt und hatte nach dem Brief geschnappt, den Effi sinnend in der Hand hielt.

Jetzt stand Effi auf und wiederholte ihren Befehl. Als Rollo nicht reagierte, griff sie nach dem Brief, zog daran und gab dem Hund einen Klaps. Nach kurzem Widerstand ließ er seine Beute unvermittelt fahren, jaulte auf und trollte sich mit eingezogenem Schwanz ins Entrée, um dort auf Annie zu warten. Effi hielt eine Briefhälfte in der Hand, die andere lag am Boden. Brief und Umschlag waren in der Mitte durchgerissen, der Brief nicht länger verschlossen. Ohne nachzudenken, fügte Effi die beiden Teile zusammen. Es war ein kurzes Schreiben, ohne Datum und Ort, offenbar in Eile oder höchster Erregung geschrieben:

»Liebster Geert, warum antwortest Du nicht? (schrieb ihre Mutter).

Hast du meinen Brief nicht erhalten? Unsere Liebe ist nicht ohne Folgen geblieben, das Kind kommt im März zur Welt. Ich bitte Dich, mache Dir um meinet- und des Kindes willen keine Sorgen, ich will schon alles regeln. Bleib mir treu! Ich liebe einzig Dich und will auf Dich warten. Ewig die Deine – Luise«

Mit einem Male hatte der Sommertag all seinen Glanz verloren. Es gab nur noch die schwarzen Schlagschatten der Häuser. Die Sonne verdüsterte sich in Effis Augen. Nein, sie durfte jetzt nicht ohnmächtig werden! Sie mußte fort, schnell, noch ehe Annie zurückkam. Effi nahm den Brief an sich. Annies Kinderfrau Roswitha bereitete das Mittagessen. Johanna wurde mit einem Auftrag in die Küche geschickt. Mit fliegenden Händen packte Effi ein paar Kleidungsstücke in eine Reisetasche.

Sie war nicht Papas Tochter. »Das Kind kommt im März zur Welt«, hatte Mama geschrieben. Das Kind ihrer Mutter und Geert von Innstettens. Und dieses Kind war sie! Sie hatte ihren eigenen Vater geheiratet! Sie hatten sogar ein Kind zusammen, wie Lots Töchter von ihrem Vater Kinder hatten. Daß sie, Effi, es die ganze Zeit über nicht gewußt hatte, machte den Frevel kaum geringer, wie die Unwissenheit auch jenen griechischen König nicht gerettet hatte, der der Gemahl seiner Mutter geworden war und sich in seiner Verzweiflung die Augen ausstach. Aber Mama hatte es gewußt, und Mama hatte die Heirat mit Innstetten nicht nur gutgeheißen, sondern selbst arrangiert, trotzdem sie es wußte! Nur fort! Niemals mehr würde sie Innstetten gegenübertreten können. Und nie mehr in ihrem Leben wollte sie ihre Mutter sehen. Nach Hohen-Cremmen konnte sie nicht. Nur nicht denken! Nur fort! Nur schnell fort! Sie würde sich fürs erste ein Hotelzimmer nehmen müssen, überlegte Effi, als sie die Wohnungstür hinter sich zuzog. Nur Rollo, der leise winselte, wurde Zeuge ihres Abschieds.

Während der Fahrt mit der Droschke, an der Hotelrezeption und bis sie in ihrem Zimmer war, hatte eine trügerische Ruhe sich ihrer bemächtigt. Nur nicht denken! Nur nicht denken! wiederholte Effi wie eine Zauberformel. Nun brach sie zusammen. Nach stundenlangen Weinkrämpfen blieb Effi ohnmächtig auf ihrem Bett liegen, wo das Zimmermädchen sie am Abend fand. Nachdem man sie mittels Riechsalz wieder zu Bewußtsein gebracht hatte, verlangte Effi nach Geheimrat Rumschüttel. Der alte Hausarzt würde ihren Aufenthalt nicht preisgeben, und wenn sie das Furchtbare überhaupt jemals jemandem mitteilen konnte, dann ihm.

Rumschüttel diagnostizierte eine Nervenkrise. Er bestellte zwei Pflegerinnen, die sich im Wechsel um die Kranke kümmerten, und verständigte den Vater der Patientin. Baron von Briest sei der einzige, den die gnädige Frau derzeit zu sehen oder zu sprechen wünsche. Insbesondere den Besuch ihrer Frau Mutter habe sie sich nachdrücklichst verbeten, was zwar verwunderlich sei, da die Mutter doch immer die geeignetste und erwünschteste Person am Krankenbett sei, jedoch empfehle er in

Anbetracht des kritischen Zustands der Patientin, auf ihre Wünsche einzugehen.

Der alte Geheimrat bekam aus Effi nur so viel heraus, daß ihre Misere mit der Person des Ehemannes zusammenhing. Rumschüttel hatte während seiner langen Praxis immer wieder mit Damen zu tun gehabt, deren Männer das eheliche Schlafzimmer mit einem Bordell verwechselten. Zwar war ihm Innstetten immer als ein vernünftiger Mann erschienen, nicht unbedingt zum Helden romantischer Backfischträume geeignet, doch als einer, mit dem es sich leben ließ. Aber wer konnte sagen, ob er nicht, ehe das Alter einsetzte, damit begonnen hatte, Effi mit Zumutungen zu belästigen, die einer sensiblen jungen Frau nicht über die Lippen gingen. In diesem Sinne äußerte sich der Arzt auch gegenüber Briest.

»Vielleicht haben Sie recht«, meinte der. »Das würde zumindest ihr absonderliches Verhalten gegen ihre Mutter erklären. Meine Frau hat die Ehe damals arrangiert, müssen Sie wissen. Trotzdem versteh' ich es nicht«, sagte Briest kopfschüttelnd. »Es war zwar keine Liebesheirat, aber doch auch keine unglücklichere Ehe als die meisten anderen, ganz im Gegenteil.«

Innstetten selbst zeigte sich zutiefst verletzt, sowohl über Briests Andeutungen als auch über Effis Flucht und ihre Weigerung, mit ihm zu reden. Sollte seine Frau dabei bleiben, erklärte er, werde er die Scheidung einreichen. Er sei sich keiner Verfehlung bewußt, und wenn er Effi unwissentlich verletzt oder ihr sonst einen Anlaß zur Klage gegeben haben sollte, so verdiene er zumindest eine Chance, den Fehler wiedergutzumachen, zuvörderst aber stünde ihm wohl zu, zu erfahren, was es denn überhaupt sei.

Mit Effi war in diesem Punkte nicht zu reden. Auch

nicht, als Briest ihr vorhielt, sie werde Annie unter diesen Umständen an Innstetten verlieren. Wenn sie an ihre Tochter dachte, brach Effi fast das Herz, doch beim Gedanken an eine Begegnung mit Innstetten schauderte sie, und die Vorstellung, ihm jenen Brief zu zeigen, erfüllte sie mit unerträglicher Scham. Nur nicht daran denken! Nur nicht denken! Nein, sie würde auf Annie verzichten müssen. Was immer gegen Innstetten sprach, er war ein liebevoller, verständiger, aufmerksamer Vater. Annie würde es an nichts fehlen.

Sobald Effi wieder aufstehen konnte, legte sie ein merkwürdig hektisches Gebaren an den Tag, besuchte Ausstellungen und Kunstgalerien, aus denen sie sich zuvor nie etwas gemacht hatte, verbrachte Abende im Theater, bei Konzerten, in der Oper, sogar im Zirkus. Sie begann zu malen, begann zu sticken, ohne etwas zu Ende zu führen, ermüdete sich mit stundenlangem Klavierspiel. Es schien, als wolle sie sich betäuben. Sie brauche keine sinnlosen Zerstreuungen, sondern Menschen um sich, erklärte Rumschüttel schließlich und riet ihr ernstlich, in eine Pension zu ziehen.

# Siebzehntes Kapitel

Im Schatten einer Ulme am Ufer des Wilmersdorfer Sees empfand sie nach einer langen Zeit der Verzweiflung endlich wieder so etwas wie Frieden, Seelenruhe. Die Umgebung tat ihr wohl, ein fast dörfliches Idyll, so nahe der Hauptstadt. Es war nun wohl auch an der Zeit, ihre Witwentracht abzulegen. Zwei Jahre hatte sie mit unverminderter Inbrunst um ihren Mann getrauert. Ihre Nachbarinnen in der Compton House Road in Kensington schienen sich darüber zu verwundern, wie man einen Ehemann, der ohnehin den größten Teil des Jahres abwesend war, so schmerzlich vermissen konnte. Aber wenn man die eine Hälfte des Lebens ohne Erinnerung an die andere verbrachte, wenn man so gar nicht in der Vergangenheit wurzelte wie alle anderen, dann war der Mensch, mit dem man alle diese bewußten, erinnerten Jahre teilte – und sei es über weite Entfernungen hinweg –, die einzige Brücke zum Leben. So jedenfalls hatte Undine lange Zeit empfunden. An diesem Sommernachmittag kam ihr zum ersten Male zu Bewußtsein, daß es noch andere Brücken gab. Sie hatte diese Reise nach Berlin ungern angetreten, einer Erbschaftsstreitigkeit wegen, die sie mit Verwandten ihres Mannes auszutragen hatte, aber es schien, daß gerade dieser Streit ihr neuen Elan verliehen hätte.

Undine genoß das Licht- und Schattenspiel der Blätter auf See und Rasen und ließ sich vom Plätschern des Wassers einlullen. Durch die offene Fenstertür des Salons hörte sie das Klavierspiel von Miss Burrow-Smythe, einer jungen Engländerin, die für deutsche Musik und das reiche Musikleben der Hauptstadt schwärmte und damit liebäugelte, die hiesige Musikhochschule zu besuchen. Zusammen mit ihrer Tante oder Cousine, einer Miss Sharp, hatte sie sich in der Pension ›Violetta‹ eingemietet, wo sie den Sommer verbringen wollten, dann, wenn im Herbst die Konzertsaison so richtig in Schwung kam, wollten sie ins Zentrum übersiedeln. Miss Sharp leitete ein gutgehendes Bureau für Schreibarbeiten und eine Schule für Schreibkräfte in London. Anfangs hatte man die selbstbewußte »business woman« sehr bewundert, inzwischen war man allerdings etwas auf Distanz gegangen, nachdem sich die Engländerin mit einigen ziemlich respektlosen Bemerkungen über Seine Majestät den Mund verbrannt hatte.

Fräulein Thea, eine der beiden Pensionsinhaberinnen, führte eine neuangekommene Dame auf die Terrasse. Fräulein Thea machte die Honneurs des Hauses. Größer als ihre rundliche Schwester und etwas hagerer, wirkte sie dennoch auf eine anmutige Art weiblicher. Fräulein Thea präsidierte am Mittagstisch und war bestens über die kulturellen Veranstaltungen der Hauptstadt orientiert. Sie hatte ein offenes Ohr – und eine diplomatisch-ausweichende Antwort – für die Nöte und Beschwerden der Bewohnerinnen; sie vermittelte bei Zwistigkeiten, wie sie sich unvermeidlich einstellten, wenn ein Dutzend Leute unterschiedlicher Temperamente, Herkunft und Gewohnheiten unter einem nicht allzu geräumigen Dach zusammenlebten. Fräulein Martha, eine kleine, resolute Person mit praktischem Sinn, war für die haus- und finanzwirtschaftliche Seite des Pensionsbetriebs und damit für die unsichtbare, undankbare Arbeit zuständig. Die Waagschalen von Undines Sympathie neigten ganz entschieden zu Fräulein Marthas Gunsten.

Die Neue erwies sich als märkische Baronin. Eine

sächsische Gräfin weilte bereits unter den Gästen. Sie lebte in Scheidung und versuchte, sich »neue Lebenskreise zu erschließen«, wie sie sagte. Bereitwillig erzählte sie den Bewohnerinnen der Pension ›Violetta‹ ihre eheliche Leidensgeschichte. Anders die Neue, eine junge, sehr reservierte Frau von Mitte Zwanzig mit Schatten unter den Augen und zwei scharf eingekerbten Linien zwischen Nase und Mund.

»Wenn es hier nur nicht so sonderbar röche . . .«, bemerkte die Baronin eines Tages, als sie und Undine mit ihren Stickarbeiten auf der Terrasse saßen. »Ich kenne diesen Geruch sonst nur von katholischen Kirchen her – auf meiner Hochzeitsreise nach Italien habe ich solche kennengelernt – und fragte mich immer, wie man in solchem Dunst die rechte Andacht haben kann.« Es war das erste Mal, daß Frau von Innstetten etwas Persönliches erwähnte, dachte Undine. Ob der Mann wohl noch lebte? Ob sie Kinder hatte? Undine wollte nicht an einen wunden Punkt rühren und unterließ das Fragen. Was hätte eine junge, schöne, unglücklich aussehende Frau wohl in einer Pension verloren, wenn mit ihrem Familienleben alles seine Ordnung hätte?

Die katholischen Kirchen Italiens hatten Frau von Innstetten auf ihr Lieblingsthema gebracht, die Religion, die lutherische zumal, über die sie sich oft und mit einer gewissen Eindringlichkeit aussprach. Ihre sächsische Standesgenossin und Fräulein von Schmettwitz, eine angehende Malerin aus Polzin in Pommern, pflegten ihr Lächeln hinter der Serviette zu verbergen. Welch naive Person, mochten sie denken. Sie, Undine, konnte sich dagegen sehr wohl vorstellen, welchen Trost und Halt ein Glaube, und sei er noch so naiv, bedeuten konnte. Sie war duldsamer als die anderen Damen an der *table d' hôte.*

»Duldsamkeit ist eine Christenpflicht«, erklärte die Baronin eben, als Undine ihrem Monolog wieder zu folgen begann. »Und gerade da lassen viele das rechte Christentum vermissen. Ich erinnere mich einer Geschichte zu Kessin . . .«

Undine glitten die beiden blauen Seidensocken, deren Farbnuancen sie vergleichen wollte, aus den Händen. Als sie sie aufgehoben hatte, hoffte sie, daß die Blässe in ihrem Gesicht wieder verschwunden sei. Undine versuchte, ruhig zu erscheinen, auch wenn in ihrem Inneren lichterlohe Aufregung war. Was wußte diese Frau über Kessin? Kessin – siebzehn Jahre war das nun her! Plötzlich hatte Undine die ganze grauenvolle Szene am Meer wieder vor Augen. Sie versuchte ruhig zu atmen.

». . . einem Städtchen, in dem ich als junge Frau einige Jahre verbrachte«, fuhr die Baronin fort, die ihre Augen auf ihre Stickarbeit geheftet hatte. »Der Anfang ist immer das schwerste, auch bei Geschichten. Nun, ich denke, ich beginne mit Kapitän Thomsen. Er war viele Jahre lang ein sogenannter Chinafahrer und mochte wohl schon sechzig sein, als er ankam. Er verkaufte sein Schiff und kaufte sich ein Haus, dasselbe, darin ich dann, viele Jahre später, wohnte. Er war draußen in der Welt ein vermögender Mann geworden, und er brachte allerhand Andenken mit. Ein ausgestopftes Krokodil, einen Haifisch und natürlich ein Schiff. Und bei ihm war eine junge Person von etwa zwanzig . . .«

Nein, zwanzig war ich damals nicht mehr, dachte Undine, die sich des Krokodils, des Hais und des Schiffes noch gut erinnerte.

». . . von der einige sagten, sie sei seine Nichte gewesen, aber die meisten sagten, seine Enkelin. Und außer der Enkelin oder der Nichte war da auch noch ein Chinese . . .«

Sie erzählt es, als ob's ein Märchen wäre, fuhr es Undine durch den Kopf. Meine Geschichte!

»Also dieser Chinese war Diener bei Thomsen, und Thomsen hielt so große Stücke auf hin, daß er eigentlich mehr Freund als Diener war. Und das ging so auf Jahr und Tag. Dann sollte Thomsens Enkelin, die, glaube ich, Nina hieß, sich nach des Alten Wunsch verheiraten, auch mit einem Kapitän. Es gab eine große Hochzeit im Hause. Und wie man sich denken kann, ging es hoch her. Am Abend aber war Tanz, und die Braut tanzte mit jedem und zuletzt auch mit dem Chinesen. Da mit einem Male hieß es, sie sei fort, die Braut nämlich. Und sie war auch wirklich fort, irgendwohin, und niemand weiß, was da vorgefallen war. Und nach vierzehn Tagen starb der Chinese.«

Das also hatten die Kessiner aus den Ereignissen jenes Spätsommers und Herbstes gemacht, dachte Undine. Laut sagte sie:

»Sie erzählen, als ob Sie dabeigewesen wären, Frau von Innstetten.«

»Nicht dabeigewesen, denn damals muß ich noch ein kleines Mädchen gewesen sein«, sagte Frau von Innstetten und fügte in einem Ton, der jede weitere Frage verbot, hinzu: »Es wurde mir erzählt.«

»Aber ich will zum Ende kommen«, erklärte sie schließlich. »Thomsen kaufte eine Grabstelle, und da wurde der Chinese begraben. Der Pastor soll gesagt haben: Man hätte ihn ruhig auf dem christlichen Friedhof begraben können, denn der Chinese sei ein guter Mensch gewesen und gerade so gut wie die andern. Dem armen Pastor ist das sehr verdacht worden, so daß es eigentlich ein Glück war, daß er drüber hinstarb, sonst hätte er seine Stelle verloren. – Ich muß, wenn mir diese traurige Geschichte einfällt, stets an den Spruch denken, den mir unser guter Pastor Niemeyer mitgab, als er mich einsegnete: ›Richtet nicht, auf daß ihr nicht gerichtet werdet.‹ Können Sie sich Ihres Konfirmationsspruchs noch entsinnen, liebe Frau Douglas?«

»Ich kann mich nicht einmal erinnern, ob ich überhaupt eingesegnet wurde, und weiß auch sonst nicht, was mir in meiner Kindheit und Jugend widerfuhr«, antwortete Undine, und bemerkte nun, als es zu spät war, daß sie ihr gutgehütetes Geheimnis preisgegeben hatte. Denn sie sah wohl ein, daß sie der Baronin, die sie indigniert betrachtete, die näheren Umstände würde erklären müssen.

»Ja, das klingt merkwürdig: nicht zu wissen, ob man eingesegnet oder getauft wurde oder sogar, wie alt man ist. Ich habe als junge Frau mein Gedächtnis verloren. Durch einen Sturz von einem Schiff ins Meer. Und doch war es auch mein Glück. Denn ich wurde gerettet und auf ein englisches Dampfschiff gebracht, und der Kapitän dieses Schiffes wurde mein Mann. Er ist nun leider tot und begraben – von der See verschlungen, sollte ich sagen. Sein Schiff ging in einem Sturm am Kap der Guten Hoffnung unter. Aber es waren doch glückliche Jahre.«

Frau von Innstettens Indignation hatte sich in erschütterte Teilnahme verwandelt, so daß Undine sich entschloß, weiterzusprechen.

»Wie es dazu kam, habe ich ebenso aus dem Gedächtnis verloren, wie alles aus meinem früheren Leben. Das einzige, woran ich mich mit Bestimmtheit erinnere, ist das Gesicht der Frau, die mich ins Wasser stieß.«

»Ins Wasser stieß!« entsetzte sich die Baronin. »Wie furchtbar!«

»Ich weiß nicht einmal, warum sie es tat, ich erinnere mich nur, daß sie furchtbar zornig war, und dann entsinne ich mich einiger Worte, die zwischen ihr und einem

Mann gesprochen wurden. Mein Mann, Captain Douglas, glaubte deshalb, daß es sich um Mädchenhändler handle. Sie müssen wissen, es war in Konstantinopel.«

»In Konstantinopel!« Und es schien, als wolle Frau von Innstetten noch etwas hinzufügen, da trat Fräulein Thea auf die Terrasse. Die Dame, bei der sie sich untergehakt hatte, mochte um die Vierzig sein, war groß, stattlich und strahlte vor Vitalität. Ihre üppigen dunklen Lokken hatte sie nachlässig unter ein herrenhutähnliches Gebilde gesteckt. Auch ihr übriges Kostüm war wenig damenhaft, dennoch stand es ihr gut: ein schlichter Rock mit hüftlanger Jacke, eine weiße Bluse und eine Krawatte. Ihr gutgeschnittenes Gesicht war durch einen Flaum über der Oberlippe nicht entstellt, sondern bekam einen Zug ins Pikante. »Meine Damen«, sagte Fräulein Thea mit Emphase, »darf ich bekannt machen, falls Sie unsere liebwerte Besucherin nicht schon von der Oper her kennen: Kammersängerin Marietta Trippelli.«

»Machen Sie's doch nicht so feierlich, liebes Fräulein Thea, Sie wissen doch: Ich habe keinen Sinn fürs Dramatische«, sagte Marietta lächelnd.

Wenn die Damen gewußt hätten, daß sich unter Fräulein Theas wohlkorsettierter Figur im taubenblauen Seidenkleid samt perfekt geplätteter Spitzenschürze ein Mann verbarg! Das Fräulein Thea war ein Herr Theodor – nicht die Schwester, sondern der Bruder von Fräulein Martha, eine Frauenseele im Männerkörper gefangen, wie Fräulein Thea sich gelegentlich ausdrückte. Marietta hatte ihn (oder vielmehr: sie) vor Jahren im ›Mikado‹ kennengelernt, wo viele Herren verkehrten, die sich als Damen kleideten und fühlten. Fräulein Thea hatte am Flügel gestanden und voller Inbrunst eines der unsäglich schwülstigen Lieder des Fürsten Eulenburg zum besten gegeben. Bald hatte Marietta die charmante Dame Thea freundschaftlich in ihr Herz geschlossen und diese Freundschaft mit der Zeit auch auf die Schwester ausgedehnt. Fräulein Martha ihrerseits sah es gerne, wenn die berühmte Kammersängerin so vollkommen ohne Allüren und ganz ohne die Herablassung der Großen und Gefeierten in ihrer Pension Besuch machte. Manchmal ließ die Trippelli sich sogar überreden, einige Lieder vorzutragen. Eine solche Gelegenheit verfehlte ihren Eindruck auf die Gäste nie. Das waren, vermutete Marietta, die Augenblicke, in denen Fräulein Martha sich mit der Neigung ihres Bruders fast versöhnte. Denn vor nichts hatte Fräulein Martha solche Angst wie vor Entdeckung.

»Ich weiß nicht, weshalb du dich alterierst, meine Liebe«,

pflegte Fräulein Thea zu sagen. »Ich verfüge über eine hochoffizielle Genehmigung unseres Herrn Regierungspräsidenten, weibliche Kleidung tragen zu dürfen. Und da bin ich nicht die einzige. Ich könnte dir einige Schwestern aus den ersten Kreisen nennen.«

»Aber wenn es aufkommt, Thea, der Skandal!«

Nun, dachte Marietta, es kommt nicht heraus, dazu spielte Fräulein Thea ihre Rolle, wenn es denn eine war, viel zu gut.

In kürzester Zeit hatten sich fast alle Pensionsgäste auf der Terrasse versammelt. Eine musikbegeisterte junge Engländerin nahm Marietta sogleich in Beschlag, eigentlich eine Unhöflichkeit, aber die übrigen Damen schienen es dem Enthusiasmus der jungen Frau zugute zu halten. Marietta stand der Sinn nicht nach musikalischen Erörterungen. Sie hatte einen anstrengenden Tag im Aufnahmestudio der Grammophongesellschaft verbracht. Mal mußte der Gesang, mal die Klavierbegleitung wiederholt werden. Es war eine rechte Ochsentour gewesen, eine zu lukrative freilich, als daß sie das Angebot hätte ausschlagen mögen. Nun empfand sie das dringende Bedürfnis nach ganz alltäglichem Geplauder.

Der Tee wurde serviert. Das Gesicht einer soignierten etwa fünfzigjährigen Dame aus London, einer Mrs. Douglas, kam Marietta vage bekannt vor. Sie hatte es allerdings lange aufgegeben, solchen Eindrücken nachzugehen. Ihre Gastspiel- und Konzertreisen brachten sie über die Jahre mit so vielen Menschen zusammen, daß es Sisyphusarbeit gewesen wäre, sich deren Gesichter alle einprägen zu wollen. Eine junge Frau dagegen, mit Schatten unter den Augen, weckte sofort Erinnerungen: Gieshüblers Salon in Kessin, ein gestriegelter Landrat und seine mädchenhaft liebliche Neuvermählte, ein Liederabend und eine Unterhaltung über Gespenster. Marietta erinnerte sich sogar des Namens: Baronin Innstetten. Gieshübler hatte ihr vor Jahren geschrieben, daß der Landrat mit Familie – eine Tochter war geboren worden – nach Berlin umgezogen sei. Ob die Baronin wußte, daß Gieshübler gestorben war? Ob es ihr überhaupt genehm war, sich der Bekanntschaft zu erinnern oder sie zu erneuern?

Die grauhaarige Dame mit dem heroischen Namen sprach wenig, aber wenn, dann war es Deutsch mit leicht mecklenburgischer Färbung. »Sie führen einen sehr geschichtsträchtigen Namen, gnädige Frau«, konstatierte Marietta. »War's unter Maria Stuart oder später, daß er zu Ehren kam? Ich weiß es nicht mehr. Er kommt in meiner Lieblingsballade vor, müssen Sie wissen.«

»Ich hab' es getragen sieben Jahr', ich kann es nicht tragen mehr, wo immer die Welt am schönsten war, da war sie öd und leer«, deklamierte Baronin Innstetten, und das Lächeln, das eben noch um ihre Lippen gespielt hatte, verschwand ganz plötzlich.

»Liebste gnädige Frau«, flehte Fräulein Thea mit ihrer samtigsten Stimme, »überlassen wir doch die Herren Männer ihren Heldtaten, und seien wir froh, daß wir friedlich überm Stickrahmen sitzen dürfen. Diese schicksalsschwangeren Balladen müssen von Dichtern stammen, die zu schwer gegessen haben. Darf ich Ihnen noch einen Baiser reichen?«

Alles lachte.

Geschickt lenkte Marietta die Konversation, in der sie den Mittelpunkt bildete, über Genüsse, Kunstgenüsse, Gastspiele, Gastspiele an Provinzbühnen und schließlich Provinz schlechthin an den Punkt, an dem sie ihre Heimatstadt ins Spiel bringen konnte.

»Sagen Sie mir nichts gegen die Provinz, Baronin. Ich

selbst bin in einem rechten Provinznest aufgewachsen. Kessin in Pommern.«

Bei der Erwähnung Kessins beugte sich Mrs. Douglas tiefer über ihre Stickerei. Nun ja, dachte Marietta, wer aus London kam, dem mochte eine kleine Hafenstadt an der Ostsee langweilig erscheinen.

»Das Leben in der Provinz«, fuhr sie fort, »besitzt doch einen entschiedenen Vorzug. Die Originale leuchten um so deutlicher aus der Masse der Alltagsmenschen hervor. In Kessin hatten wir einen Apotheker, übrigens war er der einzige, der sich für mich und mein Gesangsstudium einsetzte, und wer weiß, wo ich heute stünde ohne ihn! Schon sein Name war apart: Alonzo Gieshübler. Leider weilt er nicht mehr unter den Lebenden.«

Marietta tat ihrem verstorbenen Freund im stillen Abbitte, daß sie ihn mißbrauchte, um die Baronin aus ihrer Reserve zu locken, doch die Taktik erreichte ihren Zweck. Frau von Innstetten erzählte nun, sie habe selbst einige Jahre in ebendiesem Kessin zugebracht, wobei sie geflissentlich vermied, den Gatten zu erwähnen. Und nun kam sie auch auf die Begegnung mit der Kammersängerin im Hause Gieshübler zu sprechen.

»Das ist jetzt wohl neun Jahre her, mein gnädiges Fräulein. Ach, es war ein schöner Abend, gewiß einer der schönsten, den ich dort verbrachte«, erklärte Frau von Innstetten.

»Wir sprachen über Kunst, gnädige Frau«, fiel Marietta ein, »was natürlich immer obligatorisch ist, und über Gespenster. Sie lebten, wenn ich mich recht entsinne, in einem Hause, das als Spukhaus galt?«

»Ja, und mir ist, als ob ich mich damals gefürchtet hätte«, lächelte Frau von Innstetten, »völlig unnötigerweise. Denn was hätte mir der Chinese – es ging nämlich um einen Chinesen, wie ich Mrs. Douglas schon berichtete – auch antun können? Mit Chinesen war ich immer gut Freund. Als Kind dachte ich mir Geschichten aus«, und hier nahm das Gesicht der Baronin einen fast kindlich-weichen Zug an, »als Kind dachte ich mir immer Geschichten aus, in denen ein Chinese die Hauptrolle spielte.«

Plötzlich fiel die Terrassentür geräuschvoll ins Schloß. »Ich bitte sehr um Entschuldigung! Für meine Verspätung und den Lärm«, sagte die Störenfriedin mit englischem Akzent und schalkhaftem Lächeln. Sie mochte in Mariettas Alter sein, hatte fuchsrotes Haar, das sie ungewöhnlich kurz trug, und braune Augen. »Sie müssen die berühmte Miss Trippelli sein. Sehr erfreut, Sie kennenzulernen. Meine junge Cousine schwärmt für Sie, wie Sie sicher schon bemerkt haben. Ich bin Miss Sharp, die Majestätsbeleidigerin. Habe mich hier durch eine Bemerkung über den Kunstverstand Ihres Kaisers unpopulär gemacht.«

Marietta lachte. Stühle wurden gerückt, ein weiteres Gedeck gebracht, Tee eingeschenkt, Zuckerdose und Gebäck herumgereicht. »Darf ich rauchen?« fragte Miss Sharp, was ihr gnädigst gestattet wurde. Doch nur die Cousine nahm von dem angebotenen Etui und gab es an Marietta weiter.

»Mögen Sie auch ein paar Züge vom Hauch des Paradieses, Madam?« fragte sie mit einem tiefen Blick in Mariettas Augen.

»Wo denken Sie hin, meine Liebe! Ich brauche meine Stimme, um mir die Brötchen zu verdienen und von Zeit zu Zeit etwas Kaviar drauf.«

Die Majestätsbeleidigerin lachte: »Jedem Tierchen sein Pläsierchen, so sagt ihr Deutschen doch, nicht wahr? An Kaviar wird es Ihnen gewiß nicht mangeln.«

Bald darauf verabschiedete sich die Trippelli. Frau von Innstetten zog sich mit Kopfschmerzen in ihr Zimmer zurück. Also von den Zigaretten der beiden Engländerinnen kam der sonderbare Weihrauchgeruch! Die Sängerin ging ihr die ganze Zeit über nicht mehr aus dem Sinn. An diesem Abend stickte sie nicht weiter.

# Neunzehntes Kapitel

Es wurde Herbst. Mrs. Douglas kehrte, nachdem das Gericht zu ihren Gunsten entschieden hatte, nicht nach London zurück, zu Effis Freude, denn ihr war die Pensionsbekanntschaft ein wenig ans Herz gewachsen. Obwohl Effi fand, sie habe in den wenigen Wochen ihres Pensionslebens mehr neue Eindrücke gewonnen als in all den Jahren, die sie als Ministerialdirektorin in Berlin verbracht hatte, drängte es sie doch hinaus. Sie brauchte mehr Raum für sich, als sie in der Pension ›Violetta‹ beanspruchen konnte. Und so sehr sie die englische Musik-Enthusiastin und Fräulein von Schmettwitz, die Malerin, auch schätzte, so sehr sie deren Selbständigkeit bewunderte und den Elan, mit denen sie ihre Ziele verfolgten, so war es ihr doch lieber, sie im eigenen Heim zu empfangen, als mit ihnen zusammenzuleben. Im Oktober zog Effi in eine kleine Wohnung in der Königgrätzer Straße. Ihr neues Leben hatte begonnen. – Womöglich hätte sie sich einsam gefühlt ohne ihre neue Freundin, und das war keine andere als Marietta Trippelli. Marietta hatte Effi Karten zu ›Hoffmanns Erzählungen‹ geschenkt. Hinterher wurde mit viel Champagner gefeiert. Effi war fasziniert von der Ungezwungenheit, dem Esprit, dem Überschwang, der unter den Künstlern herrschte.

»Sie müssen nicht denken, das sei immer so, liebe Effi«, erklärte Marietta. »Diese Freiheit von Formen und Etikette hat durchaus ihre Nachteile. Sie sollten hier mal einen Streit erleben, aber eigentlich wünsche ich es Ihnen nicht. Ihre Illusionen vom Glück des Künstlertums gingen allzu jämmerlich zugrunde.«

Amüsiert konstatierte Marietta Effis Mischung aus Respekt vor der hehren Kunst und ihrer tatsächlichen Unkenntnis dessen, was die Größe eines Werks, das Bedeutende einer Inszenierung ausmachte. Effis fast entrüstete Reaktionen auf Mariettas lakonisch-respektlose Bemerkungen über Probenarbeit, die Leistungen der Kollegen, die »Menschlichkeiten« von Kapellmeistern, Dirigenten, Intendanten amüsierten Marietta immer wieder von neuem. Effi liebte es pompös, prunkvoll, pathetisch oder ein bißchen sentimental, und dafür war die Königliche Oper gerade recht, wo Seine Majestät höchstselbst sich nicht zu fein war, dem Direktor gelegentlich ins Handwerk zu pfuschen. Einige Jahre zuvor hatte Marietta sich überlegt, wieder nach Wien zu wechseln, hatte es aber, nach kurzer Bekanntschaft mit dem Mahlerschen Orchester- und Ensembledrill, vorgezogen, in Berlin zu bleiben. Und das war gut so, denn sonst wäre sie Effi nicht begegnet.

Der letzte Grund, der Effi davon abhielt, ganz zu Marietta zu ziehen, entfiel drei Jahre nach dem Beginn ihrer Liebe. Durch die Intervention einer Ministersgattin hatte Effi Innstettens Zustimmung zu einem Wiedersehen mit ihrer Tochter erwirkt. Effi begann, Hoffnungen zu hegen: zuerst auf die Begegnung selbst, dann auf deren möglichst häufige Wiederholung, dann darauf, daß Annie für immer zu ihr ziehen möge – alles, bevor sie Annie selbst gesehen hatte. Marietta verfolgte es mit gemischten Gefühlen. Natürlich wollte sie, daß Effi glücklich sei, und wenn dazu das Leben mit ihrer Tochter gehörte, dann wollte Marietta gern versuchen, diese Tochter liebzugewinnen. Allerdings konnte sie dann ihre Hoffnung aufgeben, jemals mit Effi zusammenzuleben.

Und dann war der große Tag der Begegnung da. Annie

kam, erzählte Effi unter Tränen, blieb nur kurz und verhielt sich die ganze Zeit über kalt, steif und ablehnend. Effi mußte Annie durch ihr Fortgehen, über dessen Grund Marietta so wenig erfuhr wie alle anderen, stärker verletzt haben, als sie wahrhaben wollte.

Das war letzten Herbst gewesen. Nun war es März geworden. Den Vorabend ihres Geburtstages verbrachte Effi allein in Mariettas Wohnung seitab von ›Unter den Linden‹. Marietta mochte das hektische Zentrum Berlins. Effi weniger, aber es hatte seine unbestreitbaren Vorzüge. Ebensowenig wie in der stillen, bescheidenen Königgrätzer Straße bestand hier, zwischen »Lauf-, Kauf- und Saufstraße«, wie die schnodderigen Berliner sagten, die Gefahr, Innstetten oder sonst jemandem aus ihrem früheren Leben zu begegnen. Und wenn, so konnte man im Getümmel leicht untertauchen.

Marietta würde kaum vor Mitternacht von der Oper zurück sein. Dort wurde die ›Fledermaus‹ gegeben mit Marietta in der Rolle des dekadenten Prinzen Orlowsky. Dann wollten sie Effis Geburtstag ›anfeiern‹. Effi sang leise vor sich hin, jetzt, da Marietta abwesend war, tat sie sich keinen Zwang an, denn in Gegenwart der Freundin genierte sie sich ihrer musikalischen Darbietungen. »Ich lade gern mir Gäste ein«, trällerte sie, obgleich sie das Fest in trauter Zweisamkeit begehen wollten. Marietta hatte Champagner kaltgestellt. Effi hatte vor einiger Zeit ihr Vergnügen am Kochen entdeckt und konnte ihm nun, da sie keine Beamtengattin mit ministerialen Ambitionen mehr war, *sans gêne* frönen. Vor allem exzellierte sie in kalter Küche.

»Wenn Mama mich so sehen könnte!« fuhr ihr plötzlich durch den Kopf, als sie in der viel zu großen Schürze von Frau Handtke, der Haushälterin, in der Küche stand und die *mousse froide à l'écrevisses* in die Krebsschalen verteilte.

Effi lächelte amüsiert. Es war das erste Mal seit vielen Jahren, daß ein Gedanke an ihre Mutter sie erheiterte. All die Jahre, so schien ihr, hatte sie doch nur Mama zu Willen gelebt, und anstatt es ihr zu danken, hatte Mama sie mit Geert verkuppelt. Wie es ihren Eltern wohl erging? Sie hatte Papa lange nicht mehr geschrieben, denn jeder Brief brachte unvermeidlich die Frage, warum sie Innstetten verlassen habe, da er sich doch keines Verschuldens bewußt sei, und die Bitte, doch wenigstens einer Unterredung mit ihm zuzustimmen. Wie immer schob sie den Gedanken an Geert schnell wieder von sich. Dieser Mann war ihr Vater, und wenn sie den Brief nicht gefunden hätte, würde sie noch heute Tisch und Bett mit ihm teilen. Effi schauderte. Sie litt unter dieser Bedrückung und unter der Trennung von Annie, und doch war sie, wenn sie es recht bedachte, nie in ihrem Leben froher und zufriedener gewesen als jetzt. »Nun fangen die schönen Tage ja erst an«, hatte vor Jahren eine Dame bedauernd gesagt, als Effi zur Kur in Bad Ems weilte und sich kurz vor der Ankunft des Kaisers von ihr verabschiedet hatte. Nein, angefangen hatten sie erst viel später, die schönen Tage.

Müde vom Feiern, vom Champagner und von der Liebe lagen die Freundinnen im Bett. Seit einigen Stunden war Effi neunundzwanzig Jahre alt und ein wenig beschwipst.

»Warum lieben nicht alle Frauen eine Frau?« meditierte sie schläfrig. »Es ist so viel schöner und viel moralischer.«

Marietta lachte. »Da wären manche Leute anderer Meinung.«

»Meine Eltern vielleicht. Ob ich es ihnen sage? Dann würde Papa aufhören, mir so drängende Briefe zu schreiben.«

»Er würde dir dann vielleicht überhaupt keine Briefe mehr schreiben. Womöglich wärst du dann für deine Eltern gestorben. Ich kenne nicht wenige Frauen, denen es so erging.«

»Liebste, warum bist du denn so ernst heute?«

»Weil ich etwas Ernstes mit dir besprechen muß. Ich stehe nämlich in Verhandlungen mit der Met über ein Engagement –«

»Mit der Metropolitan Opera!« rief Effi. »Die ist doch in New York.«

»So ist es, Liebste. Sie wollen mich, und ich will auch – und vor allem will ich nicht ohne dich in New York sein.«

Effi lachte. »Wo du hingehst, da will auch ich hingehen.«

»Nun mal im Ernst, Effi!« mahnte Marietta.

»Ganz im Ernst, Marietta. – Und nun erzähl mal!« befahl Effi.

»Also gut. Ich kenne den Direktor noch von meinen Gastspielen in Mailand her. ›Meine liebe Trippelli‹, sagte er immer, ›an die Scala möchten Sie nicht kommen, aber wir wollen doch sehen, ob Sie mir widerstehen können, wenn ich erst einmal Direktor der Met geworden bin.‹ – ›Aber nur wenn ich dasselbe kriege wie Caruso, keinen Cent weniger‹, sagte ich dann immer. Das war so ein Scherz zwischen uns. Und jetzt ist es Ernst geworden. Ganz so viel wie Caruso ist es natürlich nicht, was ich bekomme, aber offensichtlich gehöre ich noch nicht zum alten Eisen«, erklärte Marietta mit Genugtuung. »Jedenfalls ist das Angebot so verlockend, daß ich dafür glatt kontraktbrüchig werden könnte. Ich soll nämlich schon nächste Saison beginnen. Und für die Überfahrt nehmen wir einen neuen Luxusdampfer, ein schwimmendes Hotel mit allen Schikanen und einem bombastischen Namen, ›Gigantic‹, ›Titanic‹ oder so ähnlich. Und es soll unsinkbar sein. Steht jetzt in allen Zeitungen. Allerdings können wir uns nur die zweite Klasse leisten, für die erste müßten wir Millionärinnen sein. Das Schiff legt am 10. in Southampton ab. Und vorher fahren wir nach London, Kleider kaufen.«

# EFFI, KOMM!

# Erstes Kapitel

Artigsein lohnt sich nicht. Zu dieser Erkenntnis kam ich mit zehn Jahren. Meine Mutter war – damals war ich acht – von einem Tag auf den anderen verschwunden. Plötzlich war sie fort, und niemand wollte mir sagen, wo. Viel, viel später hieß es eines Tages, ich dürfe Mama besuchen. Oh, ich wollte artig sein wie noch nie, ein wahres Musterkind wollte ich werden, damit die Mama nur ja zurückkäme, denn ziemlich oft hatte sie sich ja über mein wildes Gebaren beklagt. Ich zog also freiwillig mein kratziges Bleyle-Kleid mit dem Matrosenkragen an, weil ich darin am bravsten aussah. Johanna brachte mich hin, wollte aber nicht mitgehen, sondern draußen auf mich warten. Wäre statt ihrer meine Kinderfrau Roswitha mitgegangen, wäre vielleicht alles anders gekommen.

Aber Roswitha lebte zu dieser Zeit schon bei ihrer Familie. Ich verbrachte als Kind die meiste Zeit bei Johanna und Roswitha in der Küche, so auch an dem Tag, als ein junger Mann sich nach Frau Roswitha Gellenhagen erkundigte. Das verwirrte mich nicht wenig, denn ich hatte Roswitha immer für ledig gehalten. Ja, und natürlich hatte der junge Mann, der wie ein Handwerker aussah, eigentlich nichts in unserer Küche zu suchen, denn wie in jedem Haushalt war es den Dienstboten verboten, ihren Verehrer oder Bräutigam in der Küche zu empfangen, was die meisten natürlich nicht davon abhielt, es trotzdem zu tun. Vorsichtshalber versteckte ich mich in der Speisekammer, damit Johanna mit ihrem Sinn fürs Schickliche mich nicht aus der Küche verbannen würde, jetzt, wo es interessant wurde. Und dann stellte sich heraus, daß der junge Mann – er hieß Adam Gellenhagen – Roswithas Sohn war.

»Da bin ich nun die ganze Zeit Mutter gewesen und hab' es nicht gewußt«, weinte Roswitha. »Hab' in meiner Verzweiflung weit fort von zu Hause einen Dienst als Amme angenommen, hab' fremde Kinder genährt, bis ich krank wurde und mir die Milch wegblieb. Ach, und ich habe die ganze Zeit gedacht, du bist tot!«

»Warum hast du's ihnen denn so unbesehen geglaubt? Haben sie dir eine Leiche gezeigt? Ein Grab? – Nein! Du hättest es ihnen doch nicht glauben müssen.«

»Ach, Kind«, sagte Roswitha zu dem Mann, der größer und stärker war als sie selbst, »ach, Kind, ich konnte ja gar nichts anderes glauben, als daß Gott dich mir fortnahm, zur Strafe für meine Sünde.«

Roswitha, so erfuhr ich jetzt, hatte als junges Mädchen ein ›Verhältnis‹ gehabt, und das war eine Sünde gewesen, und ihr Vater hatte sie geschlagen und mit einer schweren Eisenstange bedroht, und das war keine Sünde gewesen, und Roswitha hatte ein Kind zur Welt gebracht, und das war eine Sünde gewesen, und ihre Eltern hatten sie angelogen, es sei gleich nach der Nottaufe gestorben. Tatsächlich aber war das Kind bei Roswithas Bruder und dessen Frau aufgewachsen, die selbst keine Kinder hatten.

»Meine Mutter, also eigentlich meine Tante, hat es mir auf dem Sterbebett gesagt. Und da bin ich dich suchen gegangen, und wenn du willst, kommst du mit mir nach Hause. Ich bin Schlosser, bald sogar Meister, und habe ein gutes Auskommen.« So kam es, daß Roswitha in ihre Heimat ins Thüringische zurückkehrte und nicht mehr bei uns war, als ich Mama besuchen durfte.

Erst einmal wunderte ich mich, wie Mama wohnte. Statt

hoher, heller, schöner Räume wie zu Hause in der Keithstraße gab es in Mamas Wohnung in der Königgrätzer Straße ein dunkles Entrée, wo ich meinen Mantel ordentlich aufhängte, und einen kleinen, engen Salon. Mama lächelte liebevoll und traurig zugleich. Also mußte sie mich doch liebhaben? Anstatt mich ihr aber, wie mir zumute war, in die Arme zu werfen, knickste ich und wünschte ihr mit ausgesuchter Höflichkeit einen guten Tag. Ich redete nur, wenn ich gefragt wurde, ganz wie ein artiges Kind, und sagte gehorsam zu allem »oh, ja« und »gewiß, wenn ich darf«. Nach einer Weile schaute meine Mama aus dem Fenster. »Da unten steht Johanna. Sie hat dich wohl hergebracht und will dich wieder mitnehmen. Laß sie nicht warten, mein Kind.« Das war nun der Besuch, von dem ich mir so viel erhofft hatte. Mama kam nicht zurück, und ich hatte ihr noch nicht einmal einen Kuß gegeben.

Damals hatte ich eine Lehrerin, Fräulein Möhring. Sie unterrichtete langweilige Fächer wie Rechnen und Algebra und war eine nüchterne Person. Aber sie besaß einen klaren Blick, ein warmes Herz und den Mut einzugreifen, wo es vonnöten war. Nachdem sie bemerkt hatte, daß meine Schulleistungen schwer nachließen, kam es zu einigen langen Gesprächen, in denen sie mir begreiflich zu machen verstand, daß Gehen oder Bleiben oft nicht in der Macht der Menschen lagen und daß meine Mama mich gewiß auch aus der Ferne liebhabe.

Dann hieß es, Mama sei gestorben. Und Papa wurde Minister.

Als der Krieg ausbrach, war ich dreizehn. Eine Kriegserklärung folgte auf die andere, ganz wie bei einer Reihe umkippender Dominosteine. Plötzlich lagen wir mit der ganzen Welt in Fehde. »Viel Feind', viel Ehr'!« sagte mein

Onkel Dagobert, der zu seinem großen Kummer nicht ins Feld ziehen durfte, sondern in Berlin beim Generalstab seine Pflicht für Volk und Vaterland erfüllen mußte. Natürlich beseelte auch mich patriotische Begeisterung und das Bestreben, dem Feind aufs Haupt zu schlagen. Es war ein herrlicher Sommer, wir wanden Kränze für die Gewehre der ausrückenden Soldaten. Später, als unser patriotischer Eifer in nüchternere Bahnen wie Sockenstricken, Scharpiezupfen und Verbändewickeln gelenkt wurde, fanden wir den Krieg ziemlich langweilig. Außer natürlich, wenn wir von einer Mitschülerin erfuhren, daß der Bräutigam einer älteren Schwester oder ein Bruder gefallen waren. Das war die traurige Seite des Krieges, die schließlich überhandnahm.

Der Kohlrübenwinter blieb mir erspart. Als 1916 Butter, Zucker und schließlich sogar Fleisch rationiert wurden, meinte Papa, die Hauptstadt sei kein Ort mehr für ein junges Mädchen, das im Wachstum stehe. Schwarzmarktkäufe, wie Johanna einmal vorsichtig anzudeuten gewagt hatte, kamen für Papa natürlich nicht in Frage. Also schickte er mich zu den Großeltern nach Hohen-Cremmen. Zusammen mit einer Hauslehrerin, die eigens engagiert wurde, damit ich nicht auf dumme Gedanken käme. Da hatte Papa nun freilich aufs falsche Pferd gesetzt, wie Dagobert gesagt haben würde, denn ich setzte mir in den Kopf, die Reifeprüfung als Externe abzulegen, um Jus zu studieren wie Papa, was dieser ganz entschieden für einen dummen Gedanken hielt. Auch Großmama erregte sich: »Was fällt dir nur ein, mein Kind! Hat man je davon gehört, daß eine Dame auf die Universität will! Die Rechte studieren! Ja, was willst du denn werden? Richterin etwa? Wer hätte denn vor einer Frau auf dem Richterstuhl Respekt?!«

Ich erklärte Großmama, wenn auch der Staat noch

keine Frau zur Richterin berufe oder als Rechtsanwältin zulasse, so könne sich das doch bald ändern, und es werde auch höchste Zeit, da doch alles Recht von Männern gemacht und gesprochen werde und vieles zum Nachteil der Frauen. »Denk daran, wie es Mama ergangen ist«, redete ich ihr zu, denn ich hatte Großmutter keine Ruhe gelassen, bis sie mir irgendwann erzählt hatte, was aus Mama geworden war und wie sie gestorben sei. Mama habe, noch in Kessin, als ich ein ganz kleines Kind war, eine Affaire mit einem Major Crampas gehabt. Durch Zufall habe Papa dessen Briefe an Mama entdeckt. So sei alles aufgekommen, und als Mann von Ehre habe er sich natürlich mit dem Major duellieren und von Mama scheiden lassen müssen. Großmama hatte mir eine rührende Geschichte erzählt von Mamas letzten Lebenstagen in Hohen-Cremmen. Wie sie Papa verzieh, daß er sie verstoßen hatte, und wie Roswitha an Papa geschrieben habe, er solle ihr Rollo, unseren alten Hund, schicken, und wie Mama dann friedlich gestorben war.

»Aber Roswitha ist doch zu ihrer Familie zurückgegangen«, wandte ich ein.

»Ach, weißt du, Annie, das hat man dir damals gesagt, weil du noch gar so jung warst. Wir wollten dir damals nicht von deiner Mutter sprechen, um dich nicht aufzuregen.« Was Großmutter aber nicht wußte, war, daß ich Roswithas Sohn selbst gesehen und die ganze Szene miterlebt hatte, und daß ich Mama wenig später noch besucht hatte, daran dachte sie auch nicht. Plötzlich sah ich Adam Gellenhagen vor mir, wie er zu Roswitha sagte: »Warum hast du's ihnen denn geglaubt? Du hättest es ihnen doch nicht glauben müssen.« Vielleicht sollte *ich* das auch nicht, hatte ich damals gedacht. Vielleicht lebte Mama in Wirklichkeit ja noch. Aber es gab ein Grab oder doch wenigstens einen Gedenkstein. In einem Rondell im Park von Hohen-Cremmen, eine Platte aus weißem Marmor. »Effi Briest« stand darauf.

»Denk daran, wie es Mama ergangen ist«, sagte ich jetzt zu Großmama. »Das war doch nicht gerecht! Denn siehst du, Großmama, wenn nun nicht die Mama, sondern Papa eine heimliche Affaire gehabt und Mama davon erfahren hätte: Was hätte sie tun können? Sie hätte geweint, ihm vielleicht Vorhaltungen gemacht und ihm schließlich verziehen. Niemand hätte davon erfahren, alles wäre weitergegangen wie bisher. *Er* hätte nicht daran sterben müssen.«

»Wie du redest, Kind! Woher weißt du von solchen Dingen! Und als ob dein Vater eine Affaire haben würde! Daß dir so etwas auch nur in den Sinn kommt! Und willst du denn Männer und Frauen mit demselben Maß messen?«

Bei Großmama waren solche Debatten verlorene Liebesmüh, aber Reifeprüfung und Studienpläne waren es auch, so schien mir, denn nun, nach Kriegsende, war Revolution in Berlin. Spartakisten und Freikorps lieferten sich Gefechte auf den Straßen, dauernd wurde gestreikt; die Verhältnisse seien höchst instabil, schrieb Papa und verlangte von mir, weiter in Hohen-Cremmen zu bleiben.

Papa selbst hatte am Tag der Abdankung des Kaisers seine Entlassung eingereicht. »Meine Treue zu Seiner Majestät läßt sich nicht mit dem Dienst unter diesem Insurgentenregime vereinbaren. Mag unser Vaterland auch von seinen Feinden überwältigt sein und schmählich am Boden liegen, so haben wir als Preußen und Deutsche doch noch unsere Ehre«, schrieb er nach Hohen-Cremmen. Papa weigerte sich auch, die ihm zustehende Pension anzunehmen. Was allerdings bei der Inflation ohnehin nicht ins Gewicht fiel, denn ohne die Lebensmittelpakete aus Hohen-Cremmen oder seinen Besitzungen in Hinterpommern hätte Papa trotz Pension Hunger gelitten. Während seines selbstauferlegten Ruhestands war Papa keineswegs untätig. Er verfaßte Memoranden gegen die Unrechtsregierung und saß mit Freunden und Gesinnungsgenossen hinter verschlossenen Türen. Und ich saß in Hohen-Cremmen. Da es mit dem Studium vorerst ohnehin nichts wurde, konnte ich genausogut dort bleiben wie in Berlin. Damit mir die Zeit nicht lang wurde, ließ ich mich vom Verwalter, gewissermaßen als Elevin, in die Geheimnisse der Gutswirtschaft einweisen, womit ich nebenbei meinem Großvater eine gewaltige Freude bereitete.

## Zweites Kapitel

Im Juli 1922 wurde ich volljährig. Den Sommer, einschließlich der Ernte, verbrachte ich noch in Hohen-Cremmen. Dann fuhr ich nach Berlin. In Hohen-Cremmen stand eine Renovierung an, aber die würde auch ohne mich vonstatten gehen. Im Dachgebälk des Herrenhauses saß der Holzbock. Die Balken müßten erneuert werden. Dabei war es immer noch schwierig, geeignetes Material zu bekommen, der Krieg hatte so viele Ressourcen aufgezehrt. Aber Großvater würde die Sache schon in den Griff kriegen, auch ohne mich.

Berlin war nicht mehr dieselbe Stadt, die ich verlassen hatte. Die Atmosphäre war anders, als ich es kannte, nervöser, hektischer, betriebsamer. Und die Damen trugen Röcke und Haare ziemlich kurz. Vom Friedrichstraßenbahnhof mußte ich nun nicht nach Tiergarten fahren, sondern nach Dahlem. Denn unser ruhig-vornehmes Quartier hatte sich seit Kriegsende nach und nach in ein Vergnügungsviertel verwandelt. Nicht, daß es mich gestört hätte, aber Papa, der war vor kurzem ins verschlafene Dahlem umgezogen, wo er eine Villenetage gemietet hatte.

Noch ehe ich mich in mein unbekanntes Zuhause begab, ließ ich mir einen Bubikopf schneiden. Papas Wiedersehensfreude, hoffte ich, würde sein Entsetzen über meine abgeschnittenen Haare besiegen. Johanna öffnete mir die Tür – und schlug sie gleich wieder zu. Erst auf meinen Empörungsruf hin ließ sie mich dann doch in die Wohnung.

»Gott bewahre, Anniechen, was hast du mich erschreckt! Fräulein Anna, sollte ich wohl sagen. Ich glaubte eben, als ich Sie mit Ihrer neumodischen Frisur dastehen sah, unser Chinese habe den Weg nach Berlin gefunden und stünde leibhaftig vor unserer Tür – nach so vielen Jahren«, japste Johanna kreidebleich und erzählte mir eine sonderbare Geschichte. Demnach sollte in meinem Geburtshaus in Kessin ein Chinese gespukt haben, der unter merkwürdigen und traurigen Umständen ums Leben gekommen sei. Dann schleppte sie mich in die Küche und bestand darauf, mir das Bild eines Chinesen, das sie in ihrem Portemonnaie trug, zu zeigen.

Mit meinem dunklen Haar, den langgeschnittenen Augen, hohen Wangenknochen und der neuen Frisur konnte man mir mit etwas Phantasie wohl ein chinesisches Aussehen zuschreiben, allerdings glaube ich, daß ich meine Gesichtszüge von einer wendischen Ahnfrau geerbt habe. Papa meint, sich aus seiner Kindheit an eine junge, sehr anziehende Tante erinnern zu können, mit der ich eine gewisse Ähnlichkeit hätte.

Bald nach meiner Heimkehr bat mich Papa in sein Arbeitszimmer. Endlich, dachte ich, der Gute hat sich einen Ruck gegeben, seine Bedenken überwunden und mir die Zulassung zum Jurastudium erwirkt.

»Meine liebe, kleine Tochter«, sprach er gerührt, »ich habe dir etwas Ernstes, jedoch sehr Erfreuliches mitzuteilen, was Deiner Zukunft eine glückliche Wendung gibt.«

Lieber Gott, so feierlich muß er es nun auch nicht machen, schließlich gehe ich doch nur an die Universität, dachte ich mir.

»Meine liebe Annie, Dagobert hat mich gestern um deine Hand gebeten. Mir wäre sehr lieb, wenn du dich verheiraten würdest, vor allem mit einem so würdigen Manne wie ihm, der dich in diesen unruhigen Zeiten besser beschützen kann als dein alter Vater. Bei ihm wärst du in guten Händen. Du würdest damit ganz gewiß auch im Sinne deiner Mutter handeln, die immer ein *faible* für ihren Cousin hatte.«

Nie hatte Papa in den vergangenen zehn Jahren Mama auch nur erwähnt. Er war immer so gewesen, als sei sie nicht nur tot, sondern habe überhaupt nicht existiert. Und nun, da er mich mit Dagobert verkuppeln wollte, kam ihm ihr Andenken gelegen, um ihm Schützenhilfe zu leisten. Nichts gegen Dagobert. Er war immer mein Lieblingsonkel gewesen, wenn ich ihm auch den Onkel-Titel von jeher verweigert hatte, weil er mehr von einem Courmacher als von einem Onkel hatte, aber ihn heiraten ... Natürlich wollte ich Dagobert nicht heiraten. Ich war so fassungslos, daß ich gar nichts sagen konnte.

Mein Herz krampfte sich zusammen, als ob es mir mit Eisenbändern zugeschnürt würde. Noch nie im Leben hatte ich solch einen grausamen Schmerz empfunden. In meinem Kopf verbreitete sich roter Nebel, und als er sich wieder lichtete, sah ich Großvater Briest vor mir. Das muß ein Traum sein, sagte ich mir. Großpapa rang nach Luft. Er wollte etwas sagen. Sehr dringend. Mir. »Heirate nicht«, stieß er mühevoll hervor, »nicht ... nicht Dagobert.« Dann erwachte ich. Mein Herz schlug wild, sonst war alles in Ordnung, und am Morgen hatte ich den nächtlichen Zwischenfall schon fast vergessen. Dann aber kam ein Anruf aus Hohen-Cremmen, von Großmama persönlich, die es sonst unter ihrer Würde fand, ein Telefon zu bedienen. Großpapa war ganz plötzlich einer Herzattacke erlegen.

Dagobert und sein Heiratsantrag wurden auf die Zeit nach der Beerdigung vertagt, und auf der Fahrt nach Hohen-Cremmen erklärte ich Papa, daß ich Onkel Dagobert nicht heiraten würde.

»Es muß einmal Schluß sein mit dieser entsagungsvollen Familientradition. Sieh, Papa, Großmama liebte dich und hat Großvater Briest geheiratet, Mama liebte Onkel Dagobert und hat dich geheiratet. Ich möchte nicht den Mann heiraten, den meine Mutter liebte, sondern den, den ich selber liebe!« Papa, der immer ein nachsichtiger, verständnisvoller Vater gewesen war, seufzte und erkundigte sich nach jenem Glücklichen, von dessen Existenz er bisher nichts gewußt habe.

»Den gibt es auch noch gar nicht, Papa, aber wenn es soweit ist, will ich nicht an einen anderen gebunden sein.« Papa seufzte wieder, beharrte aber nicht auf der Verbindung.

Dagobert war der Beerdigung aus Zartgefühl ferngeblieben, aber natürlich war die »Verlobung« in aller Munde und Hauptgesprächsthema beim Empfang, den Großmama nach der Beerdigung gab. Papa hätte wirklich meine Zustimmung abwarten können, ehe er die »glückliche Nachricht« nach Hohen-Cremmen telegraphierte.

Um Großtante Melanie für den nicht stattgefundenen Besuch ihres Sohnes ein wenig zu entschädigen, beschloß ich, ihr eine Visite zu machen. Obwohl sie nicht an der Trauerfeierlichkeit teilgenommen hatte, hatte sie gewiß schon von der »Verlobung« gehört. Vermutlich hatte Dagobert ihr ja von seinen Plänen geschrieben, ehe er bei Papa um mich anhielt. Nun mußte ich ihr also verständlich machen, warum ich ihren Sohn »verschmähte«. Aber Tante Melanie, der nicht ganz zu Unrecht der Ruf einer etwas exzentrischen alten Dame anhing, hatte gar kein Ohr dafür.

»Nun hat sie den armen Wilhelm endlich auch unter die Erde gebracht, diese Schlange! Schon zu Effis Jugendzeit hat sie ihn gequält. Dagobert und Effi! Effi und

Dagobert! Und wenn Briest dagegen redete, tat sie's als Kinderei der beiden ab. Meinen Dagobert hat sie mir abspenstig machen wollen! Wer ist denn seine Mutter: sie oder ich?«

Ich erinnerte mich wohl, daß Großmama bisweilen von Großpapas Verwandtschaftsmarotte gesprochen hatte, wenn es um Mama und Onkel Dagobert ging. Aber nun auch Tante Melanie?

»Hör doch, Tante Melanie, so schlimm wär' es doch nun wirklich nicht gewesen, wenn die beiden ein Paar geworden wären. Die Mütter von Kaiserin Elisabeth und Kaiser Franz Joseph waren doch auch Schwestern.«

»Ach, Kind, was verstehst du denn davon. Laß dir gesagt sein: Heirate, wen du willst, aber nicht Dagobert.«

Hat sich je eine liebende Mutter so wenig für die Belange ihres Sohnes eingesetzt? Und dann diese Bemerkung über Großpapa, den Großmama unter die Erde – »*auch* unter die Erde« – gebracht haben sollte. Glaubte Tante Melanie etwa, die falsche Verlobungsnachricht sei die Ursache für Großpapas Tod gewesen, fuhr es mir auf dem Rückweg durch den Kopf. Und warum dieser furchtbare Traum, in dem Großpapa mich warnte, Dagobert zu heiraten?

Tante Melanie hatte geredet, als ob sie etwas enthüllen und gleichzeitig verbergen wolle. Wieso waren Tante Melanie und Großpapa denn so sehr gegen eine Heirat zwischen Mama und Dagobert eingenommen gewesen? Und warum sollte er auch mich nicht kriegen? »Wer ist denn seine Mutter: sie oder ich?« hatte Tante Melanie gesagt, als ob es Dagoberts wegen eine Rivalität zwischen ihr und Großmama gäbe. Was stimmte nicht mit Dagobert? Was stimmte nicht in dieser Familie?

Plötzlich fiel mir Adam Gellenhagen ein, der von einer Frau aufgezogen worden war, die er für seine Mutter gehalten hätte, wenn sie ihm nicht vor ihrem Tod die Wahrheit gesagt hätte. Ob Großpapa in meinem Traum wohl auch versucht hatte, mir eine »Wahrheit« zu eröffnen? Angenommen, auch Dagobert wäre von einer Frau aufgezogen worden, die nicht seine Mutter war? Von Tante Melanie statt von Großmama Briest? Ein erschreckender Gedanke! Aber angenommen, es wäre so: Dann wären Mama und Onkel Dagobert Halbgeschwister. Großmama, Tante Melanie und wahrscheinlich auch Großpapa Briest hätten das gewußt. Und Onkel Detlev, Tante Melanies Mann: was wüßte der, wenn er noch lebte? Aber er war ja schon vor Dagoberts Geburt gestorben.

Wäre es nicht möglich gewesen, daß Großmama, damals eine ganz junge, unverheiratete Frau, das Kind zur Welt gebracht und die beiden Frauen es für Melanies Sohn ausgegeben hätten? Aber wer wäre dann sein Vater? Doch kein anderer als *mein* Vater! Denn in der Zeit vor Großmamas Verlobung mit Großpapa hatte sie einen Verehrer gehabt – Geert von Innstetten, Papa! Wenn also Dagobert der Sohn von Großmama Briest und Papa wäre, dann wären ich selbst und Dagobert ebenfalls Halbgeschwister: Wir hätten denselben Vater, so wie Dagobert und Mama dieselbe Mutter hätten. Das würde Großpapas »Verwandtschafts-Marotte« freilich erklären.

Und Papa, der sich immer einen Sohn gewünscht hatte und traurig war, daß er ihm versagt blieb, hätte einen Stammhalter von über Vierzig und wüßte es nicht – und hätte ihn fast mit seiner Tochter verheiratet! Natürlich hatte Papa keine Ahnung. Hieß es nicht: »Pater semper incertus«? Ich habe es einmal bei einer Unterhaltung zwischen Papa und Geheimrat von Wüllersdorf aufgeschnappt. Als ich Papa fragte, was es heiße, hatte

Papa sehr streng gesagt, daß diese Frage für ein Mädchen gänzlich unpassend sei. Also habe ich's nachgeschlagen: Ein Mann kann sich seiner Vaterschaft nie vollkommen sicher sein. Neugierig geworden, ging ich sodann daran, das Rätsel der menschlichen Fortpflanzung zu lösen. Meine Erkenntnisse behielt ich für mich. Hätte ich sie meinen Mitschülerinnen berichtet, wäre manche bestimmt in Ohnmacht gefallen und ich ohne Gnade relegiert worden.

# Drittes Kapitel

Dagobert hatte kein Glück mit unserer Familie. Gott sei Dank trug er die »Zurückweisung« mit Fassung. Gut, er hatte Mama geliebt und, nachdem er mich nach diesen Jahren wiedersah, in denen ich mich vom Backfisch in eine Frau verwandelt hatte, eine Anwandlung von Verliebtheit verspürt, aber die alten Zeiten waren vorbei, und wahrscheinlich hatte Dagobert nicht lange gebraucht, um einzusehen, wie wenig ich mit ihr gemeinsam hatte. Mama war zwar charmant und lebhaft, aber doch lenkbar gewesen – erst von Großmama, dann von Papa –, mir dagegen fehlte diese Qualität, wenn man es denn so nennen will. Ich hatte, nach Mamas Verschwinden, gewissermaßen selber für mich sorgen müssen und hatte gelernt, wie ich etwas bekam, wenn ich es wollte. Für die Dauer eines ganzen Lebens mochte das Dagobert denn doch zu anstrengend erschienen sein. Blieb die Frage: Wessen Sohn war Dagobert?

Von Großmama durfte ich keine Aufschlüsse erwarten, auch von Tante Melanie nicht, nachdem die Gefahr der Heirat mit Dagobert gebannt war. Und Großpapa war tot. Wenn es ein Geheimnis um Dagoberts Geburt gab, dann lagen die Ereignisse über vierzig Jahre zurück – ein ganzes Menschenalter lang bestens verborgen. Ich kannte Großmama: Wenn sie etwas zu vertuschen hätte, wenn es einen dunklen Punkt in ihrem Leben gäbe, dann hätte sie das aufs diskreteste erledigt. Andererseits: Die Anzeichen einer Schwangerschaft lassen sich mit aller Raffinesse nicht vollständig verbergen. Zumindest nicht vor einer Kammerjungfer.

Meine einzige Chance bestand darin, Großmamas damalige Zofe ausfindig zu machen. Mein Versuch, ihr den Namen durch unschuldige Fragen über »Früher« zu entlocken, scheiterte kläglich. »Liebes Kind, glaubst du im Ernst, ich erinnerte mich meiner Zofen?« hielt sie mir entgegen.

Ein Ausflug nach Schwantikow, das von einem Cousin der Großmama bewohnt und bewirtschaftet wurde, brachte mich weiter. Dort verzehrte Urgroßvater Bellings Majordomus Hoppendippel, der seinen Brotherrn lange überlebt hatte, seine Rente. Und nach Art alter Leute erinnerte er sich an die Zeit vor Jahrzehnten besser als an die jüngstvergangene. Ja, Fräulein Luise war eine wunderschöne junge Dame gewesen, alle Rathenower Husaren hätten ihr zu Füßen gelegen, aber geheiratet habe sie dann doch, zur Überraschung aller, den Herrn Baron von Briest. Ob er sie nicht vermißt habe nach ihrer Heirat, fragte ich scheinheilig. Man habe, erklärte Hoppendippel, das Fräulein durchaus schon vorher vermißt. Denn vor ihrer Heirat sei Fräulein Luise mit ihrer Schwester lange Zeit, »wohl ein Jahr lang«, in Frankreich gewesen. Ob die Zofen der beiden nicht von allen um eine solche Reise beneidet worden seien? Seien sie nicht, verriet Hoppendippel, denn die Damen hätten keinerlei Begleitung mitgenommen. Fräulein Luises Kammerjungfer, Thekla, aus Schwantikow gebürtig, habe damals den Heimatort verlassen und nach Neuruppin wechseln müssen. Später habe sie einen Hufschmied aus Gransee geheiratet. »Ja, ja, eine propere Person, die Thekla.«

Von einer properen Person hatte die verwitwete Hufschmiedsgattin Thekla Klepper nicht mehr viel aufzuweisen. Eingefallenes Gesicht, ausgefallene Zähne, verkniffener Mund, spärliches, straff nach hinten gekämmtes graues Haar, verbitterter Ausdruck – das war

Großmamas einstige Kammerjungfer, und auf ihre ehemalige Herrin war sie sehr, sehr schlecht zu sprechen. Die Reise der Gnädigen habe sie, Thekla, nicht nur ihre Stellung, sondern auch ihr Lebensglück gekostet. Hätte sie das Fräulein begleiten dürfen, so hätte sie nicht »in der Fremde« in den Dienst gehen müssen, hätte dort nicht den vermaledeiten Klepper kennengelernt und ihn – zu ihrem Unglück – zum Manne genommen. Kinder habe er ihr keine machen können, aber den ganzen Verdienst habe er vertrunken und beim Kartenspiel verschleudert, wenig genug sei es ja gewesen, vor allem, nachdem ihm die verstunkenen Automobile mehr und mehr Arbeit weggenommen hätten. Ein böser Seitenblick auf das Hohen-Cremmener Gefährt, mit dem ich hergekommen war, begleitete ihre Rede.

Und ihrer Nachfolgerin hatte der Dienst beim gnädigen Fräulein von Belling auch kein Glück gebracht. Die habe sie dann zwar auf ihre Hochzeitsreise begleiten dürfen, sei aber nicht mehr zurückgekommen. Verschwunden in Konstantinopel, hieß es, und kein Mensch habe jemals wieder etwas von ihr gehört. Nein, mehr wisse sie nicht. Verschwunden sei Lene Fegeisen und niemand wisse, was aus ihr geworden sei. Und wie sie, Thekla Klepper, denn überhaupt dazu komme, mir, Luises Enkelin, gefällig zu sein und mich mit alten Geschichten zu unterhalten! Was blieb mir also übrig, als mich in mein verstunkenes Automobil zu setzen und den Rückzug anzutreten, wenn ich die Alte nicht vollends gegen mich aufbringen wollte.

Das rätselhafte Verschwinden der Frau machte mich neugierig. Im Archiv von Hohen-Cremmen fand ich die alten Lohnbücher. Magdalene Fegeisen war bald nach der Verehelichung meiner Großmutter eingestellt worden, hatte die Jungvermählten dann auf einer etwas verspäteten Hochzeitsreise begleitet und war, nachdem sie meiner Großmutter ungefähr ein Jahr lang gedient hatte, »wegen Unbotmäßigkeit« entlassen worden. Ich dankte dem lieben Gott für die Pedanterie des Inspektors, über die ich früher nicht wenig gestöhnt hatte, denn nur ihr hatte ich es zu danken, daß nicht nur die gegenwärtigen, sondern alle vorhandenen Unterlagen peinlich genau sortiert und geordnet waren. So fand ich die Briefe, die ich suchte, ganz leicht. Der erste war an Baronin Luise von Briest gerichtet, der zweite an Herrn von Briest, demütig im Ton, aber eindringlich in seinem Anliegen, unterzeichnet von Klara Fegeisen, Magdalenes Mutter. Ihre Tochter lasse nichts mehr von sich hören. Seit Konstantinopel sei kein Brief mehr von ihr gekommen, schrieb sie. Die Mutter machte sich große Sorgen, bat um Nachricht, ob die Tochter vielleicht krank sei, »in welchem Falle mein Sohn sie nach Hause holen will«. Im dritten Brief dominierte Verwunderung über Lenes »Unbotmäßigkeit«, die zu ihrer Entlassung geführt habe, und zwischen den Zeilen Bestürzung darüber, daß die Herrschaft eine junge Frau unbeschützt in der Fremde zurückgelassen hatte. Alle Briefe kamen aus einem Dorf in Mecklenburg.

Wieder in Berlin, mußte ich daran gehen, mir die Mittel für meine Forschungsreise in die Familienvergangenheit zu beschaffen. Ich beschloß, eine Goldkette meiner Mutter zu versilbern. Zwar gehörte sie mir nicht, aber spätestens zu meiner Hochzeit würde ich – als einzige Tochter – sie sowieso bekommen. Außerdem handelte ich im Dienste der Wahrheit. Also konnte mein Diebstahl moralisch nicht allzu verwerflich sein, sagte ich mir. Ich wandte mich an Helene, meine Freundin aus Schul- und Wandervogeltagen. Ihr Bruder Petzi hatte nach der

Rückkehr aus dem Krieg im bürgerlichen Leben nicht mehr recht Fuß fassen können. Er war jetzt Eintänzer im Hotel Adlon, kannte eine Menge Schieber und Schwarzhändler und hielt sich – und den Rest der Familie – mit zweifelhaften Geschäften über Wasser. Er vermittelte mir einen Käufer für Mamas Kette und genügend Dollars für Unterkunft, Treibstoff und was sonst an Kosten anfallen mochte. Einige der grünen Scheine waren dabei sicher an Petzis wohlgeformten, gepflegten Pfoten hängengeblieben, aber sei's drum, denn als Dreingabe lieh er mir sein Auto, einen kleinen, schnellen Flitzer.

Das Haus der Familie Fegeisen war klein, aber mit einem wohlbestückten Bauerngarten versehen. Noch ehe ich die Haustür erreicht hatte, war das Automobil von bewundernden Dorfkindern umringt, die dergleichen nicht alle Tage sahen. »Ist es meine Lene? Lene, bist du gekommen? Lene, bist du es?« tönte es von drinnen. Die dünne, sehnsüchtige Altfrauenstimme gehörte wohl Magdalene Fegeisens Mutter. Geöffnet wurde die Tür von einer Frau, die jünger sein mußte als die Stimme. Ich erklärte, ich sei gekommen, um nach Magdalenes Verbleib zu forschen, daß ich nach dem eben Gehörten aber annähme, Lene sei hier nicht anzutreffen. Die Frau nahm mich am Arm und zog mich mit sanfter Gewalt nach draußen, wo wir uns auf der Bank vor dem Haus niederließen. »Hier können wir sprechen, aber leise. Wenn meine Mutter Lenes Namen hört, wird sie ganz rapplig und schläft die ganze Nacht nicht und quält sich. Sie hat's am Herzen und muß geschont werden. Meine Schwester ist vor vielen Jahren gestorben. Nur Mutter will es nicht glauben.«

Von der Frau, die Lenes Schwester war, erfuhr ich, daß Lene eine fleißige und gewissenhafte Briefschreiberin gewesen war. Was sie sich an »Unbotmäßigkeit« erlaubt haben sollte, konnte sich aus ihrer Familie keiner denken, Lene war immer so mustergültig gewesen. Lenes letzte Briefe aus Konstantinopel hätten allerdings sehr unzufrieden geklungen. Sie war wohl mit ihrer Herrin nicht mehr gut zurechtgekommen und hatte gemeint, sie werde sich nach der Rückkehr eine andere Stellung suchen. Dann waren keine Briefe mehr gekommen – und Lene auch nicht. Mein Großvater hatte Mutter Fegeisen damals versprochen, bei der Botschaft in Konstantinopel Nachforschungen anstellen zu lassen. Als aber kein Bescheid von ihm kam, war Lenes Bruder schließlich nach Hohen-Cremmen gefahren. Er hatte den Herrn Baron nicht angetroffen, wohl aber die Frau Baronin. Sie sei sehr freundlich und ganz unglücklich gewesen, hätte sich entschuldigt und erklärt, sie habe wegen der traurigen Nachricht mit der Antwort gezögert. Magdalene, so habe sie inzwischen erfahren, sei in Konstantinopel an Typhus gestorben, und wenn sie das geahnt hätte, so hätte sie Lene selbstverständlich erst in Hohen-Cremmen entlassen.

Ich bat darum, die Todesnachricht sehen zu dürfen, aber die Familie besaß das Schreiben der Botschaft gar nicht, hatte es auch nie gesehen. Lenes Bruder habe sich mit Großmutters mündlicher Mitteilung über Lenes Tod begnügt. »Aber wir haben die Briefe von Lene noch«, sagte Lenes Schwester und bot mir an, sie mir zum Lesen zu überlassen. Ich versprach, sie am nächsten Morgen zurückzubringen, und suchte mir ein Nachtquartier. Ich war gespannt auf diese Briefe.

Entweder war Lene tatsächlich in Konstantinopel gestorben – aber dann hätte es keinen Grund gegeben, daß Luise die Todesnachricht nicht an die Familie weitergereicht hätte –, oder ein derartiges Schreiben existierte nicht. Großmama hätte nur Großpapas Brief an den

Botschafter verschwinden lassen müssen. Andererseits aber: wenn Großmama am Verschwinden ihrer Zofe gelegen war und daran, daß sie verschwunden blieb, dann hatte sie etwas zu verbergen.

Im Gasthof gegenüber der Kirche fragte ich nach einem Zimmer. Die Gaststube war leer bis auf einen Tisch, an dem fünf kartenspielende Landmänner saßen, die Bier und Korn sichtlich schon kräftig zugesprochen hatten.

»Ich weiß nicht, ob unsere Zimmer dem gnädigen Fräulein gut genug sein werden«, zweifelte der Wirt.

»Ein Bett, einen Krug Wasser und einen Teller Suppe werden Sie doch wohl haben«, insistierte ich und ließ einen meiner Silberdollars blinken. Den erkannte man selbst in einem weltabgeschiedenen mecklenburgischen Dorf, denn der Wirt wurde zusehends freundlicher.

»Ja, auch Sülze und Speck«, dienerte er, »und die Frau hat zu Mittag einen Braten gemacht, den kann sie aufwärmen, und frische Klopse und Kopfsalat, dazu Apfelwein, wenn's gefällig ist.«

Es war mir sehr gefällig, denn ich hatte Hunger und Durst und war völlig eingestaubt. Meine Anwesenheit hatte jedoch das Gespräch der Kartenspieler gänzlich zum Verstummen gebracht, also brauchte ich gar nicht erst anfangen, bei ihrer Unterhaltung zu kiebitzen. Das beste war, ich fragte gleich ganz direkt.

»Kennen Sie Magdalene Fegeisen?«

Aller Augen richteten sich auf einen Mann an der Stirnseite des Tisches. Er war groß, kräftig und, seiner Kleidung nach zu urteilen, der reichste unter den fünfen. Der Mann bekam einen knallroten Kopf. »Was wollen Sie denn von ihr?«

»Ich bin beauftragt, ihr Verschwinden zu untersuchen«, log ich.

»Wenn man Lenes Verschwinden untersucht, warum schicken die in Güstrow dann ein vornehmes Fräulein wie Sie und keinen Landjäger? Wer sind Sie überhaupt?« erkundigte sich mißtrauisch ein Mann mit Schirmmütze und Knopfaugen, die etwas weniger glasig waren als die der anderen.

Diesmal beschloß ich, meine Verbindung mit Lenes Dienstherrschaft für mich zu behalten und nannte den ersten Namen, der mir einfiel, nämlich den meiner einstigen Lehrerin: »Mein Name ist Mathilde Möhring. Ich ermittle nicht im Auftrag der Polizei, sondern für einen privaten Auftraggeber. Seit die Tochter von Fräulein Fegeisens letzter Dienstherrin von ihrem Verschwinden hörte, will sie herausfinden, was aus ihr geworden ist.«

Ein Alter mit Knebelbart und Tonpfeife lachte mekkernd. »Da ist Ihre Auftraggeberin aber mal früh dran, Fräuleinchen. Von Lene Fegeisen hat man wohl an die vierzig Jahre nichts mehr gehört. Die ist in Konstantinopel geblieben und dort gestorben, an der Cholera, wenn's wahr ist, oder in den Harem von einem Muselmann geraten. Ihre sechzig oder mehr müßte die Lene jetzt aufm Puckel haben, aber damals war sie 'ne schmucke Deern. Augen wie Kornblumen, und die Haare blond wie ein Weizenfeld, was, Knut?«

Wieder errötete der Mann an der Stirnseite des Tisches.

»Eine ganz Stolze war sie, die Lene«, fuhr der Knebelbart fort. »Wollte was Besseres sein. Und dann hat Knut ihr 'n Kleines gemacht. Da wollt' sie ins Wasser gehen. Und danach hat sie's hier nicht mehr ausgehalten und mußte fort.«

»Das ist nicht wahr, das mit dem Kleinen«, sagte der, den sie Knut nannten.

»Da kannst du auch froh sein, deine Annegret hätte

dir was erzählt, wenn du ihr einen Bankert in die Ehe gebracht hättst«, sagte ein anderer.

»Aber doch nicht vor dem Fräulein!« mahnte der mit der Schirmmütze.

»Lene Fegeisen wollte ins Wasser?«

»Der alte Fritz Hinrichsen und sein Vater selig haben sie rausgezogen, damals. Nicht viel später ist sie weg gewesen. Hat eine Stellung im Märkischen angenommen.«

Mehr erfuhr ich nicht von den Männern über Lene Fegeisen. Es war gewiß alles, was sie wußten, denn der Alkohol hatte ihnen längst die Zungen gelockert. In meinem Zimmer las ich Lenes Briefe an ihre Mutter. Mit Erstaunen nahm ich zur Kenntnis, wie sehr Großpapa in Großmama verliebt gewesen war. Davon hatte ich nie etwas bemerkt. Seit ich mich erinnern konnte, gingen die beiden einander aus dem Weg, oft genug gab es spitze Bemerkungen von der Großmama, Sarkasmen von Großpapas Seite. Am interessantesten für mich war Theklas Entlassung und der Umstand, daß die Damen ohne Begleitung nach Frankreich gereist waren. Doch davon abgesehen gab es nichts, was meine Theorie über Dagoberts Abstammung bestätigt hätte.

Während ich las, hörte ich drunten die Männer lachen, schwadronieren und Karten klopfen. Schließlich verabschiedeten sie sich lautstark. Einer grölte: »Zeit nach Hause, auch für dich, Knut, sonst wird dir deine Alte den Schädel mit dem Nudelholz polieren.«

Diesen Knut, der damals ein gutaussehendes, stattliches Mannsbild gewesen sein mochte, hatte Lene also geliebt. Und vielleicht nie vergessen. Und wenn man sie damals auch vorm Ertrinken gerettet hatte, so konnte es doch sein, daß sie bei einer späteren Gelegenheit, in Konstantinopel, den Tod gesucht hatte. Aber warum hätte Großmutter das zu verbergen versucht?

Am nächsten Tag brachte ich die Briefe zurück.

»Die Baronin ist schuld«, schimpfte die alte Frau Fegeisen. »Sie ist schuld, wenn unserer Lene etwas geschehen ist. Hätte ich doch nur damals den Brief nicht verbrannt, dann hätte ich etwas gegen sie in der Hand gehabt.«

»Aber Mutter, das ist doch nur alles Klatsch und ehrabschneidendes Gerede. Damit bringst du die Lene auch nicht wieder zurück!«

»Was stand denn in dem Brief? Sie müssen es mir sagen. Alles, was ich erfahre, kann mir weiterhelfen. Und Ihnen auch«, versprach ich.

»Da gab es einen Brief. Lene schrieb, Mutter solle ihn verbrennen. Lene schrieb darin, was ihre Vorgängerin ihr über die Baronin erzählt hat. Demnach«, und hier wand sich Lenes Schwester vor Verlegenheit, »ist mit der Leibwäsche der Gnädigen nicht alles in der Ordnung gewesen. Keine unreine Wäsche an den gewissen Tagen im Monat. Und das Kind von der Schwester der Gnädigen sei in Wirklichkeit das Kind der Gnädigen selbst.«

Und die war damals noch unverheiratet. Und ihre Zofe, die ihr beim An- und Auskleiden half, ihr das Korsett schnürte, ihre getragene Wäsche wegbrachte, müßte etwas bemerkt haben, selbst wenn Großmama sie entlassen hätte, bevor ihr die Kleider zu eng geworden wären. Mit diesem Anhaltspunkt machte ich mich noch einmal auf nach Gransee.

»Ich weiß, daß Sie keinen Grund haben, mir einen Gefallen zu tun, Frau Klepper. Aber wollen Sie denn, daß man mich mit einem Mann verheiratet, der vielleicht mein Bruder ist?« appellierte ich an Thekla Kleppers Gewissen. Nicht ohne Erfolg. »Ich weiß von den Verwandten Ihrer Nachfolgerin Lene Fegeisen, daß Sie gewisse Vermutungen gehabt haben, Frau Klepper: Der Sohn meiner Großtante sei in Wahrheit das Kind meiner Großmutter. Und wenn das so ist, dann ist *mein* Vater auch der Vater dieses Kindes. Denn wenn meine Großmutter damals ein Verhältnis hatte, dann war es mit dem Mann, der später mein Vater wurde. Können Sie das vor Gottes Thron verantworten?«

Frau Klepper verlegte sich aufs Jammern: »Sind doch alles nur Vermutungen. Ich will ja niemandem was Übles nachsagen, Fräulein.«

»Was vermuten Sie denn?« bohrte ich weiter, »und was gab Ihnen Grund dazu? Ist ihr morgens übel gewesen? Hat sie keine Speisen vertragen, die ihr sonst schmeckten? Hat sie ›Gelüste‹ gehabt?« Ich beschloß, drastisch zu werden: »Haben Sie keine blutigen Binden mehr in ihrer Wäsche gefunden?«

»Ja, so war es. Zuerst dachte ich mir nichts dabei, aber als sie dann abreiste, nur mit ihrer Schwester und ganz ohne Begleitung . . .«

»Da haben Sie Verdacht geschöpft, nicht wahr?«

Ich dankte ihr, verabschiedete mich und ließ sie zurück – im Bewußtsein, eine sündhafte Ehe verhindert zu haben. Und ich begann mich zu fragen: Wenn meine lieben Verwandten das Geheimnis um Dagoberts wirkliche Eltern vierzig Jahre lang gehütet hatten, wenn es ihnen gelungen war, eine Lüge all die Jahre als Wahrheit zu verkaufen, mochte es da nicht noch andere Lügen geben? Solche zum Beispiel, die mit meiner Mutter zusammenhingen?

# Viertes Kapitel

Den Aufenthaltsort von Major Crampas' Witwe fand ich mit Petzis Hilfe. Er hatte immer noch gute Kontakte zum Offizierskorps und kannte einen, der seinerseits einen kannte, der denjenigen kannte, der Crampas' Akte verwaltete. Daß ich es unter meinem richtigen Namen gar nicht erst zu versuchen brauchte, war mir klar. Schließlich hatte Papa den Major auf dem Gewissen. Aber selbst im Schutz eines Inkognitos würde es schwierig werden. Wie fragte man eine Witwe nach den Umständen eines eher unrühmlichen Todes, in den womöglich eine andere Frau verwickelt war?

Im Herbst wurde Papa schwer krank, Rippenfellentzündung. Natürlich pflegte ich ihn und kümmerte mich auch während seiner Genesung, die sich lange hinzog, um ihn. Einige Male war ich nahe daran, ihm die Wahrheit über Dagobert zu sagen. Er sollte nicht sterben, ohne zu wissen, daß er einen Sohn hatte, Gott sei Dank starb er nicht, und so behielt ich mein Wissen vorläufig für mich. Es wurde Sommer, bis Papa sich vollständig erholt hatte und ich ihn unbesorgt allein lassen konnte. »Es gefällt mir gar nicht, wie du in der Welt umhervagabundierst«, beklagte er sich. Daß ich ihm ein dreiviertel Jahr praktisch nicht von der Seite gewichen war, hatte der Undankbare bereits wieder vergessen.

»Ich begleite Helene und ihre Familie in die Sommerfrische. Da bin ich ganz gut aufgehoben«, log ich. »Und wenn du vernünftig wärst, würdest du mitkommen. Du könntest etwas Sonne und Strandleben ganz gut gebrauchen.« Natürlich war Papa, wie nicht anders zu erwarten, anderer Meinung und blieb in Berlin.

Die Majorin Crampas lebte in einem wenig bekannten, ziemlich abgewirtschafteten Ostseebad. Als einfache Lehrerin konnte ich natürlich nicht im Automobil vorfahren, die Bahn war unauffälliger. Ich lieh mir diesmal nämlich nicht nur Fräulein Möhrings Namen, sondern auch ihren Beruf aus. In einem der anspruchsloseren Strandgasthäuser erkundigte ich mich nach der Majorin Crampas. Sie vermiete ein Zimmer an Feriengäste, erfuhr ich dort, allerdings nur, wenn sie in Geldnot sei, und die Gäste blieben auch nie sehr lange. Die Frau Majorin nehme es in Haushaltsfragen nicht so genau und finde es eigentlich unter ihrer Würde, zu vermieten. Glück gehabt, dachte ich. Dann ist das Zimmer dort gewiß noch zu haben, ich könnte mich dort einmieten und sie diskret aushorchen.

Leider hatte ich mich geirrt. Es gebe keine Vakanz, ließ mir die Majorin durch ein ziemlich schlampiges Dienstmädchen ausrichten. Die Frau Majorin habe Besuch von ihrem Sohn, ließ das Mädchen mich noch wissen, als sie sich anschickte, die Tür zu schließen. An der Gartenpforte begegnete ich dem Herrn, dessen Besuch sich so störend auf meine Pläne auswirkte. Er war um die Dreißig, nicht groß, jedenfalls nicht viel größer als ich, aber breitschulterig und braungebrannt. Sein struppiges rotblondes Haar begann sich an den Schläfen zu lichten. Er hatte ein schmales Gesicht, eine gerade, vorspringende Nase, braune Knopfaugen, und er gefiel mir. Er gefiel mir sogar sehr.

»Gnädiges Fräulein«, sagte er fragend.

»Man hat mir gesagt, ich fände hier vielleicht ein freies Zimmer. Mathilde Möhring. Lehrerin an der Heckerschen Töchterschule in Charlottenburg. Guten Tag«, sagte ich und streckte ihm die Hand hin.

»Das tut mir leid. Ich meine, daß Sie sich vergeblich herbemüht haben, Fräulein Möhring. Darf ich mich vorstellen: Manfred von Crampas.« Und dann überlegte er kurz. »Kommen Sie doch mit herein. Eine Tasse Tee haben wir bestimmt für Sie, und vielleicht kann meine Mutter Ihnen weiterhelfen.«

Das hätte er eigentlich besser wissen müssen. Die Majorin begrüßte mich widerstrebend. »Aber Manfred, wo denkst du hin«, nölte sie. »Woher soll ich denn wissen, wer hier ein freies Zimmer hat.« Und von Tee konnte keine Rede sein.

»Der Herr Hauptmann bleibt doch zum Abendessen?« erkundigte sich jetzt das Dienstmädchen, das unaufgefordert das Zimmer betrat. Aha, Hauptmann war er. Wohl auf Urlaub. Aber er war der einzige Hauptmann, den ich kannte, der seinen Urlaub bei seiner Mutter verbrachte.

Der Majorin war ich so offensichtlich unwillkommen, daß ich mich bald verabschiedete. »Ich begleite Sie ein Stück, wenn Sie erlauben. Vielleicht kann ich Ihnen behilflich sein.«

»Aber Manfred«, nölte ihm die Majorin hinterher, »nun bist du kaum da und gehst schon wieder!«

»Nicht für lange, Mama, mach dir keine Sorgen«, rief er zurück.

Auf dem Weg ins Dorf kamen wir ins Plaudern. Der Herr Hauptmann hatte nach dem Krieg seinen Abschied genommen. Nur noch das Dienstmädchen redete ihn, auf Geheiß seiner Mutter, mit seinem militärischen Rang an. Er habe Landwirtschaft studiert und eine Stelle als Gutsverwalter gefunden. Dann sind wir ja Kollegen, wollte ich sagen, und dann fiel mir gerade noch ein, daß ich mich als Lehrerin eingeführt hatte. Aber warum war der Herr Verwalter denn nicht auf seinem Posten, fuhr es mir durch den Kopf, jetzt, so kurz vor Erntebeginn?

»Eigentlich müßte ich längst auf Böselager sein«, sagte er, als ob er meine Gedanken gelesen hätte. »In ein paar Tagen beginnt die Getreideernte.« Dann erklärte er mir, daß seine Mutter leidend sei. Am meisten gewiß unter sich selbst, dachte ich, hütete mich aber, es laut zu sagen.

Mein Kavalier verschaffte mir schließlich ein Zimmer, nicht allzuweit entfernt sowohl vom Strand als auch vom Haus der Majorin – und zweifellos ordentlicher und gepflegter, als ich es bei seiner Mutter vorgefunden hätte. Mein Zimmer hatte einen Balkon mit Blick in einen üppigen Garten voller Löwenmaul, Ringelblumen, Rittersporn und Sonnenblumen. Es gab eine Wiese und eine riesige Buche, die genügend Schatten für eine hölzerne Sitzgruppe und alle, die es sich dort gemütlich machten, spendete. Kurzum, ein reines Idyll, und wenn ich tatsächlich eine erholungsbedürftige Lehrerin gewesen wäre, hätte ich so glücklich und so froh sein können wie der sprichwörtliche Mops im Paletot. Dummerweise war ich hier, um einer ältlichen, kranken, unzufriedenen Frau auf hinterhältige Weise ein Geheimnis zu entlocken, und der Mann, der mir so gut gefiel, war vaterlos geworden durch die Schuld meines Vaters.

Am nächsten Tag ritt Manfred Crampas nach Böselager ab. Vorher kam er in meinem Ferienquartier vorbei, um sich zu verabschieden. Er äußerte die Hoffnung, mich nach der Ernte noch anzutreffen. Aber ob er sich dann noch freuen würde, mich zu sehen?

Die Majorin war nun also wieder allein und hoffentlich so gelangweilt, daß ihr selbst der Besuch einer naseweisen jungen Dame eine angenehme Abwechslung versprach. Zumal ich eine ausgezeichnete *pâté de foie gras* mitbrachte, im Vertrauen darauf, daß die Majorin sich nicht den Kopf darüber zerbrechen würde, wie eine unterbezahlte Lehrerin mit solchen Delikatessen aufwarten konnte. Das Dienstmädchen zwinkerte mir zu. Sie glaubte natürlich, daß meine Liebesmüh' dem Sohn des Hauses galt, und flüsterte mir zu, daß der Herr Hauptmann sich die nächsten drei Wochen sicherlich nicht werde blicken lassen, daß die Gnädige das genau wisse und ihre Umgebung deshalb gewiß mit ihren Anfällen verschonen werde, aber vor ihren Launen könne sich keiner retten.

Die Wahrheit über das Duell kostete mich eine Gänseleberpastete, eine Gänsebrust, einen Räucherlachs und diverse Baumkuchenschnitten. Die Majorin war eine arme Seele. Die ganze Welt hatte sich gegen sie verschworen. Schon als Kind war sie immer zurückgesetzt worden, zu Hause, in der Schule. Aber dann hatte sie es allen gezeigt. Sie hatte den begehrtesten Junggesellen eingefangen und geheiratet. Keine von ihren Freundinnen hätte einen von Adel abgekriegt. Nur sie. Aber das Glück mußte kurz gewesen sein, denn kaum waren die Kinder da, so habe ihr Mann sie auch schon vernachlässigt, klagte die Majorin.

»Jeden Abend unterwegs. Und immer ohne mich. Er schämte sich meiner vor seinen Standesgenossen. Mit mir sei kein Staat zu machen. Ich saß zu Hause, und er spielte den Gesellschaftslöwen. Und immer andere Frauen, und immer Schulden, immer Einschränkungen.«

Und schließlich der Krieg. Der hatte, wenn man die Majorin hörte, auch nur stattgefunden, um sie ihres ältesten Sohnes zu berauben.

»Wo ist denn Ihr Mann gefallen?« erkundigte ich mich.

»Ach, mein Mann«, jammerte die Majorin, »der war schon vor dem Kriege tot. Ich bin wohl schon fünfzehn Jahre Witwe. Gott, was ging es uns schlecht! Und was wäre aus meinen Jungen geworden, wenn nicht mein

Bruder sich um sie gekümmert hätte. Und mein Ältester, der ist nun auch nicht mehr!«

Die Majorin zog ein schmutziges Taschentuch aus dem Ärmel und tupfte sich damit die Augen ab.

»Ihre Söhne hingen wohl sehr an ihrem Vater?«

»O ja, mehr als an mir. Ihn beteten sie an, aber als Mutter darf man ja nicht klagen. Man liebt und gibt; was fragt ein Mutterherz danach, wenn tausend Schwerter es zerschneiden! Ach, der törichte Mann, und dann mußte er sich totschießen lassen!«

Ich stellte mich dumm. »Wurde er umgebracht?«

»Ermordet wurde er. In einem Duell. Es gehe um seine Ehre, sagte er. Ha, Ehre! Der andere hat ihn totgeschossen. Es war glatter Mord.«

Sie redete, wie sie es verstand. Ich bin auch nicht fürs Totschießen, aber zwischen einem Duell und einem gemeinen Mord gibt es ein paar feine Unterschiede. Sie war eben keine »Geborene«, wie Großmama gesagt hätte. Natürlich ließ ich mir mein Mißfallen nicht anmerken.

»Weswegen duelliert man sich denn? War es eine Frauengeschichte?«

»Ach was, da war er diskret genug. Es ging um Politik. Um eine Meinungsverschiedenheit. Majestätsbeleidigung nannte es sein Gegner. Wir lebten damals in Kessin. Ein ödes Provinznest, aber nicht so öde wie dieses Kaff hier. Der ihn erschossen hat, war ein ehemaliger Kessiner Landrat, den sie nach Berlin versetzt hatten. Warum mußte er ausgerechnet zurückkommen, als mein Mann sein loses Mundwerk nicht halten konnte? Warum mußte er ihn fordern, wo mein Mann seit einem früheren Duell doch ein halber Invalide war!«

Und Jahre zuvor hatte ihr Mann mit Baron Innstetten und dessen Frau gesellschaftlich verkehrt. Danach ließ sie sich über die Baronin aus: ein hochnäsiges junges

Gänschen, das sich zu gut gewesen sei, sie zu besuchen. »Sie hatte es auf meinen Mann abgesehen. Ich hab's wohl bemerkt, und er wäre sicher auch noch schwach geworden, wenn sie nicht beizeiten weggezogen wären.«

Ich verabschiedete mich von der Majorin, bedankte mich für die anregenden Stunden, die ich mit ihr hatte verbringen dürfen, aber nun müsse ich mich auf meinen Unterricht nach den Ferien vorbereiten. Am nächsten Tag wolle ich abreisen.

Ich hatte mein Handgepäck eben im Abteil untergebracht und warf einen letzten Blick auf die verstaubten Linden und die schäbigen Hotels am Bahnhofsplatz, da bemerkte ich einen Reiter, der sich im Galopp näherte, die Zügel einem untätigen Gepäckträger zuwarf und auf mein Fenster zustürmte. Es war Manfred von Crampas.

»Man hat mir gesagt, daß Sie abreisen, Fräulein Möhring. Ich hoffe, Sie im nächsten Jahr hier wiederzusehen. Oder darf ich Sie aufsuchen, wenn ich im Winter in Berlin bin?«

Mein Herz klopfte wie ein Schmiedehammer, vor Freude und aus Scham.

»Ich muß Ihnen etwas gestehen«, sagte ich ins Zischen der Lokomotive hinein. »Ich heiße nicht Mathilde Möhring und bin auch keine Lehrerin. Ich war hier, um die näheren Umstände eines Duells herauszufinden, bei dem Ihr Vater durch die Hand meines Vaters umkam. Mein Name ist Anna von Innstetten.«

Die Lokomotive stieß eine weitere Dampfwolke aus, die den Bahnsteig fast einhüllte, und setzte sich in Bewegung.

»Ein Duell!« sagte der Sohn des Mannes, den mein Vater auf dem Gewissen hatte. »Aber nein, es gab kein Duell.«

Dann war der Zug abgefahren.

Mein Vater habe Major Crampas im Duell erschossen, weil der eine Affaire mit meiner Mutter gehabt habe, sagte Großmama Briest. Mein Vater habe Major Crampas wegen einer Majestätsbeleidigung gefordert und getötet, sagte die Witwe. Der Sohn des Getöteten wußte gar nichts von einem Duell. Nun war ich auf Papas Version gespannt.

Major von Crampas, erklärte mein Vater, habe sich selbst erschossen, nachdem er, Papa, dahintergekommen sei, daß Crampas seine Stellung als Landwehrbezirkskommandeur ausgenutzt habe, um sich zu bereichern. Der Major sei für die Aushebung der Rekruten des Kreises zuständig gewesen und habe sich die Freistellung der jungen Männer vom Militärdienst bezahlen lassen. »Manchesmal hat er bei einem armen Teufel, den sein alter Vater auf seinem Hof bitter nötig brauchte, auch ein Auge zugedrückt, ohne dabei die Hand aufzuhalten. Das spricht immerhin für ihn, aber Bestechung ist Bestechung.«

Mit der Begründung, er wolle alte Wunden nicht wieder aufreißen, weigerte sich Papa, mit mir über meine Mutter zu sprechen. Ich mußte es akzeptieren. Schließlich hatte Papa in der Vergangenheit ziemlich viel gelitten: Seine erste Liebe hatte einen anderen geheiratet, seine zweite ihn verlassen . . . Ich wollte ihn nicht quälen, also war ich bei meinen Nachforschungen ganz auf mich selbst gestellt.

# Fünftes Kapitel

Die nächste Spur auf der Suche nach meiner Mutter verdankte ich dem Zufall und – zumindest indirekt – meinem Bildungsdurst. Es war Winter geworden. Ich hatte mich endlich an der Universität immatrikulieren können. Obwohl Papa mich bedrängte, ich solle doch, wenn ich schon unbedingt studieren müsse, ein weiblicheres Fach wählen – Sprachen, Kunstgeschichte, Literatur –, oder mich zur Lehrerin ausbilden lassen, blieb ich doch standhaft bei Jus. Natürlich war ich nicht die einzige Jurastudentin, aber viele waren wir nicht, und die meisten gingen einander überdies aus dem Wege, um sich bei den Herren Kommilitonnen nicht dem Verdacht auszusetzen, einen Frauenverein, ein Damenkränzchen oder dergleichen bilden zu wollen, was ich albern fand.

Ich schloß mich im Lauf des Semesters enger an zwei Mädchen namens Ruth und Amélie an, ein Freundinnenpaar, wie sich schließlich herausstellte. Die beiden klärten mich auf über das »dritte Geschlecht«, wie Leute sich bezeichnen ließen, die dem eigenen Geschlecht zugetan waren. Im eleganten Westen gab es jede Menge Clubs, Bars, Cafés und Ballhäuser, in denen sich die Damen und Herren von der anderen Fakultät trafen, um unter ihresgleichen zu sein – Besucher nicht mitgerechnet, für die ein Bummel durch die Hauptstadt nur eine halbe Sache war, wenn er sie nicht auch durch solche Vergnügungsstätten geführt hätte.

Ruth und Amélie hielten sich normalerweise an die bescheideneren Lokalitäten, wo man für wenig Geld essen, trinken, tanzen, reden oder Zeitung lesen konnte.

Aber Amélies Geburtstag sollte im ›Paradiso‹, einem der nobleren Etablissements in der Bülowstraße, gefeiert werden. Ich war auch eingeladen. Herzklopfend betrat ich zusammen mit Ruth, Amélie und zwei weiteren Anhängerinnen Sapphos die unheiligen Hallen. Hier komme man nur auf Empfehlung einer Clubfreundin hinein, erklärte Ruth. Die Fenster waren mit Plüsch und Spitzen verhängt, so daß man nicht hineinsehen konnte. Es gab viel nachtblauen Samt, die Lampen waren in Form von Sonne, Mond und vielen Sternen an den Wänden plaziert. Ein kristallener Lüster spendete mattes Licht. Überall standen Palmen, und ich fragte mich, wie die Pflanzen in diesem Dämmerlicht überlebten.

Es war alles sehr interessant. Manche der Herren waren gepudert, parfümiert und sogar geschminkt, von der Pomade gar nicht zu reden. Nicht wenige Damen waren *à la garçonne* gekleidet, in strenge Kostüme mit Krawatten, manche trugen sogar Hosen, Smoking und Monokel. Bei einigen ging es mir wie Elsa in der Hochzeitsnacht mit Lohengrin: Ich fragte mich, »wes Geschlechts« sie seien. Andere sahen ganz normal aus, eben wie bei einem eleganten Gesellschaftsabend, wieder andere genauso, wie ich mir Künstler immer vorgestellt hatte: sehr originell und apart, Bohème eben.

Das Etablissement erschien mir exotisch, aber durchaus vornehm. Der Ton war leise, aber heiter, ja übermütig. Eine Damenkapelle spielte. Eine Sängerin trug ein witziges Chanson vor, es hieß ›Andersrum‹. – »So, Kinder, und nun könnt ihr wieder tanzen«, sagte die Sängerin, nachdem sie fertig war.

Wir hatten einen Tisch auf der Galerie bekommen, von wo aus man den Saal gut überblicken konnte, und eine Flasche Sekt bestellt. Die Kapelle spielte Jazz. »Tanzt ihr nur ruhig«, sagte ich zu den Freundinnen, »ich bleibe hier sitzen und lasse den Genius loci auf mich wirken.«

Die Tische standen so eng nebeneinander, daß man, sofern man nicht selber sprach, die Unterhaltung am Nebentisch mithörte, ob man wollte oder nicht. Ich wollte durchaus. Es waren zwei eher maskuline Damen, eine davon mit Monokel, zwei eher feminine Herren, die beide die gleichen weißen Seidenschals trugen, und eine vornehme alte Dame, die von den anderen mit großer Zuvorkommenheit behandelt wurde. Man unterhielt sich – worüber denn sonst? – über gemeinsame Bekannte.

»Felix macht Theater«, sagte Castor.

»Das macht er doch immer«, lachte die Dame ohne Monokel.

»Nein, wirklich«, sagte Pollux. »Sie nennen sich ›Theater des Eros‹. Ein Häufchen Uranier, das dem Rest der Welt die Freuden der gleichgeschlechtlichen Liebe vor Augen führen will.«

»Dabei ist ihr Eros allenfalls ein pädagogischer«, lästerte Castor. »Gut gemeint und schlecht gespielt, das Theater.«

»Aber immerhin mutig«, meinte die alte Dame. »Ich weiß nicht, ob ich dergleichen zu meiner Zeit gewagt hätte.« Sie war schlank, fast hager, saß aufrecht und anmutig da, und man konnte sich mit dem besten Willen nicht vorstellen, daß sie irgendwo anders aufgetreten wäre als im Salon und am Teetisch.

»Für Felix sind es eben die Bretter, die die Welt bedeuten«, spottete Pollux.

»Apropos: Es heißt, La Trippelli wolle sich von der Bühne zurückziehen«, berichtete die Dame mit Monokel.

»Würden Sie denn nur immer alte Dienerinnen spielen

wollen? Andere Rollen bekommt sie in ihren Jahren doch nicht mehr«, gab die alte Dame zu bedenken. »Und wenn Sie sie singen hören wollen, müssen Sie eben ins Konzert gehen, meine Gute.«

»Wir hassen Konzertsäle, das wissen Sie doch, Fräulein Thea«, erklärte die Dame ohne Monokel.

»Sie besingt jetzt Grammophonplatten. Das ist weniger anstrengend und bringt mehr Geld«, wußte Castor.

»Banause!« sagte die Dame mit Monokel.

»Mitnichten. So äußerte sich La Trippelli höchstselbst, als sie neulich mal hier war, mitsamt ihrer märkischen Baronin«, sagte Castor.

»Nun ja, sie wird ihre Schäfchen ohnehin ins Trockene gebracht haben. Vor dem Krieg hat sie eine Villa am Genfer See erworben. Als Altersruhesitz«, erzählte Fräulein Thea.

»Die Gute müßte die Fünfzig nun auch schon ein ganzes Stück überschritten haben. Was man ihr freilich nicht ansieht, und sie ist noch prächtig bei Stimme«, sagte Pollux.

»Aber ihre Baronin ist um einiges jünger«, warf Castor ein.

»Ungefähr fünfzehn Jahre«, sagte Fräulein Thea.

»Sie wissen es aber genau, Gnädigste!« wunderte sich Pollux.

»Ich war schließlich dabei, als sie sich kennenlernten«, erklärte Fräulein Thea. Wir waren nun alle ganz Ohr. Freilich ahnte ich noch nicht, wie sehr die Enthüllungen der alten Dame mich selbst betreffen würden.

»Es war Liebe auf den ersten Blick, bei Marietta ganz gewiß und wahrscheinlich auch bei der Baronin. – Ich führte damals mit meiner Schwester eine Pension in Wilmersdorf. Die mußten wir bald darauf aufgeben. Unser Haus war einer Baugesellschaft im Wege, die dort eine riesige Wohnanlage erstellen wollte. Allerdings haben sie sehr gut gezahlt, und wir haben es sehr gut angelegt, in Immobilien. Meine Schwester und ich mußten seither nie wieder arbeiten.«

»Tempi passati! Jetzt haben sie den See zugeschüttet«, sagte Castor, »und wollen einen Park anlegen.«

»Sie nennen ihn Hindenburgpark«, Pollux lächelte anzüglich, »das ist wenigstens ein kleiner Trost.«

Alle lachten. Mir entging, was dran komisch sein sollte.

»So spannen Sie uns doch nicht auf die Folter, Liebste«, drängte die Dame ohne Monokel. »Wie war das denn nun mit La Trippelli und der märkischen Baronin?«

»Marietta und ich kennen uns schon, ich weiß nicht wie lange. Früher besuchte sie meine Schwester und mich ab und zu in Wilmersdorf. Es gefiel ihr bei uns. Unsere Damen lagen ihr natürlich zu Füßen. Selbst meine gestrenge Schwester betete sie an. Eines Tages mietete sich eine Dame bei uns ein. Sie war vielleicht Mitte Zwanzig und wirkte sehr unglücklich. Hatte ihren Mann verlassen oder war von ihm verlassen worden. Auf ihrem Zimmer hatte sie das Bild eines kleinen Mädchens im Silberrahmen: dunkle Augen, ein richtiger kleiner Kobold, wie es mit geschlossenem Mund lächelte, dunkelhaarig mit Affenschaukeln . . .«

Affenschaukeln – so hatten wir zu Schulzeiten lange, umgeschlagene Zöpfe genannt, die eine Schlaufe bildeten. Solche hatte auch ich gehabt.

Dann kamen die anderen zurück. Bis ich die Verbindung zwischen Mama und der unglücklichen Frau aus der Wilmersdorfer Pension, zwischen dem Affenschaukelkobold und mir selbst gezogen hatte, vergingen noch zwei Stunden. Wir saßen bei der zweiten Flasche Sekt, als sich in meinem Kopf ein Bild zurechtrückte, wie das Muster eines Kaleidoskops: Von mir gab es ein Foto aus dem ersten Schuljahr, auf dem ich mit geschlossenen Lippen lächelte, um meine Zahnlücke zu verbergen, und die Dame hatte gerade das richtige Alter für meine verschwundene Mutter. Es war alles unsicher genug, aber vielleicht ...

Wie ich den Rest des Abends mit Anstand hinter mich brachte, weiß ich nicht mehr. Allerdings nutzte ich die nächste Gelegenheit, um die alte Dame allein zu sprechen.

Ich hätte ungewollt einiges von ihrem Gespräch mitangehört und erfahren, daß sie mit der großen Marietta Trippelli bekannt sei, entschuldigte ich mich. Ob die Künstlerin denn öfter hier verkehrte, und wann man sie antreffe; ich sei eine große Verehrerin ihrer Kunst, log ich, die ich überhaupt nichts von Musik verstand. Und ich wußte noch nicht einmal, wie die Trippelli aussah!

»Ihre Bewunderung in Ehren, mein Fräulein«, sagte Fräulein Thea und tätschelte mir freundlich die Wange, »aber machen Sie sich keine falschen Hoffnungen. Vielleicht haben Sie ja auch mitgehört, daß Fräulein Trippelli ziemlich fest liiert ist.«

Beschämt blickte ich zu Boden. »Es ist nicht so, wie Sie denken, gnädiges Fräulein«, beteuerte ich. »Meine Freundin lebt zur Zeit auf dem Land. Nur deswegen bin ich allein hier.«

Fräulein Thea machte mich daraufhin mit der Gastgeberin des Clubs bekannt. Damit war mein Entreebillet ins ›Paradiso‹ gesichert. Amélie und Ruth lächelten wohlwollend und glaubten, eine Proselytin gemacht zu haben. In den folgenden drei Wochen lernte ich viele sympathische und einige weniger sympathische Frauen kennen, mußte auch einige Avancen zurückweisen, wobei mir meine auf dem Lande schmachtende Freundin gute Dienste leistete. Dann hatte ich endlich Glück.

Ich sah sie gleich beim Hereinkommen. Sie saß auf einem Sofa und wartete offenbar auch auf jemanden, denn sie blickte erwartungsvoll zur Tür, wandte sich aber gleich wieder ab, als sie mich sah. Sie sah nur wenig anders aus als auf der Photographie, der einzigen, die ich von ihr gerettet hatte. Aschblond, sehr zart, gut angezogen.

Wie redete eine Tochter ihre seit undenklichen Zeiten verschollene, verlorengeglaubte Mutter an?

»Verzeihen Sie, gnädige Frau, habe ich die Ehre, mit Frau von Innstetten, geborene von Briest, zu sprechen?«

Ein kühl fragender Blick aus grauen Augen. »Mein Fräulein . . .«

»Mein Name ist Anna von Innstetten«, unterbrach ich sie. War sie es wirklich? Natürlich war sie es! Würde sie mich verleugnen?

Dann sah ich, daß ihre Augen in Tränen schwammen. »Annie«, schluchzte sie, »mein Kind!« Ich setzte mich zu ihr auf das Sofa, nahm sie in meine Arme und war so beschäftigt damit, meiner Mutter die Tränen abzuwischen, daß ich selbst gar nicht zum Weinen kam.

Ich blickte erst wieder auf, als sich die Tür öffnete. Eine korpulente Dame mit einer ungestümen Hochfrisur trat ein und blieb wie versteinert stehen. Gott weiß, wofür sie mich hielt.

»Marietta!« sagte meine Mutter und streckte ihr die Hand entgegen. »Das ist Annie!« Und zu mir gewandt: »Das ist Marietta Trippelli . . .«

»Ja, Mama«, sagte ich, »ich weiß.«

»Ich habe ja leider kein Talent fürs Dramatische, wie man mir aus berufenem Munde nachsagt«, kommentierte Marietta Trippelli die Szene. »Am besten wir feiern dieses Wiedersehen zu Hause weiter.« Damit entzog sie uns allen neugierigen Blicken und packte uns in eine

Taxe. Zu Hause angelangt, zog Marietta sich taktvoll zurück: »Ihr habt euch bestimmt viel zu erzählen nach all den Jahren. Und was mich betrifft, so habe ich gewiß noch viel Zeit, Sie kennenzulernen, liebe Anna.«

Dann rief ich Papa an. »Ich komme heute nicht nach Hause. Ich habe meine Mutter gefunden«, sagte ich ins Telefon und legte den Hörer auf.

# Sechstes Kapitel

Papa verlor kein Wort über meine Mutter, als ich mich anderntags wieder zu Hause einfand. Er beantwortete keine meiner Fragen über Mama und wollte seinerseits nichts über sie wissen. In der folgenden Zeit führte ich ein merkwürdiges Doppelleben. Zwar wohnte ich weiter bei Papa und besuchte die Universität, aber viele Nachmittage und manchen Abend verbrachte ich mit Mama und Marietta im ›Paradiso‹ oder in ihrer Wohnung, wo man mir das Gästezimmer als permanente Bleibe eingerichtet hatte, wenn ich dort übernachten wollte.

Rasch gewann ich die Lebensgefährtin meiner Mutter lieb. Marietta hatte so gar nichts von den Affektationen, wie sie in unseren Kreisen (und noch mehr dort, wo man dazugehören wollte) unter Damen üblich sind. Sie sagte, was sie dachte, und stand mit beiden Beinen auf der Erde. Ich beschloß, sie wegen Dagobert um Rat zu fragen. Sie würde das Problem »wie sag ich's dem Papa« nüchtern betrachten und mir raten können. Bei Mama war ich mir da nicht so sicher.

Die Gelegenheit ergab sich bei einem Spaziergang, während wir auf Mama warteten, die einen Augenarzt aufsuchte. Schlechte Augen lagen wohl in der Familie, auch Großmama hatte zuweilen eine Konsultation in Berlin nötig gehabt. Marietta hinkte leicht, wie immer vor einem Wetterumschwung. Das war mir schon früher aufgefallen, heute benutzte sie einen Stock – Ebenholz mit Silberknauf, der im Kopf einer Schlange auslief –, das war neu.

»Eitel bin ich noch nie gewesen, und es erleichtert das

Gehen ungemein, ich hätte schon viel früher daraufkommen sollen«, kommentierte sie die neue Gehhilfe.

Es müßten sehr lästige Beschwerden sein, erkundigte ich mich anteilnehmend. Zu meiner Überraschung lachte Marietta. Die Sache habe meiner Mutter und ihr wahrscheinlich das Leben gerettet und ganz sicher einige Unannehmlichkeiten erspart.

»Ich sollte ein Engagement an der Metropolitan Opera antreten. Wir hatten schon die Überfahrt gebucht. Zwei Tage vor der Abreise brach ich mir das Bein. Ich hatte es zu eilig, aus einer Droschke auszusteigen, verfing mich mit dem Schuh am Kleidersaum und stürzte ziemlich unglücklich. Reisen hätte ich in diesem Zustand ja können, aber nicht auftreten. So zerschlug sich das Engagement, was auch sein Gutes hatte, obwohl ich damals heftigst mit meinem Schicksal haderte – wenigstens bis ich vom Untergang der ›Titanic‹ erfuhr. Dort hatten wir nämlich gebucht. Während des Krieges hätte ich mich als Deutsche in Amerika nicht halten können. Und an einer deutschen Bühne wäre ich als kontraktbrüchige Sängerin – du mußt wissen, das Engagement kam sehr, sehr kurzfristig – wohl kaum mehr angenommen worden, schon gar nicht im Krieg, wo doch die meisten Häuser ihren Betrieb einstellten oder reduzierten. So hat alles sein Gutes«, schloß Marietta philosophisch und schwang weit ausholend ihren Stock. »Aber ich sehe dir an, Kindchen, du hast etwas auf dem Herzen. Heraus mit der Sprache!«

Und dann erzählte ich ihr, was ich über Dagoberts Abstammung herausgefunden hatte, wie ich Verdacht geschöpft hatte, wie Dagoberts Geburtsdatum und die Reise der beiden Frauen nach dem Süden so gut zusammenpaßten, was ich von Frau Klepper, Großmamas ehemaliger Zofe, erfahren hatte, und auch vom Verschwinden ihrer Nachfolgerin.

»Ja, und das Wichtigste und Einfachste hast du vergessen, Anna: die leibliche Mutter zu fragen, die muß es schließlich am besten wissen.«

»Du kennst meine Großmutter nicht, Marietta! Sie würde mich unendlich empört anblitzen und Papa empfehlen, mich auf meinen Geisteszustand untersuchen zu lassen.«

Marietta wollte den Einwand nicht gelten lassen. Ich solle es zumindest probieren, dann könne man weitersehen. Diesen Versuch allerdings wollte ich lieber noch eine Weile hinausschieben. Daß das Semester noch andauerte, war mir eine willkommene Entschuldigung. Aber die Ferien rückten näher.

Kurz vor Ostern bat mich Mama, sie zu einer alten Freundin zu begleiten.

»Ich möchte dich zu gerne Frau Douglas vorstellen, Annie. Ich habe sie in derselben Pension kennengelernt wie Marietta. Sie war eine so freundliche, mütterliche Dame, trotz ihres schweren Schicksals. Ihr Mann, ein Kapitän der englischen Handelsflotte, war kurz zuvor bei einem Schiffbruch umgekommen, und nun war sie aus London nach Berlin gereist, eines Prozesses wegen, soviel ich weiß, den sie gewann. Sie erbte damals ein Mietshaus, in dem sie dann selbst Wohnung nahm. Dort besuche ich sie seither immer wieder, aber meine Einladungen nach Hause hat sie noch nie angenommen. Sie hat eine Scheu vor Marietta, weil sie eine solche Berühmtheit ist, das habe ich wohl bemerkt, gleich zu Beginn unserer Bekanntschaft, und konnte sie bis heute nicht überreden.«

»Wie hat sie denn als Engländerin den Krieg in Feindesland durchgestanden?« erkundigte ich mich und erfuhr, daß Frau Douglas eine gebürtige Deutsche sei –

»mit einer sehr merkwürdigen und interessanten Lebensgeschichte«, sagte Mama geheimnisvoll. Aber da waren wir schon an einem stattlichen, gepflegten Gebäude angelangt, dessen Portier uns respektvoll grüßte. Bis wir vom Hausmädchen in den Salon geführt und mit einer Erfrischung versorgt worden waren, hatte ich meine Neugier schon fast wieder vergessen.

»Frau von Innstetten, welche Freude, Sie zu sehen«, rief die wohlkonservierte Mittsechzigerin, die bald darauf ins Zimmer trat. Sie stutzte, als sie mich erblickte. Und ich auch. Frau Douglas war eine vornehmere, etwas jüngere Ausgabe der mecklenburgischen Landfrau, die mir vom Verschwinden ihrer Schwester erzählt hatte.

»Ich habe mir erlaubt, eine weitere Besucherin mitzubringen«, sagte Mama strahlend. »Meine Tochter Anna!« Mama erzählte ihr, daß man mich im Glauben gelassen habe, sie sei gestorben, und daß ich sie nach langem Suchen gefunden hätte. Frau Douglas war sichtlich bewegt von dieser Geschichte und hatte, wie ich wohl bemerkte, mit den Tränen zu kämpfen. Nach kurzer Zeit verabschiedete Mama sich taktvoll.

»Ich hätte dich doch besser nicht gleich mitgebracht, aber ich bin so stolz auf dich und möchte dich überall vorzeigen, Kind. Du mußt wissen, Frau Douglas ist auf wirklich tragische Weise um ihre Familie gekommen. Ich wähle diesen ungewöhnlichen Ausdruck mit Bedacht: Frau Douglas hat als junge Frau ihr Gedächtnis verloren. Sie wurde Opfer von Mädchenhändlern, und man hat sie von einem Schiff ins Meer gestoßen. Damals verlor sie ihr Gedächtnis. Sie erwähnte es einmal, dann wurden wir unterbrochen. Als ich später nachfragte, antwortete sie sehr ausweichend.

Verständlicherweise spricht sie nicht gerne darüber. In

Konstantinopel ist das geschehen, denk dir, wo meine Eltern auf Hochzeitsreise waren.«

In Konstantinopel, wo meine Großeltern auf Hochzeitsreise waren! Konstantinopel, wo Lene Fegeisen unter mysteriösen Umständen verschwand. Und in einem kleinen mecklenburgischen Dorf gab es eine Frau, eine geborene Fegeisen, die Frau Douglas zum Verwechseln ähnlich sah. Lene Fegeisen mußte, nachdem meine Großmutter sie entlassen hatte, Verbrechern in die Hände gefallen sein.

»Die Arme weiß weder ihren Namen, noch woher sie kommt, noch weiß sie, wo ihre Familie lebt. Und das nun schon um die vierzig Jahre! Ein schweres Schicksal!« seufzte Mama.

Ein schweres Schicksal, in der Tat. Doch der Frau konnte geholfen werden. Und ich würde diejenige sein, die sie ihrer Familie zurückgab! Am nächsten Tag suchte ich sie auf und berichtete ihr, was ich über Lene Fegeisen in Erfahrung gebracht hatte. Am Tag darauf – dem Karfreitag – brachen wir auf nach Mecklenburg. Das Wetter war trostlos. Es regnete, und wir fröstelten im Automobil, das auf den verschlammten Straßen nur langsam vorankam.

Frau Douglas erzählte mir, wie sie von einem Chinesen gerettet und auf ein englisches Schiff gebracht worden war, stumm und ohne Erinnerungsvermögen. Dort hatte man sie gepflegt. Danach hatte der Kapitän des Schiffes sie nach England gebracht, wo sie lange Zeit auf einem Schloß gedient und auch ihre Sprache wiedergefunden habe. Und schließlich sei sie die Frau des Kapitäns geworden.

Erst am Samstag kamen wir an. Frau Douglas erklärte, sie habe wohl immer wieder Bilder vor Augen gehabt, auch solche aus dem Dorf, in das wir eben einfuhren, aber nicht solche, die den Weg dorthin wiesen, wo sie gewohnt habe. Dann mußten wir anhalten, um einen Leichenzug vorbeizulassen, der sich in entgegengesetzter Richtung auf den Friedhof zu bewegte. Bis die Beerdigung vorbei wäre, würden wir wohl niemanden antreffen, das ganze Dorf lag wie ausgestorben da. Langsam fuhr ich auf das Haus zu, in dem ich im Sommer vor fast zwei Jahren die alte Frau Fegeisen aufgesucht hatte.

»Hier!« sagte Frau Douglas und erbleichte. Die Haustür war mit schwarzem Stoff verhängt. »Mutter!« flüsterte sie. Wenn sie mir nur nicht ohnmächtig wird, hoffte ich inbrünstig.

»Schnell, zum Friedhof«, drängte sie. »Wenn ich meine Mutter schon nicht mehr lebendig antreffe, will ich ihr wenigstens die letzte Ehre erweisen.«

»Vielleicht ist es ja gar nicht Ihre Mutter, sondern ein anderer Hausbewohner«, versuchte ich sie zu beruhigen. Ein fragwürdiger Trost, an den ich zudem selbst nicht glaubte.

Auf dem Friedhof stellten wir uns in die hinterste Reihe, um die fromme Zeremonie nicht zu stören. Ein alter Mann drehte sich zu uns um.

»Knut«, sagte Lene. Der Mann, den ich aus dem Dorfkrug kannte – Knut hatten sie ihn genannt –, sagte gar nichts. Er starrte nur, bis die Frau neben ihm ihn unsanft schubste und ihm etwas Unfreundliches ins Ohr zischte.

»Das ist Knut«, sagte Frau Douglas wie im Traum. »Seinetwegen bin ich fortgegangen.«

Alles paßte, wie es in einem Roman aus der ›Gartenlaube‹ nicht besser hätte passen können, und ich wünschte, ich hätte diese ganze Szene nicht selbst heraufbeschworen.

Doch Undine Douglas, ehedem Magdalene Fegeisen, hielt sich tapfer. Nach der Beerdigung begab man sich ins Trauerhaus. Man hatte die gütige, alte Frau – bei weitem die älteste im ganzen Dorf – sehr geschätzt, und die Trauergemeinde war größer als sonst, wenn eine einfache Frau unter die Erde kam, erklärte uns ein Mann, der sich als Lenes Schwager vorstellte, nicht ohne Stolz. Die Dörfler tranken nicht nur Kaffee und Schnaps auf das Andenken der Toten, sondern waren auch voller Neugier auf die Unbekannte, die nach einem ganzen Menschenleben endlich heimgefunden hatte, um ihre letzte fromme Pflicht zu erfüllen und eine Schaufel Erde auf der Mutter Sarg zu werfen.

»Die Mutter hat nie glauben wollen, daß Lene tot sei. Sie war unruhig in den letzten Tagen und sprach beständig von Lene, die nun bald kommen würde«, berichtete die Schwester. »Wir dachten, sie habe sich abgefunden und meine das Wiedersehen im Himmel. Doch vor drei Tagen, am Nachmittag, sagte sie plötzlich: ›Nun kann ich nicht länger auf meine Lene warten!‹ Und dann ist sie eingeschlafen.«

Etwa um dieselbe Zeit hatten Mama und ich Frau Douglas besucht. Nun brach Lene tränenüberströmt zusammen. Als sie sich wieder gefaßt hatte, verabschiedete sie sich. Die Einladung ihrer Familie, einige Zeit zu bleiben, wollte sie nicht annehmen. Wenn sie ihrer selbst wieder mächtig sei, wolle sie wiederkommen, versprach sie.

»Wenn ich zu Hause geblieben wäre oder mit den Meinen hätte Verbindung halten können, dann könnten wir jetzt miteinander um Mutter trauern. Aber es ist ja gerade so, als ob es Fremde wären, nach all der Zeit«, sagte sie zu mir.

In Neustrelitz stiegen wir in einem Gasthof ab. Ich blieb bei Frau Douglas, denn es konnte ihr in ihrem jetzigen Zustand nicht guttun, allein zu sein. Vielleicht hätte ich sie ihrer Trauer überlassen sollen. Vielleicht wäre die ganze Katastrophe nicht über uns hereingebrochen, wenn ich nicht geglaubt hätte, die schwergeprüfte alte Frau vom Schmerz um ihre Mutter ablenken zu müssen. Ich hatte eine Photographie bei mir, die Großpapa und Großmama in den mittleren Jahren und in seltener, wohl nur für die Kamera demonstrierter Eintracht zeigte.

»Vielleicht kommen Ihnen noch andere Erinnerungen, wenn Sie sich die Photographie ansehen. Es sind meine Großeltern, bei denen Sie damals in Konstantinopel in Diensten standen«, erklärte ich ihr. Frau Douglas betrachtete sie stirnrunzelnd.

Ich besaß noch ein Bild von Großmutter allein. Es zeigte sie als sehr junge Frau in einem hellen Musselinkleid. Das Bild stammte nicht aus einem Atelier, denn im Hintergrund wuchs ein Rosenstrauch. Ich fragte mich, wo es aufgenommen worden war. Während Papas Krankheit hatte ich es in seinem Schreibtisch gefunden, als er im Fieber wieder und wieder nach »Luise« verlangt hatte. »Meine Großmutter«, sagte ich. »So müßte sie damals ausgesehen haben.«

Frau Douglas wurde kreidebleich. »Das ist *sie*! O mein Gott, der Chinese hatte doch recht!« hörte ich sie murmeln und verstand gar nichts. Dann sagte sie nichts mehr. Nach einer Weile bat sie mich, sie zu meiner Großmutter zu bringen. Großmama war nun, nach dem Tod der alten Frau Fegeisen, Frau Douglas' einzige Verbindung zu ihrer Vergangenheit. Natürlich wollte sie sie aufsuchen!

In der Nacht begann Frau Douglas zu fiebern. Nur ein leichtes Fieber, aber ich hätte am Morgen darauf bestehen müssen, in Neustrelitz zu bleiben und einen Arzt zu holen. Doch Frau Douglas beharrte darauf, meine Großmutter zu sprechen, und ich sah keinen Grund, es ihr zu verweigern. Zumal sie völlig ruhig erschien und meinte, das bißchen Fieber inkommodiere sie nicht.

## Siebentes Kapitel

Frau Douglas blieb ruhig und gefaßt, bis sie meiner Großmutter gegenüberstand. Großmama erkannte sie gar nicht und erkundigte sich mokant, wen ich ihr da ins Haus gebracht hätte. Auch meine Mutter sei heute unangekündigt und vollkommen unerwartet in Hohen-Cremmen hereingeschneit, nachdem es ihr gefallen habe, sie anderthalb Jahrzehnte keines Wortes zu würdigen. Dafür habe sie nun auch gleich ihre Gespielin mitgebracht.

»Deine Mutter – eine Tribade, hast du das gewußt, mein Kind?« wollte Großmama wissen. »Deine Mutter stammelte unzusammenhängendes Zeug, sie habe Abbitte zu leisten, und dann haben sie und diese Sängerin mich mit den ungeheuerlichsten Unterstellungen beleidigt!«

»Gewiß wollten sie wissen, ob Dagobert dein und Papas Sohn sei! Das möchte ich auch erfahren, Großmama. Großpapas ›Verwandtschafts-Marotte‹! Tante Melanies Andeutungen! Eure lange Reise nach Frankreich – ohne Begleitung! Eure Rückkehr mit Dagobert! Wer könnte denn bezeugen, daß Tante Melanie ihn geboren hat und nicht du? Du magst ja geglaubt haben, du hättest Thekla Klepper rechtzeitig entlassen, aber es gibt Dinge, die sich vor einer Zofe nicht verbergen lassen. Thekla hat es mir bestätigt. Es paßt alles viel zu gut, um es zu leugnen. Willst du nicht endlich die Wahrheit sagen? Hättest du denn mitangesehen, wie man mich mit meinem eigenen Halbbruder verheiratet hätte?«

Großmutter lachte höhnisch. »Etwas Ähnliches hat mich deine Mutter auch gefragt. All die Jahre hat sie mich geschnitten, weil sie glaubte, ich hätte sie mit ihrem leiblichen Vater verkuppelt, all die Jahre! Und jetzt unterstellt sie mir, Dagobert sei mein Sohn, und tut dabei so, als sei das die Erlösung von all ihren Kümmernissen. Warum behauptest nun du denselben Unsinn? Hat diese unsägliche Trippelli euch das in den Kopf gesetzt? Annie, Annie, du machst mich traurig.«

Ich war nahe daran, Großmutter um Verzeihung zu bitten. Es ist ein Unterschied, ob man die Fehltritte der eigenen Großmutter in Ruhe erwägt oder ob sie einem entrüstet und mit Tränen in den Augen gegenübersteht.

»Aber natürlich ist es so, wie das Fräulein sagt«, schaltete sich nun Frau Douglas ein. »Deshalb haben Sie mich ins Wasser gestoßen. Sie wollten mich töten, weil ich Sie verdächtigt habe. Wem hätte ich es denn weitersagen sollen? Wer hätte mir denn geglaubt? Sie haben mir mein Leben genommen! Das sollen Sie mir büßen! Jetzt bin ich nicht mehr die einzige, die Ihr schändliches Geheimnis kennt!«

»Hören Sie auf zu schreien!« herrschte Großmama, die jetzt begriffen hatte, wer vor ihr stand, die alte Frau an.

Frau Douglas ging wie eine Furie auf meine Großmutter los. Großmama schleuderte sie von sich, und wenn ich Frau Douglas nicht aufgefangen hätte, wäre sie in den Kamin gestürzt, wo wegen des naßkalten Wetters ein Feuer brannte. Sie war heftig erregt und fühlte sich fiebrigheiß an. Nach allem, was sie durchgemacht hatte, wunderte mich das nicht. Die arme Frau Douglas war wohl um einiges kränker und verwirrter, als ich angenommen hatte. Aber von Großmama hätte ich mehr Haltung und Würde erwartet, obwohl der Mordvorwurf schon ein starkes Stück war!

»Wir müssen morgen darüber sprechen«, sagte ich zu Großmama. »Ich werde dir alles erklären.«

Damit führte ich Frau Douglas aus dem Zimmer.

## Achtes Kapitel

Auf dem Weg in mein Zimmer begegnete mir Gertrud, eines der Stubenmädchen.

»Denken Sie nur, Fräulein Anna, Ihre Frau Mama ist heute angekommen. Und wir haben sie all die Jahre für tot gehalten!«

»Ist sie noch hier?« erkundigte ich mich, und bat Gertrud, die eifrig nickte, sie und Frau Trippelli in mein Zimmer zu bitten. Mit einer kranken Schutzbefohlenen und einer unberechenbaren Großmutter konnte ich alle Hilfe brauchen, die ich bekommen konnte.

Inzwischen war es mir gelungen, Frau Douglas aus ihren Kleidern zu zerren und ins Bett zu bringen. Dort lag sie, stark transpirierend. Schweißnasses Haar kringelte sich um ihr Gesicht.

»Die Frau aus dem Wasser!« keuchte Marietta, als sie ihrer ansichtig wurde.

Während ich der Kranken das Gesicht abtupfte und ihr hin und wieder einen Schluck Tee einflößte, erzählte mir Marietta von einem schrecklichen Drama, das sich am Tag ihrer Heimkehr nach Kessin dort vor vielen Jahren in den Dünen abgespielt hatte. Sie war zum Friedhof gegangen, um ihren Vater von einer Beerdigung abzuholen, und war dann Zeugin geworden, wie ihr Vater zwei Menschen vorm Ertrinken rettete: einen Chinesen und jene Frau, die jetzt mit schreckgeweiteten Augen in den Kissen lag. Leise und stockend begann Frau Douglas zu reden.

Die Frau, die Lene Fegeisen damals ins Wasser gestürzt und zu ermorden versucht hatte, erfuhr ich nun, war keine Mädchenhändlerin, sondern Luise von Briest, meine Großmutter. Obwohl ich befürchtet hatte, daß Großmama bei Lenes Verschwinden die Hände im Spiel gehabt hatte –, daß es Mörderinnenhände seien, hätte ich mir nicht träumen lassen!

Es war am Abend vor der Abreise aus Konstantinopel. Lene war in der Stadt gewesen und hatte meine Großmutter gesehen – wie sie einen fremden Mann küßte, einen Chinesen.

»Mich hat sie nicht gesehen. In der Nacht habe ich mich mit ihr gestritten. Etwas, was ich sagte, machte sie entsetzlich zornig. Ich konnte mich bis heute nicht erinnern, was es war. Sie stieß mich ins Wasser, und ich glaubte, ich müsse ertrinken. Auf einem Schiff kam ich wieder zu mir. Der Kapitän sagte mir, Mr. Wang habe mich gerettet.

Zehn Jahre später, kurz vor meiner Hochzeit, kam dieser Mr. Wang nach Kessin, um Kapitän Thomsen beim Abfassen seiner Memoiren zu helfen. Er war mir unheimlich, und ich ging ihm aus dem Wege.

Aber einmal sind wir uns am Strand begegnet, der Chinese und ich. Ich kam vom Friedhof, wo ich das Grab von Captain Douglas' erster Frau pflegte. Mr. Wang kam mir entgegen. Er schien mir freundlicher als sonst. Er sprach mich an, ob er mich begleiten dürfe. Wir gingen am Strand entlang. Er erzählte mir von einer Frau, der er in Konstantinopel begegnet war und die er liebte. Weil er mich rettete, hatte er sie verfehlt. Ich habe immer, seit er nach Kessin kam, gefühlt, daß er etwas gegen mich habe. Jetzt verstand ich, was es war. Hätte er mich nicht hilflos im Wasser treibend gefunden, so hätte er diese Frau aufgesucht, um zu erfahren, wo er sie wiedersehen könne. Am nächsten Tag war ihre Jacht abgefahren, und sie auf Nimmerwiedersehen verschwunden.

Mr. Wang trug ein Bild von ihr bei sich, das er mir zeigte. Es war dasselbe Bild, das auch Sie hatten, Fräulein Anna. Es war die Frau, die mich ins Wasser stieß! Ich erinnerte mich deutlich an ihr Gesicht, sogar an das Kleid erinnerte ich mich. Mr. Wang wollte mir nicht glauben. Es sei die Frau, die er liebe, und sie sei eine vornehme Dame. Eine Mörderin ist sie, schrie ich. Mr. Wang war ganz außer sich, und ich fürchtete mich vor ihm. Er war der Mann, den ich in Konstantinopel mit der gnädigen Frau zusammen gesehen hatte! Der, den sie küßte. Er fuhr mich an: Erst hätte ich ihm die Frau genommen, jetzt wolle ich auch noch ihre Ehre beschmutzen. Er packte mich und zog mich ins Meer. Immer weiter. ›Hinein mit dir ins Wasser, wo du hergekommen bist, du Luder!‹ schrie er und versuchte immer wieder, mich unterzutauchen. Ich konnte schon fast nicht mehr stehen, da sah ich jemanden kommen. Es gelang mir, meine Arme aus Mr. Wangs Griff zu befreien. Ich versetzte ihm mit aller Kraft einen Schlag auf die Schläfe. Ich wußte nicht, was ich tat. Ich wollte nur nicht ertrinken. Er ließ mich los, aber ich hatte schon zu viel Wasser geschluckt und verlor die Besinnung. Als ich wieder zu mir kam, zog mich der Pfarrer aus dem Wasser, und gleich darauf war auch diese Dame da.«

»Aber warum sind Sie denn nicht bei uns geblieben?« fragte Marietta. »Wir haben Sie überall gesucht. Tagelang. Ganz Kessin denkt nicht anders, als daß Sie sich damals haben ertränken wollen und, nachdem man Sie schließlich gerettet hatte, doch den Tod im Wasser suchten. In Kessin glaubte man, Sie sollten nach Ihres Onkels Willen den englischen Captain heiraten, liebten aber heimlich den Chinesen.«

»Nein, nein«, stöhnte Frau Douglas. »Ich fürchtete mich entsetzlich vor ihm und hatte solche Angst, als ich merkte, daß man mich in Onkel Thomsens Haus bringen wollte. Ich war fest davon überzeugt, daß Mr. Wang wieder versuchen würde, mich zu töten. Im Pfarrhaus stieg ich aus dem Fenster und schlich mich zu einer Fischerhütte. Eine verwirrte Fischersfrau nahm mich bei sich auf und versteckte mich. Captain Douglas hat mich dort schließlich gefunden. Ich war noch immer verstört und voller Angst. Um keinen Preis wollte ich je wieder nach Kessin zurück. Captain Douglas brachte mich nach London. Dort haben wir bald darauf geheiratet.«

Erschöpft sank unsere Patientin in die Kissen und fiel in einen unruhigen Schlummer. Ich schickte nach dem Arzt und beschloß, die Nacht über an ihrem Bett zu wachen. Vorher aber mußte ich unbedingt erfahren, weswegen Mama und Marietta in aller Eile nach Hohen-Cremmen gekommen waren.

Marietta hatte Mama gegenüber erwähnt, daß man mich beinahe mit meinem eigenen Halbbruder verheiratet hätte, und ihr dann berichtet, wen ich für Dagoberts wirkliche Eltern hielt. »Aber das Kind bin doch ich«, habe sie fassungslos ein übers andere Mal gesagt und Marietta schließlich einen alten Brief ihrer Mutter an Papa gezeigt. Die ganze Zeit habe Mama geglaubt, sie selbst sei das erwähnte Kind, das ihre Mutter von ihm erwartete. Deswegen habe sie mich und meinen Vater verlassen, deshalb habe sie jeden Verkehr mit ihrer Mutter abgebrochen, und jetzt müsse sie schleunigst nach Hohen-Cremmen und um Verzeihung bitten, erzählte Marietta.

All die Jahre hatte ihr dieser Brief auf der Seele gelegen. Dabei hätte sie nur ein wenig nachdenken, nachfragen und ein paar Daten zusammenzählen müssen, um sich über die Unmöglichkeit ihrer Konstruktion klar zu werden. Aber hätte sie das getan, dann hätte sie sich niemals mit Marietta verbunden, mit der sie nun so glücklich war. Und hätte meine Großmutter ihre Zofe nicht zu töten versucht, hätte diese ihren geliebten Captain Douglas niemals kennengelernt. Natürlich entschuldigte das nicht Großmamas Verbrechen.

Ich begab mich zurück ins Krankenzimmer. Ob sie wollte oder nicht, Großmama würde uns ungebetenen Gästen Obdach gewähren müssen, bis Frau Douglas wieder hergestellt war. Wo nur der Arzt blieb? Statt seiner kam Gertrud, die mitteilte, der Doktor sei bei einer schwierigen Entbindung, wolle aber danach gleich herkommen. »Aber das kann dauern«, seufzte Gertrud bekümmert, die sich, obschon jünger als ich, mit Geburten besser auskannte. Ich zog mir zwei Stühle ans Bett, machte mir darauf eine Lagerstatt zurecht, die so provisorisch-unbequem war, daß ich mit Sicherheit beim leisesten Geräusch aufwachen würde, falls ich überhaupt einschlief.

Wie kann sich ein Mensch nur so grausam irren!

# Neuntes Kapitel

Im Traum war ich gerade wieder volljährig geworden und von Hohen-Cremmen nach Berlin zurückgekehrt. Wieder erschrak Johanna, wieder schlug sie die Tür vor mir zu, entschuldigte sich dann und erzählte von dem Chinesen, der zu Kessin gespukt hatte. Diesmal wußte ich, es war Mr. Wang. Er stand jetzt leibhaftig in der Küche, hielt Großmamas Bild in der Hand und zeigte es Johanna. Da kam Papa herein, sah das Bild und wollte es haben. Weil Mr. Wang es nicht hergeben wollte, schien es zwischen den beiden Herren zum Duell zu kommen. Johanna jammerte und rang die Hände, weil sie nicht an den Ofen herankommen konnte, in dem der Schmorbraten anzubrennen begann. Vom Rauch mußte ich husten. Als ich erwachte, war der Rauch immer noch da und auch der Brandgeruch. Von irgendwoher fiel flackerndrotes Licht aufs Bett. Es war leer und auch die Nachtlampe, die vorher daneben brannte, fehlte.

Ich mußte Mama und Marietta wecken, Großmama retten und Frau Douglas suchen. Im Westflügel, wo Mama und Marietta nächtigten, gab es noch kaum Rauch. Es kam mir vor, als dauere es Stunden, bis ich die beiden wachgerüttelt hatte, die eng aneinandergeschmiegt im Bett lagen. Marietta und ich schauten in jedes Zimmer, fanden aber nirgends eine Spur von Frau Douglas. Wenn sie sich nicht schon selbst gerettet hatte, war sie verloren. Mama wollte Großmama holen, aber der östliche Gebäudeteil, wo ihr Schlafzimmer lag, brannte schon lichterloh. Der Rauch wurde immer dichter, wir bekamen kaum noch Luft. Mit Mühe schafften wir es die Treppe hinunter. Keuchend flüchteten wir aus dem Haus. Von der Auffahrt aus konnten wir sehen, wie rasend schnell sich das Feuer ausbreitete.

Aus der Tür schlugen die Flammen, drinnen tobte ein Feuermeer. Und jetzt zeichnete sich davor eine Gestalt ab, im Hemd, mit fieberglänzenden Augen und aufgelösten Haaren. »Ich habe ihr Bett angezündet. Verbrennen soll sie, die Hexe!« schrie sie triumphierend. Es war Frau Douglas. Nach einem halben Menschenalter hatte sie Rache geübt an der Frau, die versucht hatte, sie zu ermorden. Und ich hatte diese Wahnsinnstat erst möglich gemacht! Ich hatte sie zu ihr geführt!

Langsam löste sich meine Mutter aus ihrer Schrekkensstarre. »Mama, Mama!« schrie sie und machte Anstalten, wieder ins Haus zu stürzen. Marietta hielt sie mit Leibeskräften zurück. »Still, Effi, still«, flüsterte sie. »Es ist zu spät. Selbst wenn du noch hineinkommen würdest, wäre es zu spät.«

Ich wollte mir die Hände vors Gesicht schlagen, erstarrte aber in der Bewegung. Da stand Großmama doch! Aus allen Fenstern schlugen die Flammen, nur aus ihrem Zimmer nicht. Dort stand sie. Aufrecht und hochmütig, ihre Frisur in vollkommener Ordnung, blickte sie unbeteiligt auf das Inferno herab, so als ob es sie gar nichts angehe. Und neben ihr stand ein Mann in der Paradeuniform der Gardekürassiere, mit funkelndem Brustharnisch, Adlerhelm und hochgezwirbeltem Schnurrbart. Er hatte einen Arm fest um Großmama gelegt. Wer mochte das sein? Noch ehe ich die anderen auf die sonderbare Erscheinung aufmerksam machen konnte, fiel krachend der Dachstuhl zusammen. Der Stammsitz derer von Briest war nur noch eine brennende Ruine.

# EPILOG

In Hohen-Cremmen glaubte zu Neujahr 1945 keiner mehr an den Endsieg. Keiner außer Hinkel, der den alten umgänglichen Ortsgruppenleiter ersetzt hatte. Es kommt nie was Besseres nach, hatte man im Dorf und Hofgut Hohen-Cremmen geseufzt und gehofft, man werde sich mit dem Neuen, einem hundertfünfzigprozentigen Parteigenossen, schon irgendwie arrangieren können. Aber »Klein-Gröfaz«, wie man Hinkel wegen seiner Rotzbremse à la Hitler anfangs nannte, hatte sich als gefährlich erwiesen. »Klein-Gröfaz« nannte ihn schon lange niemand mehr, nicht einmal hinter vorgehaltener Hand. Wer sich eine Bemerkung gegen Führer oder Partei erlaubte, kam nach Oranienburg und von dort nicht wieder zurück. Mutter Griebschen, eine harmlose alte Frau, die nur laut sagte, was alle anderen dachten, hatte er »wegen Wehrkraftzersetzung« standrechtlich erschießen lassen.

Ende Januar war Königsberg eingenommen und Ostpreußen vom Reich abgeschnitten. Die Russen standen an der Oder, würden bald in Berlin sein, und dann war es nur noch eine Frage von Tagen. In Hohen-Cremmen hatte man das Fürchten gelernt, und jetzt hielt sich die Angst so ziemlich die Waage: vor Hinkel und vor den Russen. Zwei Jahrzehnte nach dem Wiederaufbau des abgebrannten Gutshauses sah es nun so aus, als ob Hohen-Cremmen endgültig untergehen sollte. Die umliegenden Dörfer stellten Trecks für die Flucht nach Westen zusammen, nur Hinkel beabsichtigte in Hohen-Cremmen auszuhalten. Bis zum letzten Blutstropfen.

Anna hatte beschlossen, dem Gröfaz – dem kleinen wie dem großen – endlich zu trotzen, und bereitete den Aufbruch vor. Sie hoffte, daß ihr Beispiel die Dorfbewohner dazu bewegen würde, Hinkel die Stirn zu bieten. Anna hatte nicht vor, mit ihren Kindern den Russen, über die sie regelrechte Greuelgeschichten gehört hatte, in die Hände zu fallen.

Die Gelegenheit zum Aufbruch war günstig. Volker, ihr fünfzehnjähriger Ältester, war als Flakhelfer in Rathenow eingesetzt. Gestern hatte man ihn wegen einer Verletzung am Arm »zur Genesung« nach Hause geschickt. Die zwölfjährigen Zwillinge Frieda und Herbert halfen ihrer Mutter umsichtig beim Einpacken haltbarer Marschverpflegung und warmer Winterkleidung. Sie hatten das Buch über die Höhlenkinder im heimlichen Grund gelesen und stellten sich die Flucht als eine Art Abenteuer vor. Die kleine Annette, vierjähriger Nachkömmling und leibhaftige Erinnerung an Manfreds letzte Mannestat als Zivilist, war überhaupt noch nicht von Hohen-Cremmen fortgewesen. Manfred, der den Atlantikwall verteidigen sollte, war im August im Kessel von Falaise in amerikanische Gefangenschaft geraten. Im Herbst hatte Anna Nachricht von ihm bekommen. Er befand sich in einem ›Prisoner of War Camp‹ in den Vereinigten Staaten. Die Amerikaner, so hieß es, behandelten ihre Kriegsgefangenen gut. Um ihren Mann würde sich Anna am wenigsten sorgen müssen.

Anna schickte die Kinder zu einer letzten Mahlzeit in die Küche, wo es wenigstens warm war. Sie selbst würde das Anspannen und Aufladen überwachen, und wenn Hinkel von »standrechtlicher Erschießung« anfinge, würde es sich zeigen, wer sich von wem einschüchtern ließe. Anna war sich hinsichtlich des Ausgangs nicht völlig sicher, aber es mußte versucht werden.

Draußen vorm Portal traute Anna ihren Augen nicht. Pferde- und Ochsengespanne waren angeschirrt. Die Stallknechte waren schon beim Beladen. Und mitten unter ihnen Klein-Gröfaz Hinkel – abgesehen von einem blutigen Schmiß käseweiß im Gesicht, mit schlotternden Knien – eifrigst mit Aufladen beschäftigt!

»Was ist denn hier los?« fragte sie den alten Wilhelm.

»Das hättense mal sehen sollen, gnädige Frau«, grinste der Stallmeister, noch zwischen ausgestandener Angst und schadenfrohem Schmunzeln hin und her gerissen. »Wir waren grade dabei, die Wagen rauszufahren, da kam er da«, er zeigte auf Hinkel, »schnappte sich den kleinsten Stallburschen, den Georg, und ehe der 'ne Antwort herausgestottert hatte, fing Klein-Gröfaz auch schon an, von Verrat und Feigheit und Fahnenflucht zu schwadronieren. Er wollte den kleinen Georg eigenhändig aufknüpfen, weil eine ehrliche Kugel für einen lumpigen Verräter viel zu schade sei, und zog ihn in die Remise. Und was dann passiert ist, werden Sie nicht glauben! Dann ging nämlich die Stalltür auf, und heraus kam die alte Gnädige. Baronin Luise in ihrem Grausamtenen, mit Reithut und Peitsche, geht auf Klein-Gröfaz zu, mustert ihn von oben bis unten und wieder zurück, als ob er 'n besonders ekliges Gewürm wär', und fragt: ›Wer hat denn diesen Hanswurst eingestellt? Der sieht mir nicht aus, als ob er ein Pferd satteln könnte.‹ Wir waren so verdattert, daß wir den Mund nicht aufkriegten. Klein-Gröfaz wußte nicht, mit wem er es zu tun hatte, sonst hätte er den seinen auch gehalten. ›Wo kommt denn diese verschrobene Alte her?‹ und zu ihr: ›Das hier ist kein Anblick für Sie. Wir hängen hier einen Vaterlandsverräter auf. Und nu gehen Sie mal raus da, liebe Frau, aber ’n bißchen dalli.‹ Er hatte noch nicht den Mund zugemacht, da hatte ihm die Gnädige schon die Gerte übers Gesicht gezogen. ›Du redest, wenn du gefragt wirst, und jetzt will ich erst einmal sehen, ob du einen Wagen anspannen kannst!‹ herrschte sie Klein-Gröfaz an. Und dann stellte sie sich neben ihn und sah zu, wie er anspannte. Es hat ziemlich lange gedauert, denn er zitterte vor Angst und war recht ungeschickt, aber die Gnädige blieb neben ihm stehen, bis er fertig war. Und dann war sie verschwunden. Wie in Luft aufgelöst. Hinkel ist umgekippt, und wie er nach ein paar Minuten wieder zu sich kommt, da packt er ungefragt beim Aufladen mit an.«

Eine Stunde später setzte sich der Treck in Bewegung. Zwei Stunden später fragte Annette, wann man denn »in Sicherheit« sei; sie hatte den Ausdruck irgendwo aufgeschnappt und stellt sich darunter einen Ort, ein Reiseziel vor. Bis es schließlich so weit war, mußte sich die kleine Annette von Crampas noch sehr in Geduld fassen. Bei Kriegsende hatten die Hohen-Cremmener Braunschweig erreicht, wo Anna mit ihren Kindern vorerst zu bleiben gedachte.

»Gestern nacht träumte mir, ich sei wieder in Hohen-Cremmen«, erzählte Annette eines schönen Maimorgens. »Und es war alles wieder so wie früher.«

»Ach, Kind«, sagte ihre Mutter zwischen Lachen und Weinen und nahm ihre Jüngste in die Arme, »jetzt bleiben wir erst mal hier. Seien wir froh, daß der Spuk zu Ende ist.«

# DIE GARTENLAUBISIERUNG FONTANES

*Ein Nachwort*

Formal betrachtet handelt es sich bei der ›Wahren Geschichte der Effi B.‹ um eine Travestie, eine Form literarischer Komik: Man übernimmt einen bekannten Stoff, wechselt aber die Stillage, wobei man üblicherweise eine niedrigere wählt als die der Vorlage. Ich habe mir erlaubt, den Stoff eines Fontaneschen Gesellschaftsromans zu einem Melodram umzugestalten, wobei ich es mir auch angelegen sein ließ, die Konventionen des Melodrams zu parodieren. Freilich nicht allzu heftig, denn ich liebe dieses Genre mit seinen Sensationen, Skandalen und Enthüllungen, dessen schnell aufeinanderfolgende Krisen und überraschende Wendungen die Leserschaft in emotionale Wechselbäder stürzen.

Die Idee zur Gartenlaubisierung Theodor Fontanes kam mir während meines Zweitstudiums im Winter 1992 in einem Fontane-Seminar, wo mir bei Lektüre der ›Effi Briest‹ zahlreiche melodramatischen Elemente ins Auge sprangen, aus denen sich auch das Lesefutter jener Familienillustrierten zusammensetzte, in der Eugenie John, alias E. Marlitt, in den sechziger Jahren des neunzehnten Jahrhunderts für gewaltige Auflagensteigerungen sorgte. Ernsthafte Germanisten mögen den Ruhm des Meisters natürlich nur ungern damit bekleckert sehen. Dabei war Fontane selbst sich durchaus nicht zu schade, für die ›Gartenlaube‹ zu schreiben. Dort erschienen seine Kriminalerzählungen ›Unterm Birnbaum‹ (1885) und ›Quitt‹ (1890) sowie postum das Romanfragment ›Mathilde Möhring‹ (1906) als Vorabdruck.

Vor allem das erste Kapitel, so fand ich, bildete ein ideales ›Gartenlauben‹-Tableau: die von wildem Wein umrankten, halb überwachsenen Fenster, hinter denen ein rotblonder Mädchenkopf auftaucht, während die Heldin eben mit einem Mann verkuppelt wird, der ihr Vater sein könnte. Nicht nur dem Alter nach, sondern auch weil ihre Mutter ihn einst geliebt hat. Voilà, ein latentes Inzestmotiv, wie es im Melodram, vor allem in der Abteilung »Familiensaga«, immer wieder vorkommt – dort meist weniger latent. Fontane selbst sah es wohl auch so, was die Anspielung auf Lot im vierten Kapitel nahelegt: Briest, »dem nichts heilig ist«, hat zum Leidwesen seiner Frau den Pfarrer Niemeyer mit Lot verglichen. »Eine grenzenlose Rücksichtslosigkeit gegen Hulda«, findet Frau von Briest, denn Lots Töchter waren von ihrem Vater schwanger.

»Effi, komm!« rufen die Freundinnen neckisch von draußen, aber leider vergebens – und so nimmt das Schicksal seinen Lauf. (Übrigens bildete diese Szene die Keimzelle des Romans.) – Eben noch haben die drei Mädchen ausgelassen gespielt, haben unter scherzhaft-schaurigen Gesängen Stachelbeerschalen im See versenkt: »Flut, Flut, mach alles wieder gut . . .« Effi fällt dazu ein, »so vom Boot aus sollen früher auch arme unglückliche Frauen versenkt worden sein, natürlich wegen Untreue«. Aber doch nicht hier, gibt die Freundin zu bedenken. »›Nein, nicht hier‹, lachte Effi, ›hier kommt so was nicht vor. Aber in Konstantinopel‹ . . .« Und Jahre später verdirbt der Anblick der Opfersteine am Herthasee auf Rügen Effis Ferienlaune. Wenn das nicht schicksalsschwanger ist! Solche unheilvollen Vorankündigungen und Schauerlichkeiten finden sich überall im Roman, man denke nur an das schwarze Huhn der Frau Kruse, vom Chinesenspuk in Kessin vorerst noch ganz zu schweigen! – Bei der Lektüre des ersten Kapitels, vor allem aber der ominösen Andeutung fataler Ereignisse in Konstantinopel, ging damals die Phantasie mit mir durch, denn natürlich muß es zwischen der Stadt am Bosporus und dem Teich in Hohen-Cremmen eine ebenso geheimnisvolle Verbindung geben wie zwischen dem Stechlin-See und den Erdbeben und Vulkanausbrüchen in Lissabon, auf Java und Hawaii.

Schon immer wurde Literatur aus Literatur gemacht. Jeder Text verweist auf andere Texte, die ihm vorausgingen oder in seinem Umfeld existieren. Das Wortspiel vom »playgiarism« bringt die Interaktion zwischen den Texten auf den Punkt. Ich habe mir also erlaubt zu spielen, mit Motiven und Figuren aus ›Effi Briest‹ und anderen Fontane-Romanen (die die verehrte Leserin, der geneigte Leser zu finden keine Mühe haben wird). Auch eine Kollegin tritt auf, nämlich die Marlitt. Denn um niemand anderes handelt es sich natürlich bei der korpulenten Schriftstellerin mit der viel zu jugendlichen Lockenfrisur. Ihr habe ich eine kurze, aber wichtige Rolle zugedacht: Die *grande dame* der Herz-Schmerz-Literatur, die Schriftstellerin wurde, nachdem Lampenfieber und ein Gehörleiden ihr die Sängerinnenkarriere verdarben, gibt der stummen Undine die Sprache zurück. Und zwar mit Worten aus dem Mund der »emancipierten« Möchtegern-Dichterin Flora, der Gegenspielerin im Roman ›Im Hause des Kommerzienrats‹. Eine kleine Rache meinerseits.

In der englischen Literatur, wo man sich Klassikern mit weniger Hemmungen nähert, hat man das Vergnügen am Spiel mit den Texten früher kultiviert als hierzulande. Dort ist das Weiter-, Um- und Neuschreiben, vorzugsweise von Klassikern, gerade in den letzten Jahren regelrecht in Mode gekommen. Man läßt sich von bekannten Werken, Figuren, Geschichten inspirieren, erzählt sie weiter oder neu und anders. Weil man sie kennt und liebt, aber auch weil andere Figuren als der Held, die Heldin in den Mittelpunkt des Interesses rücken. Oder weil man sich fragt, welche anderen, bloß angedeuteten, verschwiegenen, verheimlichten, verschütteten Geschichten sich hinter der »richtigen« Geschichte verbergen. Und: Gibt es diese »richtige Geschichte« überhaupt? Erzählt nicht jede und jeder Beteiligte eine andere?

Joan Aiken schreibt die Romane Jane Austens aus der Perspektive von Neben- und Gegenfiguren weiter. Björn Larsson macht Long John Silver, den heimlichen Helden von Robert Louis Stevensons Abenteuerroman ›Schatzinsel‹, zum Protagonisten eines vielschichtigen Schelmenromans. Der Amerikaner Frederic Tuten inszeniert eine Begegnung der Comic-Helden Tim und Struppi mit Madame Chauchat, Mynheer Peeperkorn nebst den Herren Naphta und Settembrini aus Thomas Manns ›Zauberberg‹. Ödipus erscheint neuerdings als »Familienkrimi«

von Didier Lamaison. In der deutschen Literatur ist es vor allem Goethe, der zu literarischer Wiederverwertung anregt. Wir haben ›Die neuen Leiden des jungen W.‹ von Ulrich Plenzdorf, Leonie Ossowskis Jugendroman ›Wilhelm Meisters Abschied‹ und Christa Schmidt mit ihren ›Wahlverwandten‹ in den Zeiten der neuen Sensibilität. (Eine Liste, die keinerlei Anspruch auf Vollständigkeit erhebt.)

Während jenes fruchtbaren Fontane-Seminars im Winter 1992 ging mir auch das Thema für meine Magisterarbeit über den Generationenroman, vulgo »Familiensaga«, im Kopf herum. So kam eins zum anderen. ›Effi Briest‹ stellte sich mir als Mittelstück einer Familiensaga dar. Es ist alles vorhanden: das Generationenschema – Luise, Effi, deren Tochter Anna –, die Wiederholung bestimmter Familienkonstellationen und Konflikte nebst einem Problem, das die Literatur vor der Familientherapie entdeckt hat: Was passiert, wenn die Tochter als »Delegierte« der Mutter stellvertretend deren unausgelebte Wünsche erfüllen soll? Ich habe mir erlaubt, weitere Ingredienzien hinzuzufügen: etliche Missetaten, eine Leiche im Keller, ein Familiengeheimnis.

Und natürlich bot sich der bei Fontane nur dezent angedeutete Spuk zu großformatigerem Ausbau an. »Sie sind der erste, der auf das Spukhaus und den Chinesen hinweist«, schreibt Fontane an den Kritiker Josef Viktor Widmann, »ich begreife nicht, wie man daran vorbeisehen kann, denn erstlich ist dieser Spuk, so bilde ich mir wenigstens ein, an und für sich interessant, und zweitens, wie Sie hervorgehoben haben, steht die Sache nicht zum Spaß da, sondern ist ein Drehpunkt für die ganze Geschichte.« Warum also nicht erzählen, wie der Spuk zustande kam? Und natürlich hat »mein« Chinese für Effi eine etwas andere Bedeutung als bei Fontane.

Schließlich habe ich auch eine durchaus persönliche Motivation für meine ›Effi Briest‹-Version. Mit Effis Leiden und Sterben war ich nie so recht einverstanden. Es ärgerte mich, wie diese bedauernswerte Frau alle Emanzipationschancen ignorierte. (Fontanes Effi konnte natürlich nicht anders, ich weiß!) Der Sinn meines Romans besteht nun nicht allein darin, bekannte Figuren mit einer neuen Lebensgeschichte auszustatten, sondern indem ich ihre Geschichte anders erzähle, deute ich sie anders. Zu diesem Zweck habe ich mir erlaubt, einige Fontane-Zitate in einen anderen Kontext zu stellen. So spricht Marietta Trippelli im elften Kapitel der ›Effi Briest‹ vom »Theater, vor dem ich übrigens glücklicherweise bewahrt geblieben bin. Denn so gewiß ich mich persönlich gegen seine Versuchungen gefeit fühle – es verdirbt den Ruf, also das Beste, was man hat. Im übrigen stumpft man ab, wie mir Kolleginnen hundertfach versichert haben. Da wird vergiftet und erstochen, und der toten Julia flüstert Romeo einen Kalauer ins Ohr . . .« Dieses Verdikt habe ich ihrer Lehrerin Pauline Viardot in den Mund gelegt.

»Und wenn es Zärtlichkeit und Liebe nicht sein können (. . .) nun, dann bin ich für Reichtum und ein vornehmes Haus (. . .) Und wenn wir dann in Berlin sind, dann bin ich für Hofball und Galaoper, immer dicht neben der großen Mittelloge« (viertes Kapitel). Der gesellschaftliche Ehrgeiz, der bei Fontanes Effi nicht so recht überzeugend wirkt – und wirken soll, weil es nicht ihr eigener ist –, wird bei mir von ihrer Mutter vertreten. »Jeder ist der Richtige. Natürlich muß er von Adel sein und eine Stellung haben und gut aussehen«, sagt bei mir nicht Effi, sondern Luise. (Sie werden, geschätzte Leserin, lieber Leser, gewiß noch weitere Kuckuckseier aufspüren.)

Auch die Pension, in die sich Effi nach der Trennung von Innstetten zurückzieht, habe ich etwas umfunktioniert. Bei Fontane wird sie zum Symbol der Ausgrenzung aus der guten Gesellschaft, Effis tödliche Krankheit kündigt sich an: Die Pensionsluft raubt ihr den Atem. Bei mir kommt die dicke Luft von Haschischzigaretten der beiden Engländerinnen. Die Pension selbst ist ein freundlicher Ort, an dem frau ihren Horizont erweitert, Seelenfrieden oder doch etwas Trost und schließlich die Freundin fürs Leben findet. Ein Ort, an dem miteinander geredet wird, wenn auch das Wichtigste ungesagt bleibt. – Und warum die Figur, die Effi mit Marietta Trippelli bekannt macht und Anna wissen läßt, daß ihre Mutter lebt, eher ein Fräulein Thea als ein Herr Theodor ist, wird leicht zu erraten sein.

Tübingen | Dorothea Keuler

Für
Walter, der hofft, daß es ein Bestseller wird; Jutta und Mechthild, denen nur der erste Satz gefiel; meine Eltern zum Vorzeigen und Selberlesen; Jutta Schönberg, die Geburtshelferin des Projekts, deren Interesse und Ermutigung viel zum Gelingen beitrugen; meine Testleserinnen Martina Reitz, Irene Ferchl, Hadi Perwein, Judith Rauch und Kerstin Schröder; die Damen E. Marlitt und Daphne DuMaurier, denen ich viele erfreuliche Lesestunden und einige Inspirationen verdanke; Theodor Fontane, ohne den dieses Buch nicht geschrieben worden wäre,
mit Dank